조선후기 통신사 필담창화집 번역총서 41

兩好餘話

양호여화

조선후기 통신사 필담창화집 번역총서 41

兩好餘話

양호여화

장진엽 역주

보고사
BOGOSA

이 역서는 2008년도 정부재원(교육과학기술부 학술연구조성사업비)으로 한국연구재단의 지원을 받아 연구되었음(KRF-2008-322-A00073)

차례

일러두기

1. 통신사 필담창화집 번역총서는 제1차 사행(1607)부터 제12차 사행(1811) 까지 시대순으로 편집하였다.

2. 각권은 번역문, 원문, 영인자료(우철)의 순서로 편집하였다.

3. 300페이지 내외의 분량을 한 권으로 편집하였으며, 분량이 적은 필담 창화집은 두 권을 합해서 편집하고, 방대한 분량의 필담창화집은 권을 나누어 편집하였다.

4. 번역문에서 일본 인명과 지명은 한국 한자음 그대로 표기하고, 처음 나오는 부분의 각주에 일본어 발음을 표기하였다. 그러나 번역자의 견 해에 따라 본문에서 일본어 발음대로 표기를 한 경우도 있다.

5. 번역문에서 책명은 『 』, 작품명은 「 」로 표기하였다.

6. 원문은 표점 입력하였는데, 번역자의 의견에 따라 표기하는 것을 원칙 으로 하였지만, 가능하면 한국고전번역원에서 정한 지침을 권장하였 다. 이 경우에는 인명, 지명, 국명 같은 고유명사에 밑줄을 그어 독자 들이 읽기 쉽게 하였다.

7. 각권은 1차 번역자의 이름으로 출판되었는데, 최종연구성과물에 책임 연구원과 공동연구원의 이름이 반드시 들어가야 한다는 한국연구재단 의 원칙에 따라 최종 교열책임자의 이름으로 출판되는 책도 있다.

8. 제1차 통신사부터 제12차 통신사에 이르기까지 필담 창화의 특성이 달라지므로, 각 시기 필담 창화의 특성을 밝힌 논문을 대표적인 필담 창화집 뒤에 편집하였다.

양호여화

兩好餘話

양호여화(兩好餘話)*

1. 개요 및 서지사항

『양호여화(兩好餘話)』는 에도시대 중기의 유학자인 오쿠다 모토쓰구(奧田元繼) 및 그 문도(門徒)인 구 사다카네(衢貞謙)와 가쓰 겐샤쿠(勝元綽)가 1763년 계미통신사의 사행원들과 나눈 필담을 엮은 책이다. 저자는 센로선생(仙樓先生), 즉 오쿠다 모토쓰구이며, 구 사다카네와 가쓰 겐샤쿠의 동교(同校)로 되어 있다.

2권 2책의 간본(刊本)으로, 1764년 11월 교토의 제니야 젠베(錢屋善兵衛)와 오사카의 혼야 마타베(本屋又兵衛), 니시다 리헤(西田理兵衛)에서 출판되었다. 현재 일본 교토대학(京都大學) 도서관, 덴리대학(天理大學) 부속 덴리도서관(天理圖書館), 오사카부립나카노시마도서관(大阪府立中之島圖書館)에 소장되어 있다. 세 권 모두 동일본으로 보인다. 본서의 저본은 덴리도서관 소장본이다.

2. 저자사항

저자는 오쿠다 모토쓰구(奧田元繼, 1729~1807)이다. 본성은 나바(那波)

---

* 본 해제는 장진엽(2020), 「계미통신사 필담집 『양호여화(兩好餘話)』에 대하여」(『조선통신사연구』 제30호, 조선통신사학회)를 바탕으로 작성한 것이다.

인데, 처가의 성을 따라 오쿠다(奧田)로 바꾸었다. 이름은 모토쓰구(元繼), 자는 시키(志季), 호는 쇼사이(尙齋)·센로(仙樓)·셋코(拙古)이다. 현재의 효고현(兵庫縣) 서남부 지역에 있던 하리마(播磨)에서 태어났다. 유학자 나바 로도(那波魯堂, 1727~1789)의 동생이다.

오쿠다 모토쓰구의 학문은 대체로 그의 형 나바 로도와 행보를 같이 한다. 그는 처음에 로도와 함께 교토에서 오카 핫쿠(岡白駒)에게서 배웠다. 핫쿠는 중국어에 능통하였으며 경서 해석에서 고주(古注)를 중시한 인물이었다. 로도가 핫쿠의 문하에 들어간 것은 1743년이므로, 모토쓰구 역시 비슷한 시기에 수학하였을 것이다. 로도는 1751년 교토의 쇼고인무라(聖護院村)에 가숙(家塾)인 로도(魯堂)를 열어 강설(講說)을 했다. 이후 로도는 호레키(寶曆, 1751~1764)에 스승에게서 파문을 당하고 주자학으로 선회하게 된다. 로도와 마찬가지로 오쿠다 모토쓰구도 고문사파(古文辭派)에 비판적 입장을 취하였다. 그러나 정학(正學)으로서 주자학의 위상을 확고히 하기 위해 애쓴 로도와 달리 송학의 경서 해설을 무조건 존신하지 않고 다자이 슌다이(太宰春臺)를 높이 평가하는 등 조금 다른 면모를 보이기도 했다.

오카모토 부잔(岡本撫山, 1840~1904)의 『낭화인물지(浪華人物志)』에서는 센로가 만년에 『좌전평림(左傳評林)』(『증정좌전평림(增訂左傳評林)』을 가리키는 듯함)을 저술하였는데, 그가 가장 즐겼던 분야라고 하였다. 이 책에서 나열한 그의 저서 가운데 『춘추좌전』에 관련된 것이 『증정좌전평림』, 『좌전첩람(左傳捷覽)』, 『좌전석례고(左傳釋例稿)』의 세 종이다. 『춘추』, 그 가운데도 『좌전』에 조예가 깊었음을 알 수 있다. 그 외 저서로 『양호여화』를 비롯하여 『정본대학(定本大學)』, 『좌우지장(左右指掌)』, 『멸마등(滅魔燈)』, 『십이율고(十二律考)』, 『적성매화기(赤城梅花記)』, 『청시선

(淸詩選)』, 『선루문초(仙樓文艸)』를 제시하고 있다.

3. 구성 및 체제

『양호여화』는 제1책에 상권, 제2책에 하권과 부록을 수록하고 있다.
상·하권은 저자 오쿠다 모토쓰구의 필담이며, 부록은 교정자 구 사다
카네와 가쓰 겐샤쿠이다. 제1책 첫머리에 구 사다카네의 서문(「兩好餘
話序」)이 있는데, 초서 글씨는 마쓰카타 고킨(松方好欽)이라는 인물이 쓴
것이다. 서문에 이어 대화의 목록이 나오고, 목록 뒤에 가쓰 겐샤쿠가
붙인 간략한 서문이 있다. 하권 마지막에는 오쿠다 모토쓰구의 발문이
있고, 그 뒤에 부록이 붙어 있으며 마지막에 간기(刊記)가 있다. 전체
분량은 제1책이 30장, 제2책이 25장이다. 필담 내용과 관련되는 시 13
수를 제외하면 창화시가 없으며, 전체가 필담으로 구성된 책이다. 발문
에서 "창수시 약간 수는 모두 별집에 갖추어 놓았다."고 했는데, 별집의
소재는 현재 파악되지 않는다.

이 책의 구성상 특징으로 주목되는 점은 앞에서 먼저 대화의 목록을
제시하고 본문에서 항목별로 대화를 편차했다는 것이다. 목록은 구 사
다카네와 가쓰 겐샤쿠가 필담을 정리하면서 대화의 핵심어를 뽑아서
작성한 것이다. 이에 대하여 가쓰 겐샤쿠는 "화제가 바뀔 때마다 한두
자를 잘라서 가져다가 우선 목차를 세웠다. 비록 목차를 세웠다고 하나
이야기가 다른 일들로 뻗어 나간 것을 일일이 거론할 수는 없었으니
보는 이들은 주의해야 할 것이다."라고 하였다. 목록에서 열거한 화제
는 상권 74개, 하권 60개, 부록 29개이다. 상권 본문에 나오는 화제
중에 4개가 목록에서 누락되어 있어서, 전체 화제는 도합 167개이다.

본문에서는 몇 개의 화제를 묶어 다시 항목을 설정하였는데, 1개의 화제가 하나의 항목으로 나올 때도 있고 2~4개의 화제를 묶어 한 항목으로 구성된 것들도 있다. 분량에 따라 안배한 것이다. 상권은 50항목 78개 화제, 하권은 31항목 60개 화제, 부록은 18항목 29개 화제로 이루어져 있다. 제1책에 50항목, 제2책에 49항목이 수록되어 있다. 항목 수가 비슷하게끔 분책한 것으로 볼 수 있다.

오쿠다 모토쓰구 일행은 1764년 1월 22일부터 24일(또는 25일)까지 오사카의 혼간지(本願寺) 쓰무라별원(津村別院)에서 통신사를 만나 필담을 나누었다. 4월 5일에 통신사가 다시 오사카에 왔을 때에도 필담을 했다. 그러나 7일 새벽 최천종 피살사건이 발생한 후 일본 문사와의 접견이 중단되었다. 그 때문에 마지막 작별인사는 없으며, 만나지 못함을 아쉬워하는 남옥(南玉)과 성대중(成大中)의 척독이 실려 있다. 본문에는 1월에 나눈 필담 40항목, 4월에 나눈 필담 41항목(척독 포함)이 수록되어 있다. 만난 일자에 따라 권을 나누지 않고 왕로 필담의 40항목과 귀로 필담의 10항목을 합쳐 상권으로 만들어 1책에 수록하고, 귀로 필담의 31항목을 하권으로 엮고 부록 18항목을 합쳐서 2책에 수록했다. 전체적으로는 시간 순서대로 되어 있으나, 항목별로 대화를 구성하기 위해 부분적으로 순서를 조정한 것으로 생각된다.

필담에 등장하는 조선 측 인물은 제술관 남옥, 정사 서기 성대중, 부사 서기 원중거(元重擧), 종사 서기 김인겸(金仁謙), 정사 반인(伴人) 조동관(趙東觀), 한학(漢學) 압물통사(押物通事) 이언진(李彦瑱), 한학 상통사(上通事) 오대령(吳大齡), 양의(良醫) 이좌국(李佐國), 의원 남두민(南斗旻)과 성호(成灝), 이름을 알 수 없는 소동(小童)까지 모두 11명이다. 이 가운데 남옥의 필담이 40항목 이상, 성대중이 20항목 이상으로 전체의 3분의 2 가량을 차지한다. 그다음 조동관과 이언진, 원중거의 필담이 7, 8항목 정도로 비슷한 분량이고, 이좌국이 3항목, 나머지 인물들은 1항목씩이다.[1]

4. 주요 내용

목록에 나온 화제들을 대략 분류하면 학문과 문학에 관한 대화, 서적에 관한 대화, 글귀의 훈고와 사물의 고증, 양국의 풍속·제도·물산에 관한 대화, 의술이나 처방에 관한 대화 등으로 나눌 수 있다. 딱히 분류되지 않는 일반적인 사물이나 현상에 관한 대화들도 있다. 대체로 일본 문사가 질문을 하고 조선 문사가 답을 하는 방식으로 진행되는데, 한 차례의 문답 후에 그 내용에 따라 자연스럽게 다른 대화로 이어지는 방식으로 필담이 이루어진다. 주요 내용을 살펴보면 다음과 같다.

통신사에 관한 인식

먼저 서발문에 조선 및 통신사에 관한 인식이 드러난다는 점을 지적할 수 있다. 구 사다카네는 통신사가 오면 각지의 일본 문인들이 그들을 만나기 위해 다투어 나아간다는 말로 글을 시작하였다. 그는 이에 대하여 계고(稽古)에 힘쓰는 것[稽古之力]"이라고 평가하고 있다. 계고(稽古)를 그대로 풀이하면 '옛것을 돌아본다(공부한다)'라는 뜻인데, 일본에서는 다도, 서예, 꽃꽂이, 무용, 샤미센 등의 전통 예능을 익히는 일을 게이코고토(稽古事)라고 하였다. 즉, 조선인을 만나 한시를 주고받는

---

1 하나의 항목에 두 사람의 필담이 같이 나오는 경우도 있다.

것을 이러한 차원에서 긍정한 것이다. 구 사다카네는 또한 조선인을 무시하며 오만하게 구는 태도와 그들의 능력 앞에 위축되는 태도 둘 다를 비판하였다. 당시 일본에서 통신사와의 교류에 대한 다양한 태도가 있었음을 확인할 수 있다.

가쓰 겐샤쿠의 서문에는 직접 조선인을 만난 후의 소감이 담겨 있는데, 그 내용이 주목할 만하다. 그는 "내가 생각하건대 대체로 한인(韓人)들의 음성과 용모는 진실로 중화(中華)에 가깝다. 우리가 특히 부러워했던 것은 관복이 우아하고 법도에 맞는 것과 그대로 글을 읽어 내려가며 낭송하는데 저절로 글의 뜻에 통하는 것이었으니, 오직 이 두 가지 일이 그러하였다."라고 하였다. 그러나 이와 함께 조선인들이 방 안에서 요강과 타구(唾具) 등을 사용하는 것, 목욕을 게을리하고 발로 물건을 미는 등의 행위를 거론하며 개탄하고 있다. 또, "저들의 토음(土音)은 절로 상하가 관통하니, 비록 붓이 빠르지 않고 말이 정교하지 않더라도 하나같이 우리의 옛 습속과는 절로 구별됨이 있었다."라고 하였는데, 조선말의 어순이 중국어와 같다고 생각한 듯하다.

한편 오쿠다 모토쓰구는 발문에서 조선인들의 문학에 대해 부정적인 평가를 내리고 있다. "내가 조선인이 글을 짓는 것을 자세히 살펴보니 진실로 한(韓)·유(柳)·구(歐)·소(蘇)가 되지 못하고 또한 이(李)·왕(王)도 되지 못하였다. 실로 지방의 속습이 있어 한결같이 그 스승으로부터 받은 것을 지키며 조금의 변화도 없어 고루함이 심하니 고금의 필화(筆話)를 보아도 알 수 있다."라고 하였다. 또, 물 흐르듯 필담을 하고 기묘한 말을 할 줄 아는 자는 남옥뿐이고, 성대중은 그래도 자질을 갖춘 사람이지만 나머지는 모두 용렬하다고 하였다. 다만 이언진이 재주가 뛰어나고 영민하여 그를 추천한 남옥의 말이 거짓이 아니었다고 평하고 있다.

학문과 문학에 관한 논의

오쿠다 모토쓰구는 첫 만남에서 남옥과 성대중에게 일본의 학술에 대한 자신의 견해를 진술한 서(序)를 증정하였다. 여기서 그는 먼저 도쿠가와 치세에 일본에 문(文)이 성대해졌음을 말하고, 이토 진사이(伊藤仁齋)와 오규 소라이(荻生徂徠)가 연이어 한 시대를 풍미했음을 전한다. 그리고 소라이학파의 문인들이 실은 표절을 일삼는 무리에 불과함을 강도 높게 비판하였다. 이어서 그는 "저들 무리 중에 태재순(太宰純: 다자이 슌다이)이라는 이가 있는데 마지막에 소라이의 견해가 편벽된 것을 잘 알아『시문론(詩文論)』을 지어 그 그릇됨을 비판했습니다. 아울러 이반룡과 왕세정 두 사람이 표절하는 데 능하였음을 밝혔으니 진실로 탁월한 식견이라 할 만합니다."라고 하였다. 즉, 경세(經世)를 중시했던 다자이 슌다이(太宰春臺)의 관점에서 고문사를 비판한 것이다.

오쿠다 모토쓰구는 그의 형 나바 로도와 함께 주자학자로 일컬어지는 인물이다. 그러나『양호여화』에서 그가 주자학의 관점에서가 아니라 고학의 자장 안에서 소라이학을 비판하고 있음을 볼 수 있다. 소라이학에 대한 비판에 이어서 그는 "제가 반드시 고언(古言)을 꺼려하고 송유(宋儒)가 하는 바를 좋아하는 것은 아닙니다."라고 하며 정주를 절대시하는 입장과 거리를 두고 있다. 그러면서 "저 삼왕(三王)과 주공(周公), 공자의 정치의 자취는 여전히 방책(方策)에 실려 있지 않습니까?"라고 하였는데, 곧 유학의 본래의 가르침으로 돌아가 경전을 직접 읽는다는 고학의 문제의식을 공유하고 있음을 알 수 있다. 그런데 조선 문사들은 그가 진사이와 소라이를 배척한 점을 높이 평가하였으며, 다른 부분에는 크게 주목하지 않았다. 본문에는 남옥, 성대중, 원중거, 김인겸이 위 글에 대한 답으로 써준 시가 수록되어 있는데, 모두 이단을 물리친 그의 올바른 학문을 칭송하는 내용이다.

그러나 오쿠다 모토쓰구의 이러한 성향은 결국 원중거와 충돌을 일으키게 된다. 그는 황간(皇侃)의 『논어의소(論語義疏)』를 언급하며, 주희가 이 책을 보지 못해 『논어』 주해에서 빠뜨린 내용이 있음을 지적하였다. 원중거가 그의 말이 망령됨을 지적하자, "그렇다면 공이 바라는 것을 알 만하군요. 『기원기소기(寄園寄所寄)』에 이르길, '염락관민(濂洛關閩) 제자(諸子)를 비난하는 사람은 유자의 적이니, 그들 집에 소장한 책을 찾아내 저자에서 모두 불태워버려야 한다.'고 하였지요. 그대의 뜻은 어떠합니까?"라며 반발한다. 이에 원중거는 지기를 잃었음을 탄식하였다. 소라이학의 배척에 있어서는 의견을 같이 하였으나, 주희의 주설을 상대화하는 태도는 용납할 수 없었던 것이다.

서적에 관한 정보 교환 및 훈고

『양호여화』에는 서적에 관한 다양한 대화가 수록되어 있다. 이 책에서 언급된 서적은 50종이 넘으며, 경전이나 사서(史書) 외에도 당·송 및 명·청대의 여러 저술, 그리고 조선과 일본의 저작들을 다양하게 거론하고 있다. 이를 통해 당시 일본 문인들의 독서 범위와 관심사, 그리고 이들이 조선에 대한 지식을 획득한 경로에 대해 알 수 있다. 오쿠다 모토쓰구가 언급한 조선 책은 『유원총보(類苑叢寶)』, 『동국관요(東國官要)』, 『경국대전(經國大典)』, 『용재총화(慵齋叢話)』, 『징비록(懲毖錄)』, 『지봉유설(芝峯類說)』, 『황화집(皇華集)』, 『훈몽자회(訓蒙字會)』이다. 『삼한일사(三韓逸史)』라는 책에 대해서도 질문하였는데, 무슨 책인지는

알 수 없다. 이 가운데 『유원총보』는 김육(金堉)이 편찬한 유서(類書)로
서, 다른 필담집에서는 발견되지 않는 책명이다.

한편 조선 서적의 전래와 관하여 눈에 띄는 대목이 있다. 다음은 하
권에 수록된 원중거와의 대화 일부로, 오쿠다 모토쓰구의 질문이다.

> 읍의 남쪽에 계진(堺津)이라는 곳이 있습니다. 귀국 사절이 옛날
> 에는 이곳에 머물렀는데 지금은 그렇게 하지 않습니다. 제가 근래
> 에 부로(父老)에게서 듣기를, 천정(天正) 연간에 상사(上使) 황윤길
> (黃允吉), 부사(副使) 김성일(金誠一), 서장관(書狀官) 허성(許筬) 세
> 사신이 우리나라의 국서에 '방물(方物)', '내조(來朝)'라고 쓴 것을 보
> 고는 이는 중조(中朝)에서 번국을 대하는 말이니 감히 받아들일 수
> 없다고 하였답니다. 오랫동안 배를 묶어두고 출발하지 않았으니
> 능히 사리를 알았다고 할 만합니다. 귀국에도 이 일에 대한 기록
> 이 맹부(盟府: 예조)에 보관되어 있습니까?

경인년(1590) 사절이 일본에 갔을 때 있었던 일이다. 이 일은 김성일
의 『해사록(海槎錄)』에 수록된 글을 통해 확인된다. 권4에 수록된 서간
「답현소서(答玄蘇書)」, 「여상사송당서(與上使松堂書)」, 「중답현소서(重答
玄蘇書)」, 「의답선위사서(擬答宣慰使書)」 및 설변지(說辨志)의 「왜인예단
지(倭人禮單志)」에는 일본의 국서 및 예단에 적혀 있는 글자 문제로 일
본 측 관원과 조선인들, 그리고 황윤길과 김성일 사이에 일어난 갈등의
전말이 소상히 나타나 있다. 여기서 센로가 각 인물의 지위와 명칭을
정확히 거론하고 있으며, 문제가 되었던 표현인 '방물'과 '내조'까지도
분명히 언급하고 있다는 점이 주목된다.

  김성일의 『해사록』 초간본은 『학봉선생문집(鶴峯先生文集)』 권7·8에
수록된 본인데, 이 본이 일본에서 번각·유통되었을 가능성은 이미 지
적된 바 있다.[2] 『해사록』은 마쓰우라 가쇼(松浦霞沼, 1676~1728)가 편찬
한 외교지침서인 『조선통교대기(朝鮮通交大紀)』에 발췌 수록되었는데,
이 서간들은 실려 있지 않다.[3] 그렇다면 누군가가 『해사록』을 직접 읽
고 그 이야기를 전해주었으며, 센로가 그와 관련된 사실을 기록해 두었
다고 볼 수 있다. 단지 구전으로 떠도는 이야기라고 하기에는 사실관계
가 정확하게 드러나 있기 때문이다.

  인용한 서적에 나오는 구절에 대한 훈고(訓詁) 관련 대화들도 눈에
띈다. '不其'의 용법에 대한 질문, '向'의 의미에 관한 질문, "風馬牛不相
及"에 붙인 두예(杜豫)의 주에 관한 질문, 왕세정의 〈대민(大閩)〉 시와
이백의 〈경정산(敬亭山)〉 시의 구절 풀이, 이반룡의 글에 나오는 문구의
전거에 대한 질문 등이다. 이 중에 '不其'의 용법이나 두예의 주에 대한
질문은 『춘추좌전』의 해석과 관련이 있다. 다른 부분에서 오쿠다 모토
쓰구는 남옥에게 자신이 최근에 능치륭(凌稚隆)의 『좌전평림(左傳評林)』
을 보았다면서 조선에도 이 책이 있는지 묻고 있다. 그는 좌전 연구에
조예가 깊었으며, 『증정좌전평림』은 이에 관한 그의 대표적인 저술이
다. 이즈음 『좌전평림』 연구에 착수하면서 『좌전』의 해석에 관해 조선
인들의 의견을 구하고자 했음을 알 수 있다.

<hr>

2 김시덕(2014), 「근세 일본의 김성일 인식에 대하여」, 『남명학연구』 제41집, 경남문화연
   구소, 104쪽.
3 이효원(2018), 「16세기 말 조일외교를 바라보는 두 시각 –松浦霞沼의 『朝鮮通交大紀』
   와 金誠一의 『海槎錄』의 관련성을 중심으로–」, 『열상고전연구』 제66집, 192~194쪽.

풍속 · 제도 · 물산에 대한 고증

『양호여화』에는 조선의 풍속과 제도, 물산에 관한 고증이 풍부하게 수록되어 있다. 일본이나 중국의 풍속이나 물산을 언급한 경우도 있다.[4] 단순히 어떤 대상의 유무나 특징에 대해 묻는 것이 아니라 서적이나 전거를 인용하면서 해당 사물에 대한 고증을 요청하는 방식을 취하고 있는 점이 특징적이다. 예를 들어 송(宋) 조희곡(趙希鵠)의『동천청록(洞天淸錄)』의 내용을 인용하며 고려지(高麗紙)에 대해 묻거나 명(明) 도종의(陶宗儀)의『철경록(輟耕錄)』의 해동청 관련 구절, 명대 왕상진(王象晉)의『군방보(群芳譜)』에 수록된 신라의 송자(松子)에 대한 언급 등을 거론하는 식이다. 또, 이전 시기의 필담창화집에 나온 대화를 인용하며 그 내용의 가부에 대해 묻기도 하였다. 오쿠다 모토쓰구는 1682년 필담집인『화한창수집(和韓唱酬集)』에 수록된 야나가와 신타쿠(柳川震澤)와 양의(良醫) 정두준(鄭斗俊)의 대화를 인용하여 정두준이 운초(芸草)를 석창포라고 했는데, 일본의 석창포는 그가 설명한 것과는 다르다고 말하였다. 고려악(高麗樂)의 악곡 명칭을 나열하고 있는 부분도 눈에 띈다.

일본 문사들이 통신사와 만나서 조선의 제도와 풍속, 물산에 대해 묻거나 양국의 풍속을 비교하는 것은 모든 필담들에서 발견되는 일반적인 대화의 양상이다.『양호여화』에는 양국의 제도 · 풍속 외에 중국 서적에 나오는 유교 문물이나 중국의 제도 · 풍속에 관한 대화들도 많이 수록되어 있다. 옛 전적에 나오는 예법이나 제도에 관한 고증, 또는 조선에서는 그러한 제도를 어떻게 시행하고 있는지 등에 대한 질문들을 비롯하여 조선과 청나라의 관계, 조선과 북경 및 남경과의 거리 등

---

4 대체로 일본 측 문인들이 조선인들에게 질문한 것이다.

에 대한 문답도 이루어졌는데, 이것들 역시 여타 필담에도 등장하는 일반적인 대화 주제들이다. 그러나 『양호여화』는 대화 주제가 다양하고, 다른 필담들에 나오지 않는 흥미로운 질문들이 발견된다는 점에서 주목할 만하다. 또, 앞서 언급했듯이 여러 전거를 활용하여 질문을 구사하고 있다는 점도 하나의 특징이다.

　여러 필담들 가운데 눈길을 끄는 것으로 아코(赤穂) 사건의 사무라이에 관한 대화, 그리고 웅천다완에 관한 대화가 있다. 오쿠다 모토쓰구는 1701년(겐로쿠 15년)의 아코 사건을 언급하며, 여기에 등장하는 47인의 사무라이 중 다케바야시 다카시게(武林隆重)의 선조가 조선인이라는 설을 들어보았는지 물었다. 성대중이 처음 듣는 이야기라며 자세히 알려주기를 청하자, 다음날 『의인록(義人錄)』을 가져오겠다고 답했다.『의인록』은 무로 규소(室鳩巢)의 1703년 저작으로, 여기에서 다카시게의 선조가 임진왜란 때 잡혀온 조선인 포로라고 하였다. 웅천다완(熊川茶盌)에 관한 대화도 흥미롭다. 웅천다완, 즉 고모가이차완은 조선시대 진해의 제포(薺浦) 왜관에서 거래되던 차주발이었다. 본래 막사발 정도의 용도였으나, 일본인들에 의해 다완으로 완상되었다. 모토쓰구는 성대중에게 웅천다완은 세상에 드문 진기한 물건으로서 고가에 거래된다고 하며, 옛날 조선의 웅천에서 만든 것이라 그런 이름이 붙은 것이라고 하는데 이에 대해 들어본 적이 있는지 물었다. 그러자 성대중은 조선에서는 차를 그다지 즐기지 않으며, 웅천에는 지금 다완 만드는 곳이 없다고 답하고 있다.

4. 가치

통신사 필담창화집은 17세기부터 19세기 초까지의 조일 교류의 실상을 알게 해주는 중요한 자료들이다. 이러한 일반적인 가치 외에 『양호여화』의 특징적인 면과 그 가치는 다음과 같이 정리할 수 있다.

첫째, 『양호여화』는 필담 위주로 편집된 자료로서, 대화 주제를 목록으로 작성하고 항목별로 본문을 구성했다는 점이 독특하다. 필담만으로 책을 만들 수 있었다는 것은 그만큼 필담의 양이 많고 대화가 충실했다는 의미이다. 대화의 깊이는 차치하더라도 주제의 다양성과 대화의 범위에 있어서 이 책에 비견할 만한 필담은 찾기 힘들다.

둘째, 『양호여화』에 수록된 세 편의 서발에 담겨 있는 조선 인식 역시 주목할 만하다. 구 사다카네의 서문은 당시 일본 문사들 사이에서 통신사와의 만남에 대해 상반된 태도가 있었음을 보여준다. 또 가쓰겐샤쿠의 글을 통해 일본 문사들이 조선을 '중화'와 가깝다고 여겼으며 특히 의관과 한문 독해 및 글쓰기의 능력을 부러워했음을 알 수 있다. 그러나 조선인들의 예의 없음에 대해서는 부정적 시선으로 바라보고 있다. 한편 센로는 조선인들의 시를 폄하하고 그들의 재주가 보잘것없다고 말하고 있다. 통신사의 시문과 필담에 대한 이러한 혹평은 계미통신사 시기 일본인들의 조선관의 한 측면을 보여주는 중요한 사례이다.

셋째, 『양호여화』의 저자 오쿠다 모토쓰구가 보여주고 있는 학문적 견해의 독특함이다. 저자는 주자학자 나바 로도의 친동생으로, 두 사람은 본래 오카다 핫쿠 문하에서 고문사를 배웠다가 주자학으로 전향한 인물로 알려져 있다. 그런데 이 책에 나타난 센로의 견해를 보면 주자학이라기보다는 고학에 가깝다. 그는 소라이학파 문인들이 표절을 일삼는 것을 거세게 비판하고 있으나, 다자이 슌다이를 존숭하고 주자의 견해를 상대화하며 고도(古道)를 지향하는 태도를 보이고 있다. 이러한 사상적 입장을 지닌 이들이 당시 일본에 적지 않았을 것으로 보이지만, 통신사 필담집에서 이러한 견해를 표출한 인물은 발견되지 않는다. 이 점은 양국의 학술교류 연구와 관련하여 이 책이 지니는 의의를 보여준다.

넷째, 『양호여화』에는 중국·조선·일본의 서적들이 다양하게 인용되어 있다. 서적에 대한 정보 교환을 위해, 그리고 훈고 및 고증을 위해 책의 제목과 해당 내용을 언급한 것이다. 이를 통해 당시 일본 문인들이 조선에 관한 지식을 얻기 위해 어떠한 책들을 참조했는지, 또 조선의 서적들 중 어떠한 것들이 전래되어 있었는지 등을 확인할 수 있다. 김성일의 『해사록』이 유통된 증거가 발견된다는 점도 주목할 만하다. 조선 서적 외에 당·송이나 명·청대 중국 서적들도 여러 건 언급되어, 에도시대 일본 문사들의 독서 경향을 파악하는 데에도 도움을 준다.

다섯째, 양국의 풍속과 제도, 물산은 통신사 필담창화집에서 일반적으로 발견되는 주제이다. 그러나 『양호여화』는 그 주제가 특히 다양하고 여러 전거들을 활용하여 상세한 고증을 시도하고 있으며, 다른 필담에 나타나지 않는 흥미로운 주제를 담고 있다는 점에서 주목을 요한다. 이 대화들은 통신사 연구뿐 아니라 18세기 동아시아 지식인들의 관심사 및 사고방식을 살펴보는 데에도 상당한 기여를 할 수 있다.

끝으로 이 책의 자료적 가치의 하나로 이언진의 필담이 수록되어 있다는 점을 들 수 있다. 이언진은 조선 후기 문학사에서 중요한 인물 중 하나로, 이 책에 수록된 그의 필담은 이언진 문학 연구의 한 자료로 활용될 수 있다. 이와 관련하여 그의 필담 한 건을 인용한다.

센로(仙樓): 귀방은 북경과 얼마나 떨어져 있습니까? 지난번에 제
　　가 현천을 뵙고 그 대략을 들었는데, 상세한 노정은 아직
　　모릅니다.
운아(雲我): 4천여 리이며, 산하가 우거져 있고 인적이 없는 지대를
　　지납니다.
센로: 압록강부터 서쪽으로 몇 리가 아득하다고는 들었으나 사람
　　이 없는 광야를 지난다고는 들어보지 못하였습니다. 그대의
　　말은 놀랄 만하군요.
운아: 제가 예전에 지은 시에서 "천 리가 아득하여 사람 사는 마을
　　없고, 날다람쥐 어지러이 울고 독수리 날아가네.[千里茫茫無
　　聚落, 材鼯亂叫野雕飛.]"라 하였으니, 이는 실경을 기록한 것입
　　니다.
센로: 시 두 구가 끝없는 황무지를 잘 묘사하여 듣는 이로 하여금
　　소름이 돋게 하는군요. 전체 시를 보여주시면 좋겠습니다.
운아: 대롱 구멍으로 표범을 엿보다가 아롱진 무늬의 일부분을 본
　　것에 불과합니다. 어찌 전편을 보여드릴 만하겠습니까.

　오쿠다 모토쓰구(센로)와 이언진이 처음 만나서 나눈 대화로, 하권에
수록되어 있다. 이언진은 한학역관으로서 두 차례 중국 사행을 다녀온
경험이 있었다. 이 대화에서 그는 북경으로 가는 노정에서 인적 없는
광야를 지난다고 하며 그곳의 풍광을 읊은 시 한 구절을 써주었다. '실
경을 기록한 것[實錄]'이라고 했으니 중국 사행을 가면서 쓴 것일 테다.
　그런데 이 구절은 이언진의 시집인『송목관신여고(松穆館燼餘稿)』에
는 나오지 않고, 그의 스승인 이용휴(李用休)의 문집에서 발견된다.『탄

만집(数数集)』에 수록된 〈조 원정 휘서가 사은사를 따라 연경에 가는 것을 전송하며[送趙院正徵緖隨謝恩使赴燕]〉 7수 중의 마지막 수가 그것이다. 전문은 "황성의 차가운 해 나그네 옷 위로 뜨고, 가는 길에 때때로 사냥하고 돌아오는 말 만나리. 백 리 길 아득하여 인가 없는데, 날다람쥐 어지러이 울고 독수리 날아가리.[荒城寒日上征衣, 去路時逢獵騎歸. 百里茫茫無聚落, 林鼯亂叫野鵰飛.]"이다. 이 시의 전구와 결구가 바로 이언진이 읊어준 시구이다. '百'이 '千'으로 된 것 외에는 완전히 일치한다. 이언진의 시구가 눈앞의 경물을 읊은 것이라면, 같은 구절이 이용휴의 시에서는 상대방이 맞닥뜨리게 될 장면을 상상하는 것으로 되어 있다.

이용휴의 시고 속에 이언진의 시구가 들어있는 것을 어떻게 보아야 할까? 위 대화의 원문을 보면 본인이 쓴 시라고 말한 것이 분명하다. 스승이 쓴 시를 자신이 쓴 것이라고 했던 걸까. 그러나 위 시가 대번에 떠올랐다는 것이나, 실경이라고 굳이 강조한 것을 보면 이언진이 쓴 시가 맞는 것 같다. 그렇다면 이용휴의 시집에 이언진의 작품이 잘못 들어간 것으로 보는 것이 온당할 것이다. 남아 있는 이용휴의 작품집이 모두 미정고(未定稿)인 것을 고려할 때 그럴 가능성은 충분하다. 그렇게 보면 위 작품은 이언진 작으로 간주할 수 있다.

이상 『양호여화』의 특징 및 가치에 대해서 간략히 살펴보았다. 본 해제에서 언급하지 않은 대화들 중에도 연구자들의 흥미를 끌 만한 대화들이 적지 않을 것으로 생각된다. 향후 통신사 및 관련 분야의 연구에서 이 책이 폭넓게 활용되기를 기대한다.

양호여화(兩好餘話) 서(序)

　　예부터 한사(韓使)가 동쪽에 오면 사방의 인사들 중 식견과 재주가 있는 자들이 그들에게 인정을 받으려고 옷차림을 가다듬고 용모와 거동을 단정하게 하여 다투어 만나보고자 하였다. 계고(稽古)[1]에 힘쓰는 것이니 면려하지 않을 수 있겠는가. 그러나 스스로 한 등급 높이는 자는 오만하여 만나보고자 하지 않으며, 스스로 한 등급 낮추는 자는 두려워 감히 나아가지 않으니, 대개 양쪽 다 얻음이 없는 것이다. 취할 수 있는 것을 취한다면 어찌 무익하겠는가? 취할 수 없는 것을 취하지 않는다면 어찌 해가 되겠는가? 어찌 오만하게 굴거나 두려워 위축될 필요가 있겠는가.

　　갑신년(1764) 빙문 때에도 다투어 여기에 나아간 자가 줄을 이었으니 각자 아름답게 장식한 것을 싸 들고 와서[2] 폐백을 대신하니 또한 재물로써 낭관(郞官)이 된 자들[3]일 뿐이다. 오직 우리 선루(仙樓) 전(田)

1　계고(稽古) : 옛것을 익힌다는 뜻이다. 일본에서는 서예, 꽃꽂이, 다도, 한시 등의 전통 예술을 배우는 일을 게이코 고토(稽古事)라고 하였다.

2　각자 …… 와서 : 원문은 "各裹飾士菲"인데, 의미가 분명치 않다. 통신사를 만나러 온 일본 문사들은 시(詩)를 지어와서 인사를 대신하였으므로 그것을 가리키는 말인 듯하나 용례가 없어서 확정하기 어렵다.

3　재물로써 …… 자들 : 『사기(史記)』 「사마상여열전(司馬相如列傳)」에서 "재물을 바치고 낭관이 되었다가 효 경제를 섬겨 무기상시가 되었으나 이 벼슬을 달가워하지 않았다.[以貲爲郞, 事孝景帝, 爲武騎常侍, 非其好也.]"고 한 데서 온 표현이다.

선생은 남(南), 성(成) 여러 공과 한 번 만나 교분을 맺었는데 사람들이 오래 알았던 사이처럼 여겼다. 남, 성 여러 공도 또한 매우 소중히 여기고 후대하였다. 이에 정대한 논의와 여러 가지 이야기들이 은하수와 같이 끝없이 펼쳐져 끝내 옮겨 적어 책자를 이루게 되었다. 전에 우리 제자들 또한 세 치의 붓을 가져가서 다른 나라의 언어가 다른 문사들을 만나서 이야기를 나누고 친하게 사귀었으니 모두 선생의 가르침이 파급된 것이 아니겠는가. 쉬파리가 날아가서 다시 천리마의 꼬리에 붙고자 함이리라.⁴ 이에 이관(以寬: 가쓰 겐샤쿠)과 함께 도모하여 구두를 뗀 다음 드디어 판각에 붙여서 제목을 '양호여화(兩好餘話)'라고 하였다. 어찌 두 사람의 우호일 뿐이겠는가. 길이 나라의 빛남을 볼 수 있지 않겠는가.⁵

아아! 선생은 유학에 있어 온전하고 관통하여 모아서 이루지 않으심이 없다. 이 책 같은 것도 실로 두엄풀 같은 것이니 어찌 족히 세상에 퍼뜨리겠는가. 비록 그러하나 이 일은 삼천 리 밖에서 선생을 깊이 아는 자라면 누가 그러한 뜻이 없겠는가?

---

4 쉬파리가 …… 함이리라 : 『사기(史記)』「백이열전(伯夷列傳)」에서 "백이·숙제가 비록 어질었으나 공자를 만나서 더욱 드러났고, 안연이 비록 학문에 독실하였으나 천리마의 꼬리에 붙어서 더욱 드러났다.[伯夷叔齊雖賢, 得夫子而名益彰; 顔淵雖篤學, 附驥尾而行益顯.]"고 하였는데, 이에 대한 당(唐) 사마정(司馬貞)의 주에서 "쉬파리가 천리마의 꼬리에 붙어서 천 리를 가니, 안회가 공자로 인해 명성이 드러남을 빗댄 것이다.[蒼蠅附驥尾而致千里, 以譬顔回因孔子而名彰也.]"라고 하였다.
5 길이 …… 않겠는가 : 『주역(周易)』관괘(觀卦) 육사(六四)에서 "나라의 빛남을 봄이니, 왕에게 손님이 됨이 이롭다.[觀國之光, 利用賓于王.]"라고 한 것을 인용한 표현이다.

보력(寶歷) 갑신[6] 여름 5월

문인 구정겸(衢貞謙)[7] 삼가 씀

송방호흠(松方好欽: 마쓰카타 고킨) 서(書)

---

6 보력(寶歷) 갑신 : 호레키(寶歷)는 1751~1764년이다. 호레키 갑신년은 호레키 13년인
1764년이다. 1764년은 메이와(明和) 1년이기도 한데, 6월 2일부터 연호가 바뀌었다. 이
글은 5월에 쓴 것이므로 호레키라고 한 것이다.

7 구정겸(衢貞謙) : 구 사다카네(衢貞謙). 자는 시메이(士鳴·子鳴), 호는 보잔(茅山). 나
니와(浪華) 출신이다. 오쿠다 모토쓰구의 문인으로서 가쓰 겐샤쿠와 함께 이 책을 편집,
교감하였다.

양호여화(兩好餘話) 목록(目錄)

명함[名刺]. 학풍(學風). 고려지(高麗紙). 남경노정(南京路程). 부계(副啓)와 통자(通刺)의 법식. 장(漿). 의관(衣冠). 식품. 금주(禁酒). 차(茶). 『유원총보(類苑叢寶)』. '불기(不其)' 자(字)의 격식. 화축(畫軸). 이전 사행의 창화집(唱和集). 그릇 이름. 일본 글자[和字]. 장문(長門)의 문학(文學). 바람난 말과 소[風馬牛]. 화답을 구함. 순서대로 화운하는 것. 단풍[楓]. 손으로 먹는 것. 화축. 운(芸). 불법(佛法). 문인(文人). 과제(科第). 주(走). 첩(疊). 화본(草本)의 번각(翻刻). 우스갯소리. 관(冠)의 명칭. 호랑이와 표범. 이별의 정. 여러 서생들이 앞을 다툼. 그 수를 간추려 응대할 것을 걸러냄. 『일도만상(一刀萬象)』. 능히 더위를 이겨냄. 『좌전평림(左傳評林)』. 9월 13일 밤. 석감당(石敢當). 말 타는 모양. 복식의 다름. 청학(青鶴). 목욕. 붉은 고기. 화답시를 전달함. 공물(貢物)과 녹봉. 쌀값. 문(文)을 논한 것에 답한 시. 붉은 붓대[彤管]. 수레를 바친 일. 그 밖에 더 바랄 것이 없음. 재회. '종(踪)' 자(字). 삼미(三米). 언(蔫). 사문(斯文). 화찬(畫贊). 관제(官制)의 연혁. 봉건(封建). 스스로 구두를 뗌. 장사(葬事). 날씨. 제후국. 무림(武林). 과하마(果下馬). 언문(諺文). 해동청(海東青).[8] 서목(書目). 사원(寺院). 호(號)로 칭하는 것. 돈[錢文]. 『논어』에 대한 황간(皇侃)의 소(疏)　　　　　　　　　　　　　　　　　　　　　　　　　－이상 상권

---

8 본문에 따르면 이 부분에 '印譜序. 向字. 桃葉. 兩不厭.' 항목이 나올 차례인데, 저본에는 누락되어 있다.

소개. 북경(北京) 가는 길의 시. 이수(里數). 운아(雲我). 서적 소장. 화본(草本). 주군(州郡)의 태수(太守). 『황화집(皇華集)』. 학사(學士) 서기(書記)에 대한 품평. 조(鯛). 앵(鶯). 시에 게으름. 통용되는 돈. 닭과 오리. 재가(再嫁). 길상부(吉祥符). 왕인(王仁). 우산과 다완. 아이들이 읽는 책. 용연 성 서기에게 드리는 서(序). 포상(襃賞). 시화(詩話). 『세설(世說)』에 대한 강론. 서법(書法). 이성(異姓). 차운(次韻). 관정(官政). 『훈몽자회(訓蒙字會)』. 신기루. 감과(柑科). 인석(印石). 부사산(富士山)과 금강산. 시를 수(首)로 세는 것. 등불 기름. 천정(天正) 연간의 사절. 백자(栢子). "영웅이 사람을 속인다[英雄欺人]". 언문으로 뜻을 통하는 것. 소인(小人)의 호(號). 악목(樂目). 촌철(寸鐵). 청구(青丘)와 소중화(小中華). 뱃길. 백정. 장난감. 부사산은 형용하기 어려움. 부사산 절구 한 수. 국습(國習). 일식(日食). 먹. 제사(題辭). 서신 왕래. 의원. 해독(解毒). 의원들. 온천. 풍산향(豐山香) 먹. 두 사람의 척독(尺牘).　　　　　　　　－이상 하권

춘추재이(春秋災異). 휘(諱). 투호(投壺). 사례(四禮). 정월 초하루. 신선(神仙). 월형(刖刑). 하늘의 운행[天行]. 역(曆). 앵(櫻). 부녀자를 그린 것. 술 빚기. 관상. 상(喪). 석전(釋奠). 묘비제명(墓碑題名). 계(桂). 산대(産帶). 건우환(乾牛丸). 이전 사행의 네 분. 십이경(十二經). 이왕(李王). 붉은 비[紅雨]. 다법(茶法). 담뱃대. 배고픔. 문학. 화전(花牋). 안경
　　　　　　　　　　　　　　　　　　　　－이상 부록

　이 책은 소란스럽고 정신없는 중에 만들어진 것으로서 본래 응당 편목을 세울 만한 것이 아니었다. 그러나 응대가 많아지다 보니 뒤의 것과 앞의 것이 섞여 나오고 질문은 같은데 답이 다른 것들이 있고,

간혹 먼젓번에 이미 물었으나 자세히 대답하지 않았다가 이제야 비로소 다 알려준 것들도 있었다. 그래서 화제가 바뀔 때마다 한두 자를 잘라서 가져다가 우선 목차를 세웠다. 비록 목차를 세웠다고 하나 이야기가 다른 일들로 뻗어 나간 것을 일일이 거론할 수는 없었으니 보는 이들은 주의해야 할 것이다.

내가 생각하건대 대체로 한인(韓人)들의 음성과 용모는 진실로 중화(中華)에 가깝다. 우리가 특히 부러워했던 것은 관복이 우아하고 법도에 맞는 것과 그대로 글을 읽어 내려가며 낭송하는데 저절로 글의 뜻에 통하는 것이었으니, 오직 이 두 가지 일이 그러하였다. 또 설기(褻器)[9]를 궤안(几案)[10] 사이에 두고 오줌을 누고 침을 뱉으며 늘 시동에게 처리하게 하였다. 혹 아침저녁으로 목욕하기를 게을리하기도 하고 혹 발로 밀어서 물건을 주기도 하니 아! 이는 어찌된 일인가.

문학의 자질로 말하면 선생께서 권말에 하신 한 말씀에 유독 추월(秋月: 남옥)과 용연(龍淵: 성대중)을 치켜세웠으니 진실로 다시 군말을 붙일 것이 없다. 그러나 또한 저들의 토음(土音)은 절로 상하가 관통하니, 비록 붓이 빠르지 않고 말이 정교하지 않더라도 하나같이 우리의 옛 습속과는 절로 구별됨이 있었다.

문인(門人) 승원작(勝元綽)[11] 씀

양호여화 목록 마침

---

9 설기(褻器) : 요강이나 타구(唾具)를 가리킨다.

10 궤안(几案) : 탁자나 책상 등속을 가리키는 말이다.

11 승원작(勝元綽) : 가쓰 겐샤쿠(勝元綽). 자는 이칸(以寬), 호는 난포(南浦). 셋쓰(攝津) 출신이다. 오쿠다 모토쓰구의 문인으로서 구 사다카네(衢貞謙)와 함께 이 책을 편집, 교감하였다.

양호여화(兩好餘話) 상권(上卷)

선루 선생(僊樓先生)[12] 지음
문인 모산(茅山) 구정겸(衢貞謙) 사명(士鳴)
남포(南浦) 승원작(勝元綽) 이관(以寬) 공동 교정

명함[名刺]

제 성은 오전(奧田), 이름은 원계(元繼), 자는 지계(志季), 호는 선루(僊樓)로, 낭화(浪華)[13] 사람입니다. 조선국 제술관(製述官)[14] 추월 남공과 서기 세 공(公) 각 안하(案下)에 삼가 글을 받들어 올립니다. 가만히 생각건대 귀방(貴邦)[15]과 우리나라는 바다를 사이에 두고 까마득하게 떨어져 있으니 어찌 삼상(參商)과 진호(秦胡)의 사이[16]일 뿐이겠습니까. 바람

---

12 선루 선생(僊樓先生) : 오쿠다 모토쓰구(奧田元繼). 1729~1807. 본성은 나바(那波), 이름은 모토쓰구(元繼), 자는 시키(志季), 호는 쇼사이(尙齋)·센로(僊樓)·셋코(拙古)이다. 하리마(播磨) 출신이다. 자세한 정보는 본서의 해제 참조.

13 낭화(浪華) : 나니와. 옛날 오사카를 부르던 명칭이다. 浪速·浪花·難波라고도 썼다.

14 제술관(製述官) : 통신사행을 위해 설치한 임시직으로, 사행에서 전례문의 작성 등 문필을 담당하는 역할을 했다. 제술관이라는 명칭이 처음 쓰인 것은 1682년 임술사행 때로, 그전에는 학관(學官)·이문학관(吏文學官)·독축관(讀祝官) 등으로 불렸다. 독축관이라는 명칭은 일광산치제(日光山致祭)에서 축문을 읽을 사람이 필요했기 때문에 붙은 것이다. 일광산치제 참여가 폐지되면서 제술관이라는 명칭을 쓰게 되었는데, 이때부터는 주로 필담창화를 담당하는 직임으로 인식되었다. 1682년 사행의 성완(成琬), 1711년의 이현(李礥), 1719년의 신유한(申維翰), 1748년의 박경행(朴敬行), 1763년의 남옥(南玉), 1811년의 이현상(李顯相)이 역대 통신사의 제술관이다.

15 귀방(貴邦) : 귀국(貴國)과 같다. 상대방의 나라를 높이는 말이다.

난 말과 소가 서로 만나지 못하는 것과 같습니다.[17] 공들께서 대군(大君)의 명을 공경히 받들어 백 년의 옛 맹약을 맺었으니 진실로 선린(善隣)의 뜻입니다. 닻을 올리고 돛을 달아 천 리 바다에 사신 배를 띄우니 풍백(風伯)이 호위하고 우사(雨師)가 길을 열어주었습니다. 추운 계절을 오랫동안 지나 봄 들어 우리나라에 도착하여 마침내 이 나루로 건너오셨으니 거듭 경하드립니다. 진실로 태평성대의 교화가 미친 것이지만 또한 우리 소인들도 이에 힘입어 저같이 형편없는 사람이 두세 분 군자의 높은 풍모를 우러르며 외람되이 곁에서 모시면서 동이를 두드리게 되었습니다.[18] 오직 엄청(嚴聽)[19]을 범할 것이 걱정스러우나 혹 제가 비루하다 꺼리지 않으시고 은혜를 베풀어 욕되게도 해타(咳唾)[20]의 음(音)

---

16 삼상(參商)과 진호(秦胡)의 사이 : 삼상(參商)은 서쪽의 삼성(參星)과 동쪽의 상성(商星)을, 진호(秦胡)는 진나라와 호를 가리키며, 서로 멀리 떨어져 있어 소원하다는 뜻이다. 진호 대신 호월(胡越)이라는 표현을 많이 쓴다.

17 바람 …… 같습니다 : 원문은 "풍마우불상급(風馬牛不相及)"이다. 멀리 떨어져 있음을 비유한 말이다. 『춘추좌씨전(春秋左氏傳)』 희공(僖公) 4년 조에 "군주께서는 북해에 처하시고 과인은 남해에 처해 있으니, 이것은 마치 바람난 말과 소가 (암수가 서로 찾아도) 만날 수 없는 것과 같습니다.[君處北海, 寡人處南海, 唯是風馬牛不相及也.]"라고 한 데서 유래한 말이다.

18 동이를 …… 되었습니다 : 원문은 '고분부령(叩盆拊瓴)'이다. 『회남자(淮南子)』「정신훈(精神訓)」에서 "지금 저 궁벽한 곳의 사(社)에서는 물동이와 양 귀 달린 동이를 두드리며 서로 화답하고 노래하며 스스로 즐거워한다.[今夫窮鄙之社也, 叩盆拊瓴, 相和而歌, 自以爲樂矣.]"라고 하였다. 가난한 사람들의 보잘것없는 음악을 뜻하는 말이다. 여기서는 자신을 낮추는 표현으로 사용되었다.

19 엄청(嚴聽) : '엄한 들으심'으로 풀이된다. 조선에서는 주로 소차(疏箚)에서 임금에 대하여 쓰는 극존칭이다.

20 해타(咳唾) : 기침하여 뱉어낸 침이라는 뜻인데, 타인의 아름다운 시문을 칭송하는 말이다. 『장자(莊子)』「추수(秋水)」에 "그대는 저 침 뱉는 것을 못 보았는가? 침방울이 큰 것은 구슬이 되고 작은 것은 안개와 같아 뒤섞여 내려오는 것을 이루 다 셀 수가 없다네.[子不見夫唾者乎? 噴則大者如珠, 小者如霧, 雜而下者, 不可勝數也.]"라고 하였는데,

을 내려주신다면 다행이겠습니다. 파조(巴調)[21] 두 수를 감히 좌우에 바치니 평하여 바로잡아주시길 간절히 바랍니다.

지난밤 뭇별이 해동(海東)에 빛나더니	昨夜聚星輝海東
이에 궤장을 따라[22] 공들을 뵙게 되었네.	玆隨几杖謁諸公
예는 삼대를 본받아 성대한 아름다움 노래하고	禮監三代歌盛美
시는 이남(二南)[23]에 근본 두어 국풍을 본다네.	詩本二南觀國風
전대(專對)[24]의 재명(才名)을 누가 감히 흠잡으랴	專對才名誰敢問
잇달아 맡은 사절이 헛된 적 없었네.	連持使節不曾空
애틋한 청안으로 반갑게 마주 보니	依依靑眼相看好
응당 성조(聖朝)의 서궤(書軌)가 같으리라.[25]	應是聖朝書軌同

여기에서 '해타성주(咳唾成珠: 침방울이 구슬이 된다)'라는 표현이 나왔다.

21 파조(巴調) : 고대 초나라에 유행하던 통속가요인 〈하리(下里)〉와 〈파인(巴人)〉을 뜻한다. 수준 낮은 평범한 음악을 가리킨다. 여기서는 자신의 시문을 낮춰서 표현하는 말로 쓰였다.

22 궤장을 따라 : 예를 갖춰 어른을 모신다는 뜻이다. 궤장(几杖)은 안석과 지팡이를 가리킨다. 안석(案席)은 앉아있을 때 몸을 기대는 물건이고, 지팡이는 걷는 것을 도와준다. 모두 노인을 편히 모시기 위한 물건이다.

23 이남(二南) : 『시경(詩經)』 국풍(國風)의 「주남(周南)」과 「소남(召南)」을 가리키는데, 왕화(王化)의 기초가 되는 가장 아름다운 시풍(詩風)을 일컫는 말이다.

24 전대(專對) : 외국에 사신으로 가서 독자적으로 응대하여 사신의 임무를 훌륭히 수행하는 것을 말한다. 『논어』 「자로(子路)」에서 "시 삼백 편을 외우고서도 정사를 맡아 제대로 하지 못하고, 사방에 사신으로 가서 전대하지 못한다면 비록 많이 외운들 어디에 쓰겠는가.[誦詩三百, 授之以政, 不達, 使於四方, 不能專對, 雖多, 亦奚以爲.]"라고 한 데서 나온 표현이다.

25 서궤(書軌)가 같으리라 : 『중용장구(中庸章句)』에서 "지금 온 천하가 수레를 같이 하고 문자를 같이 한다.[今天下, 車同軌書同文.]"라고 한 데서 온 표현이다. 문물제도가 같다는 뜻이다.

어진 이 경모하니 그리움 언제나 그치려나.　　　　御李幾時思未休

상봉하여 백옥[26]을 내려주시나 화답하기 어렵네.　　相逢白璧賜難酬

서쪽 바다 길 끊어져 삼천리인데　　　　　　　　西溟路絶三千里

동쪽 바다 하늘 열려 육십 주라네.　　　　　　　東海天開六十州

별 움직이는 시재(詩才)가 검기(劍氣)[27]를 맞이하고　星動詩才迎劍氣

경(經)을 이룬 도덕은 청우(靑牛)[28]를 뛰어넘었네.　經成道德跨靑牛

그대 태사공(太史公)의 글 짓는 일 맡았으니　　　君裁太史文章事

여기에 이름난 산 있어 원유(遠遊)를 위로하네.[29]　自有名山慰遠遊

추월(秋月)[30]【성은 남(南), 이름은 옥(玉), 자는 시온(時韞), 추월은 호. 조선국 제술

---

26 백옥 : 원문의 백벽(白璧)은 평평하고 둥근 모양에 가운데 구멍이 있는 백옥을 뜻한다. 상대의 아름다운 시문을 빗댄 말이다.

27 검기(劍氣) : 용천(龍泉)과 태아(太阿)의 보검이 땅속에 묻혀 하늘의 두우(斗牛) 사이로 자기(紫氣)를 쏘아 올렸다는 고사에서 나온 표현이다. 『진서(晉書)』 권36, 「장화전(張華傳)」에 나온다.

28 청우(靑牛) : 노자(老子)가 서쪽으로 떠나갈 때 관령(關令)인 윤희(尹喜)가 멀리 바라보니 자색(紫色) 기운이 떠 있는 것이 보였는데, 과연 얼마 뒤에 노자가 푸른색 소를 타고 관문을 지나가더라는 전설이 있다. 『열선전(列仙傳)』에 나온다.

29 그대 …… 위로하네 : 태사공(太史公)은 『사기(史記)』의 저자 사마천(司馬遷)을 가리킨다. 사마천이 20세부터 중국 전역을 주유(周遊)하였는데, 그의 뛰어난 문장이 여기에서 기인했다고 이야기된다. 원유(遠遊)는 먼 곳을 유람한다는 뜻이다. 글 짓는 일을 맡아 일본에 온 제술관과 서기들을 사마천에 빗대고, 일본의 아름다운 산이 멀리 온 노고를 위로한다는 의미이다.

30 추월(秋月) : 남옥(南玉). 1722~1770. 본관은 의령(宜寧), 자는 시온(時韞), 호는 추월(秋月)이다. 과거 공부를 하던 시절 매우 가난했는데, 1746년(영조 22)에는 매문(賣文)의 죄목으로 정배되기도 했다. 이듬해 여름에 사면되었다. 1753년 정시문과에 병과 4등으로 합격하였다. 1762년 조재호(趙載浩)의 옥사에 연루되어 유배되었다가 그해 8월에 해배되었다. 1763~1764년 계미통신사의 제술관으로 일본에 다녀왔으며, 이때 사행록 『일관기(日觀記)』와 사행시집 『일관창수(日觀唱酬)』・『일관시초(日觀詩草)』를 남겼다. 사행에서 돌아온 직후 수안군수에 임명되었다. 그러나 1770년 최익남(崔益男)의 옥사 때 이봉환

관 대학사】: 배 안에서 이미 그대의 명성과 덕망을 듣고 노성한 숙유(宿
儒)일 거라 생각했는데, 실제 뵈니 장성한 준걸이십니다. 부평초 같은
만남을 말해 무엇하겠습니까? 우선 내려주신 시에 각각 화답하여 받들
어 올릴 뿐입니다.

학풍(學風)　　　　　　　　　　　　　　　　　　　선루

　우리나라는 문학이 번성하여 비록 여염이나 시골이라 해도 때때로
글을 보고 책을 읽는 소리가 들리니, 이는 치교(治敎)가 백 대에 이르러
절로 그렇게 된 것입니다.
　5, 60년 전 경사(京師: 교토)의 유자로 자가 원자(原佐), 호는 인재(仁齋)
인 이등유정(伊藤維貞)[31]과 그의 아들로 자가 원장(原藏), 호가 동애(東涯)
인 장윤(長胤)[32]은 둘 다 뛰어난 재주가 있었는데, 문의(文義)를 연구하

(李鳳煥)과 친하다는 이유로 하옥되어 매를 맞아 죽었다.

31 이등유정(伊藤維貞) : 이토 진사이(伊藤仁齋). 1627~1705. 에도시대의 유학자로, 고
의학(古義學)의 창시자이다. 이름은 고레사다(維楨), 호는 진사이(仁齋), 자는 겐사(原
佐)·겐스케(源助), 시호는 고가쿠선생(古學先生)이다. 교토의 목재상 집안 출신이다. 청
년시절 주자학에 경도되어 호를 게이사이(敬齋)라고 하였으나, 1658년 「인설(仁說)」을
써서 인(仁)의 본질을 애(愛)라고 하며 호를 진사이(仁齋)로 고쳤다. 1662년 호리카와(堀
川)의 자택으로 돌아와 아들 이토 도가이(伊藤東涯)와 함께 고의당(古義堂)을 열었다.
이에 고의학파의 창시자가 되었으며, 수백 명의 제자를 양성하여 도쿠가와 시대 사상계에
깊은 영향을 미쳤다. 주자학의 경서 해석에 반대하여 『논어』와 『맹자』의 고의(古義)를
직접 탐구하고자 하였으며, 리(理)의 형이상학적인 성격을 비판하며 일상생활에서의 인애
의 실천을 강조하였다. 주요 저서로 『논어고의(論語古義)』, 『맹자고의(孟子古義)』, 『어
맹자의(語孟字義)』, 『중용발휘(中庸發揮)』, 『동자문(童子問)』, 『고학선생문집(古學先生
文集)』이 있다.
32 장윤(長胤) : 이토 도가이(伊藤東涯). 1670~1736. 에도시대의 유학자로 이토 진사이의
장남이다. 이름은 나가쓰구(長胤), 자는 겐조(原藏·源藏·元藏), 도가이(東涯)는 호이다.
시호는 쇼주쓰선생(紹述先生)이다. 진사이가 세운 사숙(私塾)인 고의당(古義堂)을 이어받아 고의

여 사서(四書)와 주역(周易)의 주해를 다시 썼습니다. 그밖에『동자문(童子問)』,『어맹자의(語孟字義)』,『경학문형(經學文衡)』 등이 모두 송학(宋學)[33]을 배척하는 것에 힘써 당대의 후진들 사이에 풍미하였으니, 신기한 것을 좋아하고 기이함으로 치달리는 유폐였지요.

그 후 강호(江戶: 에도. 현재의 도쿄)의 유자(儒者) 적생무경(荻生茂卿)[34], 호를 조래(徂徠)라고 하는 이가 처음으로 두 이(李)와 왕(王), 하(何)[35]의 난삽하고 억지스러워 후인들이 구두를 떼기도 어려워하는 글을 읽기 시작했습니다. 그리하여 스스로 높이고 깃발을 세워 글방을 열고 '고문

학의 초석을 다졌다. 진사이의 저작을 편집, 간행하는 데 힘썼다.

33 송학(宋學) : 성리학(性理學)을 가리킨다. 북송(北宋)의 정호(程顥)·정이(程頤)와 주돈이(周敦頤), 장재(張載), 소옹(邵雍) 등의 학설을 남송(南宋)의 주희(朱熹)가 집성하여 체계화한 유학이다. 주자학(朱子學), 또는 신유학(新儒學)이라고도 한다.

34 적생무경(荻生茂卿) : 오규 소라이(荻生徂徠). 1666~1728. 에도시대의 유학자로 고문사학(古文辭學), 또는 소라이학(徂徠學)의 창시자이다. 본성은 모노노베(物部), 이름은 나베마쓰(雙松), 자는 모케이(茂卿, 시게노리), 호는 소라이(徂徠) 또는 겐엔(蘐園)이다. 에도 출신이다. 주자학을 억측에 근거한 허망한 설이라고 비판하며 경전이 성립한 당시의 언어를 통해 경전의 본뜻을 밝혀야 한다는 고문사학을 제창하였다. 이에 따라 고문사를 알기 위한 방법으로 명나라 전후칠자의 문학을 익혀야 한다고 하였다. 또한 일본의 훈독을 비판하며 중국어로 직접 경전을 읽어야 함을 주장하였다. 저서로『역문전제(譯文筌蹄)』,『논어징(論語徵)』,『변도(辨道)』,『변명(辨名)』,『의자율서(擬自律書)』,『태평책(太平策)』,『정담(政談)』,『학칙(學則)』 등이 있다.

35 두 이(李)와 왕(王), 하(何) : 이몽양(李夢陽, 1473~1530), 이반룡(李攀龍, 1514~1570), 왕세정(王世貞, 1526~1590), 하경명(何景明, 1483~1521)을 가리킨다. 명나라 홍치(弘治, 1488~1505)·정덕(正德, 1506~1521) 연간의 전칠자(前七子)와 가정(嘉靖, 1522~1566)·융경(隆慶, 1567~1572) 연간의 후칠자(後七子)를 대표하는 인물들이다. 이몽양과 하경명은 전칠자, 이반룡과 왕세정은 후칠자에 속한다. 이들은 복고의 문학을 제창하며, "문장은 반드시 진한을 본받고, 시는 반드시 성당을 본받아야 한다.[文必秦漢, 詩必盛唐.]"고 주장하였다. 전칠자와 후칠자의 주장은 기본적으로 동일하지만, 후칠자는 더욱 철저한 의고주의를 내세웠다. 오규 소라이는 고문사를 익히기 위해 이들의 문학을 배워야 한다고 주장했는데, 이로 인해 소라이학파 문인들을 중심으로 이반룡과 왕세정을 위시한 명나라 시인들의 작품을 본받는 풍조가 유행하였다.

사(古文辭)'라 칭하면서, 『학칙(學則)』, 『변도(辨道)』, 『변명(辨名)』, 『논어
징(論語徵)』 등의 책을 저술하여 세상의 눈을 현혹하였습니다. 사람들
을 가르칠 때 번번이 말하기를, "문장은 선진(先秦)이요, 시는 개원(開元)
이니 당(唐) 이후의 글은 절대 읽지 말라"고 주장하기를 그치지 않았습
니다. 그 문인으로 호가 남곽(南郭)인 복원교(服元喬)[36], 호가 동야(東野)
인 등환도(滕煥圖)[37], 호가 금화(金華)인 평현중(平玄中)[38]이 앞에서 외치
고 뒤에서 화답하니 당시의 명성이 도읍에 요란하여 마침내 해내(海內)
에 퍼지게 되었습니다.

　그러나 그들이 지은 문장을 보면 이 구절은 전모(典謨)[39]에서, 저 글
자는 순장(荀莊)[40]에서, 이 말은 좌씨공곡(左氏公穀)[41]에서 취한 것으로,

36　복원교(服元喬) : 핫토리 난카쿠(服部南郭). 1683~1759. 에도시대 중기의 유학자·한
　　시인이다. 이름은 겐쿄(元喬), 자는 시센(子遷), 호는 난카쿠(南郭), 통칭은 고에몬(小右
　　衛門)이다. 별호로는 후쿄칸(芙蕖館)이 있다. 교토 출신이다. 에도에서 야나기사와 요시
　　야스(柳澤吉保) 아래서 가인(歌人)으로 일하였고 오규 소라이(荻生徂徠)에게 배웠다. 요
　　시야스가 죽은 후 사숙(私塾)을 열었다. 「경세론(經世論)」의 다자이 슌다이(太宰春臺),
　　시문(詩文)의 핫토리 난카쿠로 소라이 문하에서 쌍벽을 이루었다. 1724년 『당시선(唐詩
　　選)』을 교정, 출판하여 당시(唐詩) 유행의 계기를 만들었다. 저서로 『대동세어(大東世
　　語)』, 『남곽선생문집(南郭先生文集)』 등이 있다.
37　등환도(滕煥圖) : 안도 도야(安藤東野). 1683~1719. 에도시대 중기의 유학자. 본성(本
　　姓)은 오누마(大沼), 이름은 간토(煥圖), 자는 도헤키(東壁)이다. 시모쓰케(下野) 출신이
　　다. 나카노 기켄(中野撝謙) 및 오규 소라이에게 배웠다. 소라이의 초창기 제자로, 겐엔(蘐
　　園) 학파의 세력을 넓혔다. 후에 야나기사와 요시야스 아래에서 일했다. 시문에 뛰어났으
　　며, 죽은 후 『동야유고(東野遺稿)』가 간행되었다.
38　평현중(平玄中) : 히라노 긴카(平野金華). 1688~1732. 에도시대 중기의 한학자이자
　　한시인. 이름은 겐추(玄中), 자는 시와(子和), 시호는 분소선생(文莊先生)이다. 소라이에
　　게 시문을 인정받아 그 문하에 들어갔다. 저서로 『금화고산(金華稿刪)』, 『금화잡담(金華
　　雜譚)』, 『고학범(古學範)』 등이 있다.
39　전모(典謨) : 전(典)은 『서경(書經)』의 「요전(堯典)」과 「순전(舜典)」, 모(謨)는 「대우모
　　(大禹謨)」, 「고요모(皐陶謨)」, 「익직(益稷)」 등의 편을 가리킨다.

편장과 자구가 모두 고문 중 가장 기이하고 궁벽한 것들을 조각내고 잘라낸 것인데, 이것을 여기저기 다 쓸 수 있는 법식으로 여깁니다. 비유하자면 좋은 목재를 얻은 사람이 뛰어난 장인을 고용하여 그것을 다듬게 하는데, 도끼질한 흔적이 없이 대들보는 세우고 서까래는 뉘어 배와 수레의 힘이 쌓인 뒤에 집을 짓기에 이르러 말하길 "나는 능히 곡면을 분별하고 반듯한 모양을 아니, 반드시 나를 따라서 오로지 다스려야 한다."고 하지만 끝내 어긋나고 맞지 않아서 먹줄의 정교함에는 모두 맞지 않게 된 것과 같습니다. 비록 묶고 얽어 놓은 것을 살펴보더라도 묘함과 신령함을 함께 갖춘 것을 볼 수 없으니 무슨 공교함이 있단 말입니까.

　저들 무리 중에 태재순(太宰純)[42]이라는 이가 있는데 마지막에 조래의 견해가 편벽된 것을 잘 알아 『시문론(詩文論)』을 지어 그 그릇됨을 비판했습니다. 아울러 이(李)・왕(王)[43] 두 사람이 표절에 능하였음을 밝혔으니 진실로 탁월한 식견이라 할 만합니다. 저 이른바 『동자문』과

---

40 순장(荀莊) : 『순자(荀子)』와 『장자(莊子)』의 합칭.

41 좌씨공곡(左氏公穀) : 『춘추좌씨전(春秋左氏傳)』과 『춘추공양전(春秋公羊傳)』 및 『춘추곡량전(春秋穀梁傳)』을 말한다.

42 태재순(太宰純) : 다자이 슌다이(太宰春臺). 1680~1747. 에도시대 중기의 유학자. 본성은 히라테(平手), 이름은 준(純), 자는 도쿠후(德夫), 호는 슌다이(春臺)이다. 17세 때 에도의 주자학자 나카노 기켄(中野撝謙)에게 배웠는데, 이후 32세 때 오규 소라이의 문하에 들어가 고문사학에 종사하였다. 소라이가 주장한 성인의 도(道)는 쇠세(衰世)한 현실사회에서 적용하기 어렵다고 여겨 현실주의적인 정치 이론을 내세웠다. 소라이의 경세론(經世論)을 계승, 발전시킨 인물로 평가되며, 시문에 능한 핫토리 난카쿠(服部南郭)와 함께 소라이 문하의 쌍벽으로 일컬어졌다. 저서로 『논어고훈(論語古訓)』, 『논어고훈외전(論語古訓外傳)』, 『성학문답(聖學問答)』, 『변도서(辨道書)』, 『경제록(經濟錄)』 등이 있다.

43 이(李)・왕(王) : 이반룡과 왕세정. 뒤에 나오는 이(李)・왕(王)도 모두 동일하다.

두 변(辯)[44], 『논어징』 등이 이미 귀방에 전해져 그 도의 옳고 그름을 의론하여 정하였습니까?

아아! 예악의 일은 사서(四書)와 육경(六經), 좌(左)·국(國)·반(班)·마(馬)[45]에 있고, 시문의 업(業)은 한유(韓柳)·구소(歐蘇)[46], 선소(選騷)[47], 당명(唐明)에 있다는 것이 불후의 정론이니 이것을 버리고 어디로 가겠습니까. 저 원계(元繼)는 또한 천 년 뒤에 태어나 왕풍(王風)의 교화를 입어 공들과 같이 높은 벼슬에 계신 분들을 만나 붓을 빌어 한 자리에서 이야기를 나누게 되었습니다. 모두 예악이 남긴 경사이니 문장이 이에 힘입은 바가 어찌 가볍다 하겠습니까.

그러나 제가 반드시 고언(古言)을 꺼려하고 송유(宋儒)[48]가 하는 바를 좋아하는 것은 아닙니다. 오직 안타까운 것은 조래의 무리가 서생을

---

44 두 변(辯) : 앞에서 언급한 소라이의 저작 『변도(辨道)』와 『변명(辨名)』을 가리킨다.

45 좌(左)·국(國)·반(班)·마(馬) : 『춘추좌씨전(春秋左氏傳)』, 『국어(國語)』, 반고(班固), 사마천(司馬遷)을 가리킨다. 『춘추좌씨전』은 중국 최초의 편년체 역사서인 『춘추』에 대한 상세한 주해서로, 전국시대 초기의 저작으로 추정된다. 『국어』는 춘추시대 8개국의 역사를 나라별로 편찬한 사서이다. 좌구명(左丘明)의 저술로 알려져 있으나, 현대에는 각국 사관의 저술을 한나라 때 편집한 것으로 보고 있다. 반고(32~92)는 후한대의 경학가·역사가로 『한서(漢書)』를 저술하였다. 사마천(B.C.145~B.C.86)은 『사기(史記)』의 저자이다. 즉, 좌·국은 선진(先秦)의 역사서를, 반·마는 한대의 역사서를 가리키는 것이다.

46 한유(韓柳)·구소(歐蘇) : 당(唐)의 한유(韓愈)와 유종원(柳宗元), 송(宋)의 구양수(歐陽脩)와 소식(蘇軾)을 지칭한다. 당송고문(唐宋古文)을 대표하는 인물들이다.

47 선소(選騷) : 『문선(文選)』과 〈이소(離騷)〉를 지칭한다. 『문선』은 양(梁) 소명태자(昭明太子) 소통(蕭統, 501~531)이 진(秦)·한(漢) 이후 남북조 시대까지의 시부와 문장을 집대성하여 30권으로 엮은 시문집이다. 〈이소〉는 굴원(屈原)의 작품인 〈이소경(離騷經)〉을 가리키기도 하고, 〈이소경〉을 비롯하여 굴원, 송옥(宋玉), 가의(賈誼) 등의 작품을 수록한 『초사(楚辭)』 전체를 가리키기도 한다.

48 송유(宋儒) : 송나라 유자. 정호(程顥)와 정이(程頤) 및 주희(朱熹)를 비롯한 성리학자들을 가리킨다. 각주 33번 참조.

가르치며 입으로는 선진(先秦)을 주창하면서 스스로 하는 바는 가륭(嘉隆) 사가(四家)⁴⁹를 벗어나지 못하니, 과연 일대의 풍상(風尙)이 어찌 족히 심원한 곳으로 돌아가겠습니까. 저 삼왕(三王)과 주공(周公), 공자의 정치의 자취는 여전히 방책(方策)에 실려 있지 않습니까?⁵⁰ 이것이 옛것이 남긴 아름다움이니, 거슬러 올라가 따른다면 배운 바에 거의 어긋나지 않을 것입니다. 공께서 이 뜻을 살펴 따로 서문(序文)을 써 주시면 무척 감사하겠습니다.

추월 : 서문의 의론이 정대하고 따르는 길이 매우 평온합니다. 뜻밖에도 총령(蔥嶺)⁵¹의 논의 가운데 이렇듯 혼연히 통하는 바른 문로(門路)가 있으니 얼마나 다행입니까. 이등(伊藤)과 적생(荻生) 두 사람의 주장에 대해 그 병통을 잘 지적하였으니 능히 끊어버렸다고 할 만합니다. 여러 저서들은 지난 사행에서 이미 가지고 와서 한 번 눈에 닿았을 뿐인데도 미워할 만하였습니다.

용연(龍淵)⁵²【성은 성(成), 이름은 대중(大中), 자는 사집(士執), 용연은 호. 조선국

<hr>

49 가륭(嘉隆) 사가(四家) : 가륭(嘉隆)은 가정(嘉靖)·융경(隆慶) 연간의 합칭이다. 즉, 후칠자의 활동 시기를 가리킨다. 그러나 문맥상 사가(四家)는 전칠자에 속하는 이몽양과 하경명, 후칠자의 이반룡과 왕세정을 지칭하는 듯하다.

50 저 …… 않습니까? : 『중용장구』 20장에서 "애공이 정사를 묻자 공자가 말했다. '문왕과 무왕의 정사가 방책에 펼쳐져 있으니, 그러한 사람이 있으면 그러한 정사가 거행되고, 그러한 사람이 없으면 그러한 정사가 종식됩니다.'[哀公問政, 子曰: "文武之政布在方策, 其人存則其政擧, 其人亡則其政息."]"라고 하였다.

51 총령(蔥嶺) : 중앙아시아 남동쪽의 파미르 고원 일대를 가리킨다. 중국과 인도의 경계 지역으로, 불교가 처음 중국에 들어올 때 이 길을 따랐으므로 불교를 지칭하는 말로 쓰인다. 일본이 불교를 신봉하는 나라라는 뜻에서 이 표현을 쓴 것이다.

52 용연(龍淵) : 성대중(成大中). 1732~1809. 자는 사집(士執), 호는 청성(靑城). 용연(龍

서기실(書記室)】: 양묵(楊墨)을 멀리하는 말을 할 줄 아는 사람은 성인의
무리입니다.[53] 조래는 한 명의 문사일 뿐이고, 이등 씨야말로 진실로
귀국의 양묵입니다.[54] 그대가 능히 끊어서 물리치셨으니 훌륭합니다.
또한 우리 도를 펼칠 수 있을 것입니다. 제 재주가 졸렬하고 지식도
얕아서 광채를 드러내기에 부족하여 구하신 서문을 진실로 감당할 수
없으니 어찌할까요.

선루: 공들께서는 …[55]을 행하시는데 겸양의 덕이 어찌 이와 같으십
니까.

추월: 오늘은 이미 날이 저물었고 또 객들이 매우 소란스러우니 용

淵)은 일본에서 사용한 별호이다. 1753년에 생원이 되고 1756년 정시문과에 병과로 급제
하였다. 서얼 출신으로 벼슬에 한계가 있었으나, 서얼통청운동에 힘입어 1765년 청직(淸
職)에 임명되었다. 1763~64년 계미통신사의 정사 서기로 일본에 다녀왔으며, 이때 사행
록 『일본록(日本錄)』을 남겼다. 1784년 흥해군수(興海郡守)가 되었다. 정조에게서 극진
한 대우를 받았고 문체반정에도 적극 호응하였다. 노론 낙론계(洛論系) 학자인 김준(金
焌)에게서 수학하여 낙론계 학맥에 속했으나, 북학사상에도 관심을 가져 홍대용, 박지원,
이덕무, 유득공, 박제가 등과 교유하였다. 문집 『청성집(靑城集)』 외에 『청성잡기(靑城雜
記)』, 『선사만랑집(仙槎漫浪集)』 등의 저작이 있다.

53 양묵(楊墨)을 …… 무리입니다 : 원문은 "能言距楊墨者, 聖人之徒也."이다. 『맹자』 「등
문공 하(滕文公下)」에 나오는 말이다. 양묵(楊墨)은 양주(楊朱)와 묵적(墨翟)으로, 이단
의 학문을 뜻한다. 양주는 의(義)를 중시하여 자신의 지조를 지켜야 한다는 위아설(爲我
說)을, 묵적은 인(仁)을 중시하여 모든 사람을 똑같이 사랑해야 한다는 겸애설(兼愛說)을
주장하였다. 맹자는 전자에 대해 무군(無君), 후자에 대해서는 무부(無父)의 가르침이라
고 비판하였다.

54 이등 …… 양묵입니다 : 이토 진사이의 『동자문(童子問)』은 1719년 기해사행 때 진사이
의 차남 이토 바이우(伊藤梅宇)가 서기 성몽량(成夢良)에게 증정하여 조선에 유입된 것으
로 보인다. 이로 인해 진사이의 이름이 조선에 알려졌다. 1748년 통신사의 이봉환(李鳳
煥)과 홍경해(洪景海)는 일본으로 가기 전에 『동자문』을 읽었다. 성몽량은 성대중의 종조
부로서, 성대중 역시 사행 전에 이 책을 읽었을 가능성이 높다. 성리학의 리(理)와 주희(朱
熹)의 논리를 비판하였으므로 이단이라고 한 것이다.

55 … : 저본에서 두 자가 판독되지 않는다. 해당 문장은 "公等是行▨▨, 何謙德如此."이다.

서해 주십시오.

고려지(高麗紙)

선루: 고려지는 누에고치로 만들어서 색이 비단처럼 하얗고 질기기가 명주와 같다[56]고 하였는데 우리나라에서 본 귀국의 종이는 얇고 물러서 잘 찢어집니다. 서책이나 편지지로 만드는 것은 괜찮지만 장막이나 우산의 용도로 쓴 것은 자주 비바람에 찢어집니다. 이른바 명주같이 질긴 것이 동쪽으로 온 것은 보지 못했는데 따로 좋은 종이가 있는 것입니까?

추월: 폐방(弊邦)[57]의 종이는 지금은 오로지 닥나무를 써서 만듭니다. 두꺼운 것은 장지(壯紙)라고 부르고, 얇은 것은 백지(白紙)라고 부르니 곧 통틀어 일컫는 것입니다. 장지는 병풍에 사용하는 데 알맞고 백지는 서독(書牘: 편지)에 쓰기에 알맞습니다. 또 여러 품질이 있어서 혹 당겨도 찢어지지 않는 것도 있고 쉽게 망가지는 것도 있습니다. 선생께서 본 것은 무른 품질의 종이입니다.

---

56 고려지는 …… 같다 : 송나라 조희곡(趙希鵠)의 『동천청록(洞天淸錄)』에서 "고려지는 누에고치로 만들어서 빛깔이 비단처럼 하얗고 질기기가 명주와 같다. 먹빛이 잘 나오므로 아낄 만하니, 이는 중국에 없는 것으로서 뛰어난 물품이다.[高麗紙者, 以綿繭造成, 色白如綾, 堅韌如帛. 發墨可愛, 此中國所無, 亦商品也.]"라고 하였다. (이익(李瀷)의 『성호사설(星湖僿說)』 권4 만물문(萬物門) 〈견지(繭紙)〉 항목 참조) 고려지는 견지를 가리키는데, 삼한지(三韓紙)라고도 했다. 비단처럼 얇고 질겨서 누에고치[綿繭]로 만든 것으로 알려졌으나, 실제로는 닥종이로 만든 것이다.
57 폐방(弊邦) : 자신의 나라를 낮추어 가리키는 말이다.

남경노정(南京路程)

선루 : 귀방은 다만 북경(北京)과 길이 통하고 남경(南京)과는 거리가
아득히 떨어져 있다는데 그 거리가 과연 며칠 정도의 여정입니까? 지
나는 도읍과 관산(關山)[58]이 얼마나 됩니까?

현천(玄川)[59] 【성은 원(元), 이름은 중거(重擧), 자는 자재(子才). 현천은 호. 조선국
서기실】: 압록강은 폐방의 서쪽 경계입니다. 이곳에서부터 요동 벌판을
지나서 산해관으로 들어갑니다. 연경(燕京)을 거쳐 하수(河水), 제수(濟
水), 회수(淮水)를 건너고 강수(江水)를 건너면 금릉(金陵)[60]입니다. 제가
아직 가보지는 못했지만, 「우공(禹貢)」[61] 편으로 증험한다면 마땅히 기

---

58 관산(關山) : 관문(關門)과 산, 또는 험한 산을 가리킨다.

59 현천(玄川) : 원중거(元重擧). 1719~1790. 본관은 원주(原州), 자는 자재(子才), 호는
현천(玄川)·물천(勿天)·손암(遜菴)이다. 1705년 사마시에 생원 2등으로 합격하였으나
10여 년간 실직을 받지 못하였다. 40세가 넘어서 종8품 장흥고봉사(長興庫奉事)에 보임
되었다. 1763~64년 계미통신사의 부사 서기로 일본에 다녀왔으며, 이때의 경험과 견문을
바탕으로 사행록인『승사록(乘槎錄)』과 일본지지(日本地誌)인『화국지(和國志)』를 저술
하였다. 이 저작들은 이른바 연암 그룹 문인들에게 상당한 영향을 끼쳤다. 1770년 종6품
송라도찰방(松羅道察訪)으로 승직되지만 60일 만에 해임된다. 이후 가난에 시달리다가
1776년 장원서주부(掌苑署主簿)에 임명되었고, 이때 이덕무, 박제가 등과 함께『해동읍
지(海東邑誌)』를 편찬하였다. 뒤에 목천현감(木川縣監)을 지냈다. 이덕무, 성대중, 박제
가, 유득공, 홍대용, 황윤석, 남공철, 윤가기 등과 교유하였다.

60 금릉(金陵) : 남경(南京)의 별칭. 건업(建業)·건강(建康)이라고도 했다. 현재의 장쑤성
(江蘇省) 난징시(南京市)이다. 중국 남부의 정치·문화의 중심지 중 한 곳이다. 동오(東
吳)와 동진(東晉), 남조(南朝) 송(宋)·제(齊)·양(梁)·진(陳), 남당(南唐), 그리고 명나라
초기의 도읍이었다.

61 「우공(禹貢)」:『서경』하서(夏書)의 편명. 요임금 때 우(禹)가 9년 동안의 홍수를 다스
린 후, 천하(중국)를 기주(冀州)·연주(兗州)·청주(靑州)·서주(徐州)·양주(揚州)·형주
(荊州)·예주(豫州)·양주(梁州)·옹주(雍州)의 구주(九州)로 나누어 각 지역의 산천과 토
지의 등급 및 물산을 하나하나 밝혀서 이를 기준으로 조세와 공부(貢賦)를 정했다고 한다.
구주 각 지역의 지리와 물산을 기록한 것이 「우공」이다.

주(冀州), 청주(靑州), 연주(兗州), 서주(徐州)를 지나서 양주(楊州)가 나온다는 것을 알 수 있지요. 나머지는 짧은 종이에 다 쓸 수가 없습니다.

부계(副啓)와 통자(通刺)의 법식

선루 : 무릇 척독(尺牘)과 간첩(柬帖)[62]은 비록 후세에 후첩(侯帖)을 생략하게 되었으나 그래도 '부계(副啓)'[63] 두 글자는 씁니다. 또, 통자(通刺)[64]할 때에 붉은색 종이를 사용하고 작리(爵里 : 관작과 향리)와 성명을 씁니다. 그 크기의 법식은 어떻습니까?

용연 : 부계의 법식은 옛날에는 있었지만 지금은 없습니다. 명함은 혹 크기도 하고 혹 작기도 하여 정해진 법식이 없습니다. 붉은색 종이를 쓴다든가 작리와 성명을 쓰는 규정도 없습니다.

선루 : 반드시 붉은색 종이를 쓰지 않아도 무방하다는 것인가요?

용연 : 그렇습니다.

장(漿)·의관(衣冠)

선루 : 향연(享宴)에 장(漿)을 마련한다고 『예기(禮記)』에 기록되어 있는 것을 볼 수 있는데 그 제도가 상세하지 않습니다. 옛날에는 쉽게 알 수 있었던 것이라 간략히 써둔 것이겠지요. 폐방에는 장을 차리는

---

62 척독(尺牘)과 간첩(柬帖) : 둘 다 편지를 가리킨다. 척독은 특히 짧은 편지를 뜻한다.

63 부계(副啓) : 추가하여 말함. 서간(書簡)의 첨서(添書) 첫머리에 쓰는 말. 추계(追啓), 추백(追白)과 같은 말이다.

64 통자(通刺) : 명함을 내보이고 면회를 청하는 것, 또는 방문객의 성명을 통보하거나 명함을 전하는 것을 이른다.

예가 없는데 그 제도가 어떻게 됩니까?

　용연 : 장이라는 것은 물[水]이니, 아마도 현주(玄酒)⁶⁵가 아니겠습니까.

　선루 : 장을 그냥 물이라고만 칭하시니 저는 이해가 되지 않는군요.

　용연 : 말씀하시는 바를 저 또한 알아듣지 못하겠군요.

　선루 : 의관(衣冠)이 모두 예스럽고 우아한데 주나라 제도를 따른 것이 많겠지요?

　용연 : 주나라 제도라면 이미 오래되어서 반드시 이와 같은지 모르겠습니다만 중국 성당(盛唐) 때의 중화의 제도라고 하면 분명하지요.

식품

　선루 : 폐방에는 닭, 작은 돼지[豚], 돼지[猪], 사슴 등을 길러 음식 재료를 마련하는 집이 없습니다. 또 사방이 바다에 임해 있어 주로 생선과 채소로 국을 끓입니다. 비록 훌륭하고 중요한 손님이 있어서 성대한 만찬을 올리더라도 또한 다른 식품은 없습니다. 소와 양은 특히 즐겨 먹지 않습니다. 귀방에는 경대부(卿大夫), 사(士), 서인(庶人)에 따라서 금하는 식품이 있습니까?

　추월 : 폐방의 고기는 여섯 가축을 씁니다. 물은 담수와 해수가 섞여 있으며⁶⁶ 쇠고기와 양고기를 가장 좋아합니다. 귀방이 쇠고기와 양고기를 좋아하지 않으니 저희들은 비장이 상해 불고기 생각이 간절합니

---

65 현주(玄酒) : 제사에 쓰던 맑은 물. 태고 때에는 술이 없었으므로 물을 사용하였는데 그 빛이 검다고 여긴 데서 나온 말이다.
66 물은 …… 있으며 : 바다에서 나는 물고기와 민물에서 나는 물고기를 모두 먹는다는 뜻인 듯하다.

다. 폐방은 여섯 가축을 금하지 않습니다만 소는 밭갈이 때문에 도살을 금합니다.

금주(禁酒)·차(茶)

선루 : 술 마시는 예는 예부터 있었는데 귀방은 어찌하여 일절 금하는 것입니까?[67]

용연 : 취하여 예의를 잃고 싸우며 서로 해치는 자가 많기 때문에 금하는 것입니다. 어기는 사람은 사형입니다.

선루 : 하루가 다 가도록 여러분들이 차 마시는 것을 보지 못했습니다. 폐방은 차를 좋아하는 이가 많아 손님 대접에 있어서는 따로 예법을 세우기까지 하였습니다. 그릇은 모두 예스러운 느낌이 있는 것을 좋아합니다. 법을 지킴이 매우 엄해서 하나라도 어긋나면 크게 공경을 잃는 것이 됩니다. 그 무리들이 쓰는 다완(茶盌) 가운데 이름이 웅천(熊川)이라는 것[68]이 있는데, 모두 세상에 드문 진기한 것이라 거금을 아끼지 않고 사들입니다. 옛날 조선의 웅천에서 만들어졌기 때문에 그런 이름을 얻은 것이라고 전해지는데 그렇습니까?

---

67 술 …… 것입니까? : 영조대에는 자주 금주령(禁酒令)을 내렸는데, 이 시기에도 금주령이 있었다. 금주령이 내려지면 술을 마시는 것을 비롯하여 술의 제조와 판매가 모두 금지된다. 이 때문에 통신사는 일본에서도 술을 마시지 않았으며, 연향 때에도 술 대신 물을 따르게 했다.

68 다완(茶盌) …… 것 : 웅천다완(熊川茶盌, 고모가이 챠완). 웅천은 조선시대 경상남도 진해에 있던 현의 이름이다. 여기에 제포(薺浦)라는 포구가 있었는데, 이곳에 왜관이 있었다. 왜관에서 교역한 물품들 중 가장 인기있던 것이 다완이었다고 한다. 다만 웅천다완은 웅천에서 생산된 것이 아니라 진주 부근의 곳곳에서 만들어져 이곳에 집하, 판매된 것으로 추정된다.

용연 : 폐방은 차가 매우 적게 나고 또 사람들도 그다지 즐기지 않습니다. 웅천에는 지금 다완 만드는 곳이 없고 그 예법 또한 듣지 못했습니다.

『유원총보(類苑叢寶)』

선루 : 근래 청풍(淸風) 김백후(金伯厚)[69]가 찬집한 『유원총보(類苑叢寶)』[70] 40본(本)을 보니 조선의 종이를 써서 인쇄한 것이더군요. 백후 역시 귀방 사람인 듯합니다.

추월 : 김백후는 폐방의 백 년 전 어진 재상입니다. 과거 보는 자제들을 위하여 문장을 모아 이 책을 만들었지요. 족하(足下)[71]는 어디서 그것을 보셨습니까. 대판(大坂)[72]의 서점들에서 기이한 책들을 보고 싶군

---

69 김백후(金伯厚) : 김육(金堉). 1580~1658. 본관은 청풍(淸風). 자는 백후(伯厚), 호는 잠곡(潛谷)·회정당(晦靜堂). 1605년 사마시에 합격하여 성균관에 들어갔으나 1609년 김굉필 등 오현(五賢)의 문묘 종사를 건의하는 소를 올린 일로 문과 응시 자격을 박탈당한다. 인조반정 후 의금부도사에 임명되었고 이듬해 증광문과에 장원으로 급제하였다. 이후 형조참의 겸 대사성, 대제학, 병조참판, 개성부유수 등의 현직을 역임하였고, 효종 즉위 후에는 대사헌과 우의정을 거쳐 영의정에 올랐다. 중국에 네 차례 다녀왔으며, 국내에서는 특히 대동법 실시에 힘을 기울였다. 저서로 문집 『잠곡유고(潛谷遺稿)』를 비롯하여 『황명기략(皇明紀畧)』, 『기묘록(己卯錄)』, 『송도지(松都誌)』, 『잠곡필담(潛谷筆談)』, 『구황촬요(救荒撮要)』, 『벽온방(辟瘟方)』이 있으며, 편서로 『국조명신록(國朝名臣錄)』, 『유원총보(類苑叢寶)』, 『당삼대가시전집(唐三大家詩全集)』 등이 있다.

70 『유원총보(類苑叢寶)』 : 인조 때 김육(金堉)이 편찬한 유서(類書)로, 47권 30책으로 되어 있다. 『사문유취(事文類聚)』나 『운부군옥(韻府群玉)』과 같은 중국의 유서를 참고하여 편찬하였다.

71 족하(足下) : 상대방에 대한 경칭이다. '당신'이나 '그대'와 가까운 의미이다.

72 대판(大坂) : 오사카(大阪)를 가리킨다. 당시 조선에서는 '大阪'을 '大坂'으로 썼다. 일본에서도 본래 '大坂'으로 썼는데, 에도시대 중기부터 두 가지 표기가 혼용되다가 메이지유신 이후 '大阪'이 정식 표기로 확정되었다.

요. 또, 정묘사행[73] 때 양국이 수창(酬唱)한 시권(詩卷)[74] 또한 보았으면 합니다. 청컨대 선생께서 애써 주십시오.

선루 : 유사(儒士)가 서림(書林: 서점)에서 기이한 책을 찾는 것은 진실로 당연한 일입니다만, 문금(門禁)이 매우 엄하여 달리 생각할 수가 없음이 안타깝습니다. 정묘년 수창시권은 말씀대로 하겠습니다. 내일 가져오도록 하지요.

추월 : 그렇다면 귀방은 명분으로는 예(禮)로써 대한다고 하면서 실제로는 막고 있는 것이군요.

선루 : 막는 것이 아닙니다. 다만 귀방의 여러 사람들이 문을 나가 마음대로 다니다가 갈림길이 많아서 길이 어디로 통하는지 모르게 되면 그 사람을 못 찾게 되는 일이 생길까 걱정되기 때문이지요. 또한 저는 관반(館伴)에 참여한 사람이 아니니 깊이 의심하실 것이 없습니다.

추월 : 말씀을 피하시는 걸 보니 궁한 것을 알겠습니다.

'불기(不其)' 자(字)의 격식

선루 : 공들께서는 책을 읽을 때에 중국과 마찬가지로 위에서부터 곧바로 읽으면 뜻이 절로 통하고 음에 초(楚)와 하(夏)가 있으니[75] 진실

---

73 정묘사행 : 제10차 사행인 1748년 무진사행(戊辰使行)을 가리킨다. 1747년 정묘년 11월에 사조(辭朝)하고 한양을 떠났으므로 정묘사행이라고도 했다.

74 양국이 수창(酬唱)한 시권(詩卷) : 수창(酬唱)은 시문을 주고받는 것을 가리킨다. 수창시권은 곧 필담창화집을 가리키는데, 일본의 문사들은 이전 사행 때 제작한 필담창화집을 통신사에게 보여주기도 했다. 계미사행 때에는 가메이 난메이(龜井南溟)가 1748년 무진사행 때의 창수시집인 『문사록(問槎錄)』과 『선린풍아(善隣風雅)』를 가져와서 보여준 일이 있다. (남옥, 『일관기』, 1763년 12월 20일)

75 음에 …… 있으니 : 원문은 "音有楚夏"이다. 『문선(文選)』에 수록된 좌사(左思)의 〈위도

로 부러워할 만합니다. 폐방의 사람들은 글을 바로잡아가며 책을 읽으
니 아래서부터 위로 돌아가고 또 위에서 아래로 뛰어넘은 뒤에야 뜻이
비로소 이해되는 일이 많습니다.[76] 이 때문에 비록 노련한 서생이나
능숙한 문장가일지라도 글을 지을 때 글자의 위치가 잘못되는 일을 면
하기 어렵습니다. 제가 사우(師友)로 사귀는 정수설계(井狩雪溪)[77]란 이
가 장성한 이후로 여기에 뜻을 두어 이제는 이미 일흔이 넘어 갈고
닦음이 더욱 견실해졌습니다. 근래에 이등(伊藤) 씨가 지은 『용자격(用
字格)』[78]에 의거하여 『변정(辨正)』 세 권을 지었는데 크게 진작하는 바가
있습니다. 일찍이 이르길 "두예(杜預)의 「좌전서(左傳序)」의 '선유들이
전한 바가 모두 그렇지 아니한가.[先儒所傳, 皆不其然.]'와 『좌전』 선공(宣
公) 4년에 '약오씨(若敖氏)의 귀신이 굶주리지 않겠는가.[若敖氏之鬼, 不其

부(魏都賦)〉에서 "음에는 초와 하가 있으니 토풍이 다른 것이다.[蓋音有楚夏者, 土風之
乖也.]"라고 하였다. 초(楚)는 남초(南楚), 즉 남방 지역을 가리키고 하(夏)는 제하(諸夏)
로 중국을 뜻한다. 중국 남방과 북방의 말소리가 다른 것을 가리키는 말인데, 여기서 선루
는 조선의 한자음이 중국음과 비슷하다는 뜻으로 이 표현을 쓰고 있다.

76 폐방은 …… 많습니다 : 일본에서 한문을 읽을 때 널리 사용되었던 훈독(訓讀)의 방식을
설명한 것이다. 한자의 음을 그대로 읽는 것이 아니라 뜻을 풀어서 읽는 방식으로, 일본어
의 어순에 따라 순서를 바꿔가며 읽었다. 훈독을 돕기 위해 읽는 순서를 표시하는 가에리
텐(返り点)과 문장성분 등을 표시하는 오쿠리가나(送り仮名)를 활용한다. 본 책『양호여
화』에도 가에리텐과 오쿠리가나가 부기되어 있다.

77 정수설계(井狩雪溪) : 이카리 셋케이(井狩雪溪). ?~1766. 이름은 미상, 통칭은 히코사
부로(彦三郎)이다. 오사카 사람이다. 저서에 『설계시문(雪溪詩文)』, 『논어징박(論語徵
駁)』 등이 있다.

78 『용자격(用字格)』 : 이토 도가이(伊藤東涯)의 한문 문법서로, 모두 3권이다. 겐로쿠
16년(1703)의 자서(自序)가 있다. 잘못 쓰기 쉬운 한문 구문을 '不必–必不', '謂之–之謂'
와 같이 대비하여 제시하고, 어순의 규칙 및 말의 순서에 따라 뜻이 달라지는 것 등을
풍부한 용례를 들어 설명하였다. 不, 可, 未……非, 所, 便 등의 자격(字格: 어순의 규칙)
323조를 수록하고 있다.

餒而.]'와 같은 것은 모두 반어(反語)로서 쉽게 이해할 수 있다. 그런데
『상서(尙書)』「소고(召誥)」의 '나는 감히 알지 못하겠으니, 그것을 더 연
장할 수는 없었을까요? 오직 덕(德)을 공경하지 아니하여[我不敢知, 曰不
其延, 惟不敬厥德.]'와 「낙고(洛誥)」의 '그것이 활활 타오르게 되면 마침내
끌 수 없게 될 것입니다.[厥攸灼, 敍弗其絶]', 『좌전』 희공(僖公) 15년 '덕
을 베풀었다가 원망을 사게 되는 일인데 진나라에서는 그렇게 하지 않
을 것이다.[以德爲怨, 秦不其然.]'의 세 항목에서 '不其' 두 자는 반어로
쓰이지 않았다."고 하였습니다. 글자를 쓰는 법을 보면 위의 '불기'와
구별이 없는데 어째서 그러합니까?

추월 : 귀방 사람들에겐 마땅히 이러한 근심이 있을 터인데 다만 내
놓고 말하지 않을 뿐이겠지요. 그대는 남들이 논하지 않은 것을 능히
논하였다고 할 만합니다. 비록 그러하나 고문(古文)은 그 책자를 마주
놓고 따져보지 않고서는 하나하나 그 말을 확정하기 어렵습니다. 시서
(詩書)⁷⁹에 근거하면 시서이고 춘추(春秋)⁸⁰를 본보기로 하면 춘추가 되
니 그 구별이 절로 명백해질 따름입니다.

선루 : 그렇다면 귀국에는 위아래에 글자를 잘못 놓는 근심이 전혀
없습니까?

추월 : 반드시 없다고 말할 수는 없으나 귀방의 음이 주리(侏儜)·격
설(鴃舌)⁸¹과 일반인 것과는 같지 않습니다.

---

79 시서(詩書) : 『시경(詩經)』과 『서경(書經)』(『상서(尙書)』)의 합칭.
80 춘추(春秋) : 원문은 '左公穀'이다. 『춘추좌전(春秋左傳)』, 『춘추공양전(春秋公羊傳)』,
  『춘추곡량전(春秋穀梁傳)』을 아울러 가리키는 말이다.
81 주리(侏儜)·격설(鴃舌) : 주리(侏儜)는 중국 고대 서방의 소수민족을 지칭하는데, 오랑
  캐의 말소리라는 뜻으로 사용된다. 격설(鴃舌)은 때까치 소리라는 말로서 남만(南蠻),

선루 : 어찌 그렇겠습니까. 대마도 남쪽 100리에 장기(長崎)[82] 포구가 있는데 우리나라 서쪽의 한 도회지입니다. 중국 선박의 왕래가 밤낮으로 이어지며 물화를 무역합니다. 매번 승객 중에 중국 승려로 저들 본토 말을 잘하고 간혹 경의(經義)를 좋아하는 이가 있어 열흘이 되도록 머물러 있기도 하고 혹은 해를 넘기기도 합니다. 그러므로 본토 사람이 외워 읊으면 통역들이 모두 그 음조를 익혀 중주(中州)[83]에까지 널리 미쳤으니, 공의 말은 틀렸습니다.

화축(畫軸)·이전 사행의 창화집(唱和集)

선루 : 엄로(弇老)[84]가 글을 붙인 고소대(姑蘇臺)[85] 화폭이 다행히 공의 감식을 빌어 훗날의 증거로 삼을 수 있게 되었습니다.

추월 : 어두울 때 잠깐 보아서 그것이 반드시 원미(元美)인지 분변하지는 못하였으나 분명 매우 희귀한 보물입니다. 누구 집안에서 간직하고 있는 것입니까? 원컨대 하루 이틀 빌려 보았으면 합니다.

즉 남쪽 오랑캐의 미개한 말소리를 뜻한다.

82 장기(長崎) : 나가사키(長崎). 현재의 일본 규슈 나가사키현을 가리킨다. 이곳에 있는 나가사키 항(長崎港)은 히라도 항(平戸港)에 이어 일본에서 두 번째로 외국과의 무역을 개시한 곳이다. 도쿠가와 막부의 쇄국 시기에 유일하게 외국에 개방되어 청나라 및 네덜란드와 무역을 했다.

83 중주(中州) : 일본의 혼슈(本州)를 지칭한다.

84 엄로(弇老) : 명의 문학가 왕세정(王世貞)의 호가 엄주(弇州)이다. 자는 원미(元美)이다.

85 고소대(姑蘇臺) : 춘추시대 오왕(吳王) 부차(夫差)가 고소산(姑蘇山) 위에 지은 대(臺)의 이름이다. 부차가 처음에 월(越)나라를 격파하고 나서 미인 서시(西施)를 얻고는 이 대를 지어 날마다 서시와 함께 그 위에서 유연(游宴)만 즐기다가 끝내는 월나라의 침공을 받아 멸망했다.

선루: 문인(門人) 천고로경(千庫路卿)[86]이 소장한 것인데 나중에 와서 말석에 있는 관계로 저에게 맡겼습니다. 머물러 두고 보는 것이 뭐가 어렵겠습니까?

선루: 어제 약속한 두 나라의 창화시집입니다. 그런데 화답해야 할 시 빚이 이처럼 많고 또 출발할 날이 다가오니 보실 겨를이 없을 것 같군요.

추월: 만약 가져가길 허락하신다면 틈틈이 자세히 보겠습니다.

선루: 동쪽에서 돌아오실 때 돌려주신다면 그렇게 하셔도 상관없습니다.

추월: 이전 사행 때에는 선비들이 한객과 창화한 책을 많이들 주어서 돌아와서 볼 자료로 삼았다고 하는데 족하는 다만 빌려주시는 건가요?

선루: 이 책 또한 로경의 가서(家書)라서 제가 마음대로 할 수 없습니다. 그러나 한 권의 작은 책이니 감히 아끼지 않을 것입니다.

추월: 알겠습니다. 선루께서 저를 사랑하심이 지극하군요.

그릇 이름·일본 글자[和字]

선루: 공들이 자리 오른쪽에 두는 놋그릇의 이름이 무엇입니까?

용연: 요강(溺缸)입니다.

선루: 어떤 금속으로 만든 것입니까?

---

86 천고로경(千庫路卿): 지쿠라 요시타네(千庫由胤). ?~? 에도시대 중기의 유자. 자는 로쿄(路卿), 호는 사기시마(鷺島). 남옥의 『일관기』 권3, 1월 23일 일기에 "유철이 왕엄주가 제(題)한 〈고소십경도〉에 평을 써줄 것을 청하였는데, 보축(寶軸)이었다.[由徹乞王弇州所題姑蘇十景圖評, 蓋寶軸也.]"라는 언급이 있다.

용연 : 놋쇠입니다.

선루 : 깔아놓은 것은 무엇입니까?

용연 : 개가죽입니다.

선루 : 지난해 임오년(1762) 여름에 조선 이성흠(李聖欽)이란 이가 대마도에 와서 와카[和歌] 다섯 수를 썼는데 제가 근래 그것을 보았습니다. 이씨는 본래 글씨로 명성이 있는 사람입니까?

용연 : 이 사람은 역관입니다. 그러므로 일본 글자를 쓸 줄 아는 것입니다. 이번에도 같이 왔는데, 글씨를 잘 쓰는지에 대해서는 말해본 적이 없군요.

선루 : 그대는 『세설(世說)』[87]을 적절하게 잘 인용하여 말씀을 하십니다. 감히 묻노니 "첩삽여생무구형(輒翣如生毋狗馨)"[88]과 "오강계중조갈(吳江溪中釣碣)"[89] 등에 대한 분명한 풀이가 있는지요?

용연 : 이 책은 좋은 말들이 많으나 상세히 풀이하기가 어렵습니다. 조금 틈이 나면 마땅히 책자를 꺼내놓고 찬찬히 살펴보겠습니다.

장문(長門)[90]의 문학·바람난 말과 소[風馬牛]

선루 : 폐방은 비록 문학이 성하지만 한 시대의 이름난 선비는 모두

---

87 『세설(世說)』 : 『세설신어(世說新語)』. 후한(後漢) 말기부터 동진(東晉)까지의 귀족·학자·문인·승려 등 6백 명의 인물에 관한 일화를 36편으로 분류하여 수록한 책이다. 남조(南朝) 송(宋) 유의경(劉義慶, 403~444)이 찬술하고, 양(梁) 유효표(劉孝標)가 주석하였다.

88 "첩삽여생무구형(輒翣如生毋狗馨)" : 『세설신어』 상권 하, 제4편 「문학(文學)」 22칙(則)에 나오는 구절이다.

89 "오강계중조갈(吳江溪中釣碣)" : 『세설신어』 중권 상, 제6편 「아량(雅量)」 제38칙에 "여고시오흥계중조갈이(汝故是吳興溪中釣碣耳)"라는 말이 나온다.

중주(中州)에 모여있고 나머지 나라[國][91]에는 인재가 부족합니다. 유독 장문후(長門侯)[92]가 학관(學官)을 일으켜 서생들을 널리 맞아들여 예문 (禮文)을 닦았습니다. 공께서 이미 장문에 들르셨는데 재덕이 뛰어난 선비 중에 뵈러 온 사람이 있었습니까? 【○추월이 이 글을 보고 '후(侯)' 자를 지적하고 지웠는데 그 이유는 알 수 없다. '후(侯)' 자를 문제 삼은 것은 이 말뿐만이 아니다.[93]】

　　추월 : 장문에 초안세(草安世),[94] 농장개(瀧長愷),[95] 산태덕(山泰德)[96] 같

90　장문(長門) : 나가토(長門). 현재의 일본 야마구치현(山口縣) 서부 지역이다. 율령제 하에서는 산요도(山陽道)에 속하였다. 665년에 나가토국(長門國)이란 말이 처음 쓰였고, 1871년 폐번치현 때에 스오국(周防國)과 통합되어 야마구치현이 되었다. 한반도와 마주 보는 위치에 있었으므로 외교·방위상으로 북부규슈(北部九州)에 준하는 정도로 중시되 었다. 통신사행의 기착지 중 아카마가세키(赤間關)가 나가토국에 속하였다.

91　나라[國] : 일본의 옛 행정구역 단위인 율령국(律令國), 즉 리츠료코쿠를 가리킨다. 나라(奈良) 시대부터 메이지(明治) 시대 초까지 일본의 지리 구분에 사용되었다. 모두 68개국인데, 보통 쓰시마와 이키(壹岐)를 제외하고 66국으로 헤아리는 경우가 많다. 일본 전역을 가리켜 66주(州)라고 표현하기도 했다.

92　장문후(長門侯) : 나가토국 하기번(萩藩) 모리가(毛利家) 제5대 번주 모리 요시모토(毛 利吉元, 1677~1731)를 가리킨다. 하야시 호코(林鳳岡)에게 배웠으며, 1707년 번주의 자 리에 올랐다. 유학을 숭상하여 1719년 번학(藩學) 메이린칸(明倫館)을 창설하였다.

93　추월이 …… 아니다 : '후(侯)'란 봉건제의 제후왕을 가리키는 글자이다. 남옥이 '侯' 자를 모두 지운 것은 선루가 쇼군의 통치 아래에 있는 다이묘들을 제후라고 부른 것이 잘못이라고 여겼기 때문이다. 일본의 각 주 태수를 '후(侯)'라고 부르게 되면 중국의 천자 에 대하여 제후왕의 위치에 있는 조선의 왕과 동급처럼 여겨질 수 있다.

94　초안세(草安世) : 구사바 다이로쿠(草場大麓). 1740~1803. 에도시대 중·후기의 서예 가. 이름은 야스요(安世), 자는 기미호(仁甫), 호는 다이로쿠(大麓). 메이린칸(明倫館)의 편액을 쓴 서예가 구사바 교케이(草場居敬)의 양자인 구사바 인분(草場允文)의 아들로, 1753년 부친의 사망으로 14세에 대를 이었다. 나가토(長門) 하기번(萩藩) 번사(藩士)로서 번교(藩校)인 메이린칸의 조교(助敎)를 맡았다. 계미통신사와 창화한 시가 『장문계갑문 사(長門癸甲問槎)』에 수록되어 있다.

95　농장개(瀧長愷) : 다키 가쿠다이(瀧鶴臺). 1709~1773. 에도시대 중기의 유학자. 본성 (本姓)은 인도(引頭), 자는 야하치(彌八), 호는 가쿠다이(鶴臺)이다. 하기번(萩藩) 의원

은 이들이 있었는데, 그들 가운데 출중한 인재들로서 저와 시문을 많이 주고받았습니다.

　선루 : "바람난 소와 말은 서로 만날 수 없다.[風馬牛不相及]"에 대해 두예(杜豫)[97]의 주에 "소와 말이 바람난 것은 말계의 작은 일이다.[牛馬風逸, 末界微事.]"[98]라고 하였으니, 공께서 분명하게 설명해 주실 수 있겠습니까?

　추월 : 두예가 맞습니다.

　선루 : 두예가 맞는 것은 진실로 그러하거니와 작은 일이라는 것은 무슨 뜻입니까?

　추월 : 설명할 것은 없습니다. '바람난 말과 소'라는 것은 국경 이쪽과 저쪽의 사람들이 서로 싸움에 뽕나무를 다투는 일[99] 같은 것입니다.

다키 요세이(瀧養正)의 양자가 되어 14세에 번교 메이린칸에 들어갔다. 이곳에서 오구라 쇼사이(小倉尙齋)와 야마가타 슈난(山縣周南)에게 배웠으며, 1731년 에도에 가서 핫토리 난카쿠 아래서 수학하였다. 뒷날 나가토 하기번 번주 모리 시게나리(毛利重就)의 시강(侍講)이 되었다. 다자이 슌다이, 아키야마 교쿠잔(秋山玉山), 히라노 긴카(平野金華) 등과 교분이 두터웠다. 계미통신사와 나눈 필담과 창화시가 『장문계갑문사』에 수록되어 있다.

96 산태덕(山泰德) : 야마네 난메이(山根南溟). 1742~1793. 성은 야마네(山根), 이름은 야스노리(泰德), 자는 유린(有隣), 호는 난메이(南溟)이다. 야마네 가요(山根華陽)의 아들로서, 나가토 하기번 번교인 메이린칸의 가쿠토(學頭)이면서 시강(侍講)을 지냈다. 저서로『남명선생시집(南溟先生詩集)』, 『백초원십육경(百草園十六景)』 등이 있다. 계미통신사와 나눈 필담과 창화시가 『장문계갑문사』에 수록되어 있다.

97 두예(杜豫) : 진(晉) 무제(武帝) 때 사람으로 자는 원개(元凱)이다. 일찍이 진남대장군(鎭南大將軍)으로 오(吳)를 쳐서 평정하였다. 저서에 『춘추좌씨경전집해(春秋左氏經傳集解)』와 『통전(通典)』이 있다.

98 "소와 …… 末界微事.]" : 『춘추좌씨전』 희공(僖公) 4년 조에 나오는 "風馬牛不相及"에 대한 두예(杜豫)의 주에 나오는 말이다.

99 뽕나무를 다투는 일 : 쟁상(爭桑). 변방이 편안하지 못함을 비유한 표현이다. 전국(戰國) 때 오(吳)와 초(楚)의 변경의 부인들이 뽕나무 때문에 다투기 시작하여 두 나라의 전쟁으로까지 확대되었다는 고사에서 유래하였다. 여기서는 사소한 일이라는 의미로 사

화답을 구함

선루 : 앞서 비루한 시를 올렸습니다. 비록 화답하실 시 빚이 산더미 처럼 쌓여 있겠지만 공처럼 온아(溫雅)한 선비께서 화답하심에 무슨 어 려움이 있겠습니까.

현천 : 밤낮없이 애썼으나 지은 글의 성대함이 그대만 못합니다. 저 는 무디고 졸렬하여 보통 사람보다 아래지만 또한 두 나라가 서로 만남 에 어찌 감히 부박한 글과 군더더기 말로 교묘하게 과장하고 속이겠습 니까. 그러나 밤까지 계속하여 마땅히 화답시를 다 써서 올리겠으니 답답해하지 마십시오.

순서대로 화운하는 것

추월 : 그대는 누가 있고 누가 없는지 알고 계시니, 제가 순서대로 차운(次韻)[100]하여 화답하게끔 알려주시면 어떻겠습니까?

선루 : 사람이 많아 어깨가 부딪치고 무릎이 닿을 정도이니, 어찌 모 두가 다 반면식이라도 있다고 할 수 있겠습니까? 화답시가 완성되려 할 때 먼저 그 시를 취하여 보여주시면 제가 그 사람이 자리에 있는지 여부를 확인하고 말씀드리겠습니다.

추월 : 대판성(大坂城)에 온 지 사흘 만에 시를 이렇게 많이 지었으니 어찌 볼 만한 것이 있겠습니까? 진실로 괴로운 일입니다.

용되었다.

100 차운(次韻) : 상대방이 준 시의 운자(韻字)와 같은 운자를 써서 화답시를 짓는 것을 뜻한다. 대개 일본 문인들이 먼저 시를 써서 증정하면 제술관과 서기 등 조선 문사들이 그 시에 차운하여 화답시를 지어주었다.

선루 : 공들께서는 일곱 걸음에 화려한 문장을 이루시는[101] 분들인데 무슨 괴로움이 있겠습니까. 겸사가 심하십니다.

추월 : 겸사가 아닙니다. 시도(詩道)를 크게 해칩니다.

용연 : 그대는 능히 이해하실 수 있을 겁니다. 이렇게 바쁘고 소란한 것을 보니 안타깝군요.

선루 : 은혜롭게도 저를 아껴주시니 손을 잡고 함께 가고 싶습니다.[102]

추월 : 골짜기의 꾀꼬리는 높이 올라갈 뜻이 있으나[103] 해학(海鶴)은 구름을 잡을 기세[104]가 없군요.

---

101 일곱 …… 이루시는 : 원문의 '繡虎七步'는 화려한 시문을 민첩하게 짓는 것을 의미한다. 중국 삼국시대 위(魏)나라 조식(曹植)이 일곱 걸음을 걸을 동안 시를 지어냈으므로 사람들이 '수호'라 불렀던 데서 나온 말이다. '수(繡)'는 수를 놓은 것처럼 화려한 글을, '호(虎)'는 호랑이처럼 민첩한 솜씨를 뜻한다.

102 손을 …… 싶습니다 : 원문의 '携手同行'은 『시경』「패풍(邶風)」〈북풍(北風)〉에, "북풍이 차갑게 불어오고, 눈이 성하게 내리도다. 나를 좋아하는 이와 더불어 손을 잡고 함께 떠나리라. 행여 늦출 수 있으랴. 이미 급해졌도다.[北風其涼, 雨雪其雱. 惠而好我, 携手同行. 其虛其邪, 旣亟只且.]"에서 나온 표현이다.

103 골짜기의 …… 있으나 : 원문은 "谷鶯有遷喬之志"이다. '遷喬'는 『시경』 소아(小雅) 〈벌목(伐木)〉에서 "(꾀꼬리가) 깊은 골짜기에서 나와 높은 나무로 올라가네.[出自幽谷, 遷于喬木.]라고 한 데서 온 표현이다. 『맹자』「등문공 상(滕文公上)」에서 이 구절을 인용하여 "나는 어두운 골짜기에서 나와 높은 나무로 옮겨 간다는 말은 들었으나, 높은 나무에서 내려와 어두운 골짜기로 들어간다는 말은 듣지 못했다.[吾聞出於幽谷, 遷于喬木者, 未聞下喬木而入於幽谷者.]"고 하였다. 여기서 어두운 골짜기는 야만적인 이적의 풍속을, 높은 나무는 중화의 문명을 의미한다.

104 구름을 잡을 기세 : 원문은 '拏雲之勢'이다. '나운(拏雲)'은 구름을 붙잡는다는 뜻으로, 뛰어난 기개나 빼어난 솜씨를 가리킨다. 당나라 승난(僧鸞)의 〈증이찬수재(贈李粲秀才)〉에 "날래기는 씩씩한 송골매와 수리 같으니 구름 붙잡고 들판에서 사냥하며 높은 하늘에 번득이네.[駿如健鶻鶚與鵰, 拏雲獵野翻重霄.]"라는 구절이 있다.

단풍·손으로 먹는 것

선루: 우리나라의 단풍나무[楓樹]라 하는 것은 『본초(本草)』[105]에 기록된 것과 크게 다릅니다. 대저 산야에서 자라는 것은 칠팔월 사이에 잎이 짙은 붉은색으로 물듭니다. 저자나 마을에 끼어 있어 바람과 서리를 심하게 맞지 않은 것은 그렇지 않고요. 작년에 붉게 단풍이 든 가을에 잎사귀 너덧 장을 모아두었습니다. 진짜인지 알려주십시오.

추월: 폐방의 단풍잎은 모두 똑같습니다. 저자 사이에서는 잘 자라지 않고 산 위나 물가에서는 잘 자랍니다. 그것이 진짜인지는 모르겠군요.

추월: 폐방 사람들은 많이 먹습니다. 여러 선생들은 웃지 않을 수 없겠지요?

선루: 많이 먹는 것은 오히려 괜찮습니다만, 이 나라는 먹을 때 반드시 젓가락을 쓰는데 공들께서는 손으로 드시니 어째서입니까?

추월: "기장밥을 먹을 때에 젓가락을 쓰지 말라[飯黍, 毌以箸]"[106]고 『예기(禮記)』에서 이르지 않았습니까?

---

105 『본초(本草)』: 명(明) 이시진(李時珍, 1518~1593)이 편찬한 의서인 『본초강목(本草綱目)』을 가리킨다. 1578년에 편찬하여 1596년 난징(南京)에서 간행되었다. 모두 52권 37책으로, 16부(部) 62류(類)로 나누어 도합 1,892종의 동물·식물·광물에 대해 설명하였다. 16세기 이전의 본초학을 집대성한 중요한 저작이다.

106 "기장밥을 …… 毌以箸": 『예기』「곡례(曲禮)」상(上)에 "밥을 손으로 휘저어 식히지 말며, 기장밥을 먹을 때에는 젓가락을 사용하지 말아야 한다.[毌揚飯, 飯黍, 毌以箸.]"라는 구절이 있다. 그런데 『예기집설대전(禮記集說大典)』에는 이 구절에 대해 "젓가락을 쓰지 말라는 것은 숟가락의 편리함을 귀하게 여기는 것이다.[毌以箸. 貴其匕之便也.]"라는 주가 붙어 있다. 그러므로 이 구절을 인용한 남옥의 대답은 선루의 지적에 대한 적확한 답변은 아니며, 농담 정도로 볼 수 있을 것이다.

화축

선루 : 화축[107]은 어디에 있습니까? 번잡스러운 중에 분실될까 걱정되는군요.

추월 : 화축은 삼사(三使)[108]에게 올려 보여드렸습니다. 이 시를 선생께 맡기면 됩니까?

선루 : 그러십시오. 【추월이 로경(路卿)에게 화답한 시를 나에게 맡겼다.】

운(芸)

선루 : 예전 우리나라 천화(天和)[109] 연간에 귀방의 의관 정동리(鄭東里)[110]에게 나아가 운초(芸草)[111]의 모양에 대해 물은 자가 있었습니다. 그가 대답하기를, "운초는 석창포(石菖蒲)로서, 그 잎은 둥근 모양인데 단풍잎과 비슷하고 크기가 어린아이 손바닥만 하다."고 했습니다.[112]

---

107 화축 : 앞의 대화에 나온 지쿠라 요시타네(千庫路卿) 소장의 고소대 그림을 가리킨다.

108 삼사(三使) : 통신사의 세 사신 정사(正使), 부사(副使), 종사관(從事官)을 통칭하는 말. 계미통신사의 정사는 조엄(趙曮), 부사는 이인배(李仁培), 종사관은 김상익(金相翊)이었다.

109 천화(天和) : 덴나(天和). 1681~1683년. 덴나 연간의 사절은 1682년의 임술통신사를 가리킨다.

110 정동리(鄭東里) : 조선의 의원 정두준(鄭斗俊)을 가리킨다. 1639~? 본관은 하동(河東), 자는 자앙(子昻), 호는 동리(東里)이다. 1660년(현종 1) 의과 증광시에 장원으로 입격하였다. 품계는 가선대부(嘉善大夫), 관직은 내의(內醫), 동지(同知), 수의(首醫)를 거쳤다. 1682년 임술사행에 양의(良醫)로 참여하였다.

111 운초(芸草) : 원문은 '芸'이다. 운초는 운향(芸香), 천궁(川芎), 궁궁이라고도 한다. 좀을 방비하는 효능이 있어 서고에 비치했던 향풀이다.

112 예전 …… 있었습니다 : 임술사행 필담창화집 『화한창수집(和韓唱酬集)』 제4책 이지일(二之一)에 야나가와 신타쿠(柳川震澤)가 조선의 양의 정두준과 나눈 필담이 수록되어 있다. 이 필담에서 신타쿠가 일본의 석창포를 보여주니 정두준이 "석창포는 그 잎이 둥근

폐방에서 석창포라고 부르는 것은 동리가 말한 것과 크게 다르니, (일본에는) 이른바 운초라는 것이 없는 듯합니다. 옛말에 이르기를 운초는 능히 좀벌레를 방비할 수 있다 했으니 감히 그 진위를 묻습니다.

추월: 운초와 창포는 하늘과 땅만큼 다른 것입니다. 정동리가 정말 이런 말을 하였습니까? 운초의 잎은 마(麻)와 비슷한데 조금 더 크며, 줄기는 마보다 조금 짧습니다. 미무(蘼蕪)라고도 합니다. 그러나 사람 또한 글자를 먹는 벌레이거늘 굳이 좀벌레를 막을 필요가 있겠습니까.

불법(佛法)

선루: 이곳의 토속은 불법을 숭상하여 항상 절에 재물을 바치고 사람이 죽으면 반드시 자기가 섬기는 공덕원(功德院)에 나아가 승려에게 경을 읽게 하여 죽은 이의 명복을 빕니다. 그 무리에 몇 개의 유파가 있습니다. 귀방의 승도(僧徒)들은 생각건대 마땅히 진(晉)·송(宋) 간의 유풍이 있어 폐방의 이른바 선종(禪宗)일 것 같은데, 어떻습니까?

추월: 진(晉)도 아니고 송(宋)도 아니며 송(宋)·원(元)도 아닙니다. 한 유파의 승도가 있었는데 근래에 들어와 심히 쇠하였습니다. 다만 훈채나 어육을 먹는 승려는 없습니다. 그 교의(敎義)는 유사(儒士)가 어찌

모양이며 단풍잎과 비슷한데 크기가 어린아이 손바닥만 합니다. 이것은 수포의 종류이며 조금 작고 냄새가 다릅니다. 절대로 석창포가 아닙니다.[石菖蒲者, 其葉圓形, 似楓葉而大如小兒掌. 此則水蒲之類而差短臭異. 斷非石菖蒲也.]"라고 말한 부분이 있다. 그러나 정두준이 운초를 석창포라고 한 것은 아니다. 신타쿠가 좀을 막는 데 운초를 사용하는 일이 조선에도 있는지 묻자, "운향은 두보 시의 주석에서 창포의 뿌리를 말려서 가루를 낸 것이라고 했습니다. 포라는 것은 수창포(水菖蒲)입니다.[芸香者, 杜詩註菖蒲根晒末者也. 蒲者, 水菖蒲也.]"라고 말하였다.

알겠습니까. 사람이 죽으면 승도에게 맡기는 것은 유명(幽冥)을 두려워
하고 성인의 뜻을 거스르는 것입니다. 그대는 우리에게 다시 묻지 마십
시오.

문인(文人)

선루: 들으니 그대는 정사상(正使相)의 조카라고 하니 진실로 귀족입
니다. 게으른 포의인 제가 당상에서 나란히 그대와 만나니 어찌 이런
좋은 인연이 있겠습니까?

화산(花山)[113] 【성은 조(趙), 이름은 성빈(聖賓), 화산재(花山齋)는 호. 정사의 조카】
: 어찌 이리 겸사를 하십니까? 저 또한 쓰임이 없고 관직도 없으니 주객
이 서로 맞는 것이지요.

선루: 공의 성명은 어찌 되십니까?

화산: 성은 조, 이름은 성빈입니다. 자호는 화산재(花山齋)이며 소중
화(小中華) 사람입니다. 제가 아직 족하의 성명을 모릅니다.

선루: 제 성은 오전(奧田)이고 이름은 원계(元繼), 호는 선루(仙樓)이
며 낭화 사람입니다. 이미 남(南)·성(成) 두 분과 우호의 정을 나누었는
데 다행히 또 기쁘게 맞아주시는군요.

선루: 귀방에서 근래에 문장의 맹주(盟主)와 교초(翹楚)[114]로 일컬어

---

113 화산(花山): 조동관(趙東觀). 1711~? 본관은 풍양(豊壤), 자는 성빈(聖賓), 호는 화산
(花山)·화산재(花山齋)이다. 1763년 계미통신사의 정사 조엄의 조카로서, 정사 반인(伴
人)으로 일본에 다녀왔다. 일본에 갔을 당시 유학(幼學)의 신분이었다.
114 교초(翹楚): 여러 잡목들 사이로 가장 높게 자라난 가시나무라는 뜻으로, 무리 가운데
뛰어난 사람을 가리키는 말이다. 『시경』 주남(周南) 〈한광(漢廣)〉에 "쑥쑥 뻗은 잡목 속
에, 그 가시나무를 베리라.[翹翹錯薪, 言刈其楚.]"라고 한 데서 온 표현이다.

지는 분들의 성명은 어떻게 됩니까?

화산: 근세에 들어 한유와 유종원, 이백과 두보의 문장이 없으니 외국을 향해 부질없이 자랑할 것이 있겠습니까.

과제(科第)

선루: 귀국에서 과거를 보아 선비를 뽑는 법은 중국과 같습니까?

화산: 폐방의 과거에는 제술(製述)과 강경(講經) 두 법이 있습니다. 제술은 문장을 지어 성현의 말을 밝히는 것이고, 강경은 사서오경을 숙독하여 외워 읽는 것입니다. 고법(古法)은 이와 같으나 근세에는 세도(世道)가 이미 무너지고 사습(士習) 또한 낮아져서 제술은 단지 문장을 잘 짓는 것만을 숭상하고 강경은 깊은 뜻을 궁구하지 않아 그 이름만 있을 뿐입니다. 등과한 자들이 전혀 옛사람에게 미치지 못하니 다른 나라 사람에게 대답하기 부끄러울 따름입니다.

주(走)

선루: 폐방에는 누수조(漏水槽)가 있습니다. 자루의 물이 계속해서 아래로 떨어지며 온갖 식기를 헹굽니다. 부엌 모퉁이에 두며 이름을 '주(走)'라고 하는데 떨어지는 물을 이르는 말이지요. 중국의 이른바 '세(洗)'라고 하는 것과는 다른 것입니다. 귀국에는 물통의 물을 새로 가는 일을 편하게 하는 것이 있는지요?

화산: 이 방법은 우리나라 민가에는 없고 산사(山寺)에는 많이 있습니다. 귀방의 청결은 기묘하더군요. 음식뿐 아니라 온갖 그릇과 물건들이 모두 지극히 훌륭합니다.

첩(疊)·화본(草本)의 번각(翻刻)

선루: 본래는 인초(藺草)인데 그것으로 자리를 만든 이후에는 첩(疊: 다다미)이라고 합니다. 귀방에도 이러한 물건이 있습니까?【내가 자리를 가리켜 보였다.】

화산: 있습니다. 짠 자리[織席]라는 것입니다.

선루: 귀방의 서책은 반드시 얇은 종이를 사용해서 번번이 쉽게 찢어집니다. 또 말고 펴기에도 불편합니다.

화산: 폐국(弊國)[115]의 백지는 조금 두꺼운 것도 있고 매우 얇은 것도 있습니다. 서책은 그 무게 때문에 운반이 어려운 것이 문제이므로 얇은 종이를 많이 씁니다.

선루: 김백후(金伯厚)는 어떤 사람입니까?

화산: 대명(大明: 명나라) 사람입니다.

선루: 그런데 그분이 저술한 『유원총보(類苑叢寶)』는 귀국의 종이를 사용하여 간행되었더군요.

화산: 중국의 책은 비록 조빙사(朝聘使)가 사온다 해도 한두 권에 지나지 않아 널리 배포할 수가 없습니다. 그러므로 이것뿐 아니라 다른 책도 다른 판으로 번각(翻刻)[116]하여 인쇄해 배포하는 것이 많습니다.

우스갯소리·관(冠)의 명칭

선루: 공께서는 애실(愛室)과 애옥(愛玉)이 있으십니까?

---

115 폐국(弊國): 폐방(弊邦)과 같다. 자기 나라를 낮추는 말이다.
116 번각(翻刻): 원래의 본과 같은 내용을 판을 다시 새겨서 출판하는 것을 뜻한다.

화산: 말한다 한들 부질없고 무익하니, 대개 우스갯소리이지요.

선루: 비록 우스갯소리라도 풍(風)에서 읊고 아(雅)에 포함되었습니다. 고단한 나그넷길에 잠에서 깨어나면 어찌 그리운 정이 없겠습니까?

화산: 이것은 수년 전 떠돌아다닐 때의 일입니다.[117]

선루: 공이 쓰고 계신 관(冠)의 이름은 무엇입니까?

화산: 세칭 고사관(高士冠)[118]이라고 하는데 팔괘의 운기(雲氣)를 본뜬 것이라 합니다.

호랑이와 표범

선루: 폐방에서 왕왕 보이는 호랑이와 표범 가죽은 머리와 꼬리, 손톱과 발톱을 모두 벗겨낸 것입니다. 그 무늬가 마치 엽전과 같이 중간에 비어 있으며 나란히 서로 이어져 있는 것은 표범 가죽이고, 옅은 구름처럼 어른어른하고 어지러운 무늬가 있는 것은 호랑이인데 모두 해외의 선박이 가져온 것입니다. 잘라서 말다래,[119] 탑후(搭後),[120] 방석 등을 많이 만드는데, 부드러워서 기댈 만합니다. 들으니 높고 험한 산속에 살고

---

117 우스갯소리에 대한 두 사람의 대화가 정확히 무엇을 지칭하는지는 알 수 없다. 아마 조성빈이 어떤 여인에 대한 그리움을 노래한 시를 쓴 것 같다.

118 고사관(高士冠): 죽관(竹冠)의 일종으로, 대나무 껍질이나 댓잎으로 만들었다. 『동사여담(東槎餘談)』에 수록된 조동관의 초상에서 고사관의 모양을 확인할 수 있다. *『동사여담』에 수록된 조동관 초상(부분) ▶

119 말다래: 장니(障泥). 말의 양쪽 배에 드리워서 튀어 오르는 흙먼지를 차단하는 역할을 한다.

120 탑후(搭後): 말을 보호하는 갑옷인 마갑(馬甲)의 한 부분으로, 말의 엉덩이에 두르는 갑옷이다.

있어 사람이 잡을 수 있는 것이 아니라고 하는데 어떻습니까?

화산: 호랑이와 표범의 구별은 그대가 말한 것이 맞습니다. 우리나라의 서북(西北) 양도(兩道)에는 날랜 포수가 수만 명이 있는데 호랑이 잡기를 쥐 잡듯이 합니다. 우리나라에 호랑이와 표범 가죽이 매우 흔한 것은 이 때문입니다. 높고 험한 곳에 사는 것은 때려잡기는 어려우나 포환을 쏘면 쉽게 제압할 수 있습니다. 귀국에도 조총(鳥銃)을 잘 다루는 사람이 어찌 없겠습니까?

선루: 사납기가 다른 짐승보다 훨씬 더한데 술책의 묘함이 여기에 이르렀군요.

화산: 그러나 이는 무사나 군졸의 한 재주에 지나지 않는 것이니 어찌 족히 일컬을 만하겠습니까. 우리나라에는 옛날에는 조총이 없었습니다. 들건대 귀국에서 전해온 것이 이미 백 년이 되었다고 합니다.[121]

선루: 삼선(三線)[122]은 본래 유구국(琉球國)[123]에서 온 것인데 혹 완함

121 들건대 …… 합니다 : 1589년(선조 22) 황윤길 등이 일본에 사신으로 다녀오는 길에 쓰시마 도주로부터 선사 받은 조총을 가져옴으로써 조선에 조총이 전래되었다. 이후 조선은 자체적으로 조총을 제작하려고 애썼으나 그 성과가 만족스럽지 않았다. 이후 1624년(인조 2)에 일본에서 조총 수천 자루를 수입하였다. 1656년(효종 7) 7월 표류민에게서 얻은 조총을 본떠 새롭게 제작했는데, 이때부터는 성능이 좋은 조총을 자체 생산할 수 있게 되었던 것 같다.

122 삼선(三線) : 산신(山線). 오키나와(沖繩)의 현악기로, 일본 악기인 사미센(三味線)과 비슷한데 몸체의 테두리가 둥글고 크기가 조금 작다. 전체 길이는 75~80센티 정도 되며 몸통의 앞뒤에는 뱀가죽을 쓰고 목에는 자단이나 흑단을 쓴다. 줄은 명주실을 사용한다. 세 개의 줄로 이루어지며 굵은 줄부터 남현(男絃: 우지루), 중현(中絃: 나카지루), 여현(女絃: 미지루)이라고 한다. 소나 양의 뿔, 또는 상아로 만든 골무 모양의 가조각(仮爪角)을 집게손가락에 끼우고 연주한다.

123 유구국(琉球國) : 현재의 오키나와(沖繩) 및 류큐제도(琉球諸島)에 있던 나라. 10~11세기경 류큐제도 일대에 등장한 부족국가들을 바탕으로 14세기 말 남산(南山)·중산(中山)·북산(北山) 왕조가 수립되었고, 1429년 중산왕조를 중심으로 유구왕조가 성립하였

(阮咸)[124]이 남긴 제도라고도 합니다. 근래 폐방 사람들이 갖가지 연주 법을 만들어 음란한 음악을 조장하고 있는데, 그 소리를 한 번이라도 들으면 방종한 마음이 일어나 방탕한 데로 흘러가 돌아올 줄 모르게 만듭니다. 귀방에도 혹시 이 악기가 전해졌거나 혹은 이와 비슷한 것이 있습니까?

화산 : 이것은 비파의 변조(變調)이니 우리나라의 세속에서도 역시 연주합니다. 모양은 그대가 그린 것과는 약간 다릅니다.

선루 : 밤늦도록 이야기하여 이미 초가 쓰러지려고 합니다. 공께서는 피로한 기색이 없으시니 애쓰심을 짐작할 만합니다. 저희들은 게을러서 졸음이 몰려오니 어찌할까요.

화산 : 그대의 박식함과 온아함이 사람으로 하여금 사모하게 만들어 오래 앉아 창수하여도 피곤하지 않고 질리지도 않는군요. 다만 밤이 깊어 시장할 것이 염려되니 굳이 붙잡지 않겠습니다.

이별의 정

선루 : 저희들은 물가에서 전별할 길이 없으니 안타까울 뿐입니다. 그러니 오늘 저녁에 이별의 정을 나누어야 할 듯합니다. 공들께서 동쪽에서 돌아오실 때에 다행히 저희들의 얼굴을 알아보시고 난계(蘭契)[125]

다. 중국 및 일본과 활발히 교류했으며, 1872년 일본이 속령으로 삼으면서 류큐번(琉球藩)으로 강등했다. 1879년 일본에 병합되어 오키나와현이 되었다.

124 완함(阮咸) : 죽림칠현(竹林七賢)의 한 명. 진(晉)나라 초기 노장(老莊) 사상을 숭상하여 속세를 떠나 거문고와 술로 자연을 즐겼던 이들을 죽림칠현이라고 한다. 칠현 중의 한 명인 완적(阮籍)은 풍류가 뛰어났는데, 완함은 그의 조카로서 특히 음률에 밝았던 것으로 알려져 있다.

를 내려주신다면 다행이겠습니다.

추월: 공교한 것과 졸렬한 것이 일시에 섞여 나왔으나 말이 깊고 정이 무르익은 것은 다만 그대를 얻은 것으로 충분합니다. 비록 이름과 얼굴이 서로 뒤섞이긴 했지만 어찌 몇 개월 사이에 고명(高明)을 알아 보지 못하겠습니까.

선루: 선생께서 저를 속이시는군요. 많은 사람들이 그대를 생각하며 머뭇거리며 떠나지 못하고 있습니다.

여러 서생들이 앞을 다툼

선루: 시를 바치고 화답을 요청하는 여러 서생들이 몰려와 앞을 다투는 것이 파리 떼가 맛있는 음식에 모이는 것과 같군요. 그대들은 학술이 넓고 윤택하여 능히 여러 사람을 용납하여 편(篇)마다 화답을 붙여 주실 수 있겠지요. 폐방에서 유학의 종장이라 칭하는 이들을 두 분의 직책에 둔다면 아찔하고 두려워서 한자리에 앉아 있지도 못할 것입니다.

용연: 저희들의 재사(才思)가 부족하고 졸렬하니 족하의 말씀을 어찌 감당할 수 있겠습니까? 부끄럽습니다. 다행한 것은 귀방의 여러 군자들과 함께 한묵(翰墨) 사이에서 노닐 수 있었다는 것일 따름이지요.

그 수를 간추려 응대할 것을 걸러냄

추월: 귀방 사람들이 마구 섞여서 나아오니 비록 문화(文華: 문장)를

---

125 난계(蘭契) : 난초의 향기처럼 아름다운 사귐을 뜻하는 말이다.

사모함이 귀하다 하지마는 어지럽게 뒤섞여 떠들썩하니 참된 선비를 분변하기가 어렵습니다. 저희들이 돌아올 때에는 그 수를 간추려서 응대할 것을 걸러주시면 마땅히 좋은 말과 아름다운 시구가 있을 것입니다. 그대가 그렇게 해주실 수 있는지요.

선루 : 좋구나! 그대의 말씀이여. 맑은 방의 시원한 창에 기대어 차분히 득의의 시구를 구한다면 마땅히 객사에서 붓 가는 대로 써낸 것보다 한결 더 좋을 것입니다. 뒷날 간행한다면 또한 양국의 좋은 만남을 길이 볼 수 있지 않겠습니까. 참된 선비를 분변해 내는 일을 제가 어찌 감히 할 수 있겠습니까.

추월 : 저희들의 시는 해타(咳唾)[126] 중의 해타에 지나지 않는데 좋은 판목에 새겨서 책으로 만드신다니 부끄러워서 죽을 지경입니다. 이는 이 사람 저 사람 다 들어오게 하여서 생긴 폐단입니다. 침식이 편안치 않고 신기(神氣)가 넉넉하지 않아서 흥취 없는 시들뿐이니 어찌 좋은 작품이 있겠습니까? 하루에 서너 편의 시만 쓰게 한다면 또한 어찌 볼 만한 것이 전혀 없겠습니까. 안타깝군요.

선루 : 여러 문장 중에서 화답할 만한 것만 택해서 화답하시고 화답할 만하지 않은 것은 일단 그냥 두십시오. 이렇게 한다 해서 어찌 문제가 되겠습니까.

추월 : 선루께서 저를 아시면서도 이런 잘못된 말씀을 하시는군요. 누구의 것은 먼저 화답하고 누구의 것은 그냥 두겠습니까. 수준이 높으나 낮으나 아울러 화답해야 할 것이나, 다만 한자리에서 감당하기에는

---

126 해타(咳唾) : 본래 아름다운 시문을 뜻하는 말이지만, 여기서는 남옥이 자신의 시문이 보잘것없다는 뜻에서 침방울 같은 작품이라고 한 것이다.

시간이 촉박하다는 것이지요.

『일도만상(一刀萬象)』· 능히 더위를 이겨냄

추월 : 제가 『일도만상(一刀萬象)』[127]을 구하고 싶은데 선생께서 도와 주실 수 있겠습니까.

선루 : 이 책은 본래 민간에서 발행한 것이 아니므로 폐방에서도 쉽게 구할 수 없습니다. 해외로 전해진 지 이미 몇 년 됩니다.

추월 : 이미 오래되어 책상 위에 많이 놓여 있는 책인데 저희 집에는 아직 없습니다.

선루 : 근래에 전각(篆刻)이 매우 많고, 보책(譜冊) 또한 따라 나오고 있습니다. 공께서 『일도만상』을 찾으시다니 옛것을 익힌다고 할 만하 군요.

추월 : 아름다운 보책을 보여주신다면 다행이겠습니다. 『일도만상』 만 보고 싶은 것은 아닙니다.

선루 : 선생들께서는 장성한 나이신데 항상 건모(巾帽)를 벗지 않으 시고도 능히 더위를 이겨내시니 신기합니다.

추월 : "군자는 죽어도 관을 벗지 않는다."[128]는 말을 듣지 못하셨습

---

127 『일도만상(一刀萬象)』: 에도시대의 서예가·전각가(篆刻家)인 이케나가 도운(池永道雲, 1674~1732)이 펴낸 인보(印譜)이다. 도운은 이름이 시게하루(榮春)이며, 호는 잇포 (一峰)이다. 도운은 자(字)이다. 사카기바라 고쇼(榊原篁洲), 호소이 고타쿠(細井廣澤) 와 더불어 일본 전각의 선구자로 평가받는다. 그는 『전해(篆海)』, 『전수(篆髓)』, 『삼체천 자문(三体千字文)』을 비롯, 18종 50여 권의 책을 저술했는데, 특히 『일도만상』의 간행 이후로는 청나라까지 그 명성을 떨치게 되었다. 이 책은 상권과 중권에는 〈천자문〉의 전각을 수록하고, 하권에는 169개의 도장을 수록하여 일본 인보의 효시가 되었다.

128 "군자는 …… 않는다": 원문은 "君子死, 冠不免."이다. 공자의 제자 자로(子路)가 위

니까.

『좌전평림(左傳評林)』

선루: 요사이 능치륭(凌稚隆)[129]이 찬집한 『좌전평림(左傳評林)』[130]을
보니 『사기』, 『한서』와 같은 때 만들어진 것으로 포폄과 의례(義例)를
표(表)의 상층에 매우 자세히 기재하였더군요. 귀방에도 또한 이 책이
전해졌습니까?

추월: 『좌전평림』은 보지 못했습니다. 서사(書肆: 서점)에서 구하고
싶군요. 다만 귀방의 책은 글자 옆에 반드시 새 발 같은 것을 표시해
두어서[131] 심히 우아하지 못하더군요. 이러한 표시가 없는 책을 구할
수 있다면 더욱 좋겠습니다.

선루: 그대가 지적하신 새 발은 우리의 국자(國字)인 이려파(伊呂
波)[132]인데, 귀방의 언문(諺文: 한글)과 같은 것입니다. 공께서 보고자 하

(衛)나라에 공회(孔悝)의 난이 일어났을 때 창에 찔려 죽게 되었다. 이때 갓끈이 떨어졌는
데 자로가 "군자는 죽어도 관을 벗지 않는다."라고 말하고 갓끈을 고쳐매고 죽었다고 한
다. 『춘추좌씨전』 애공(哀公) 15년 조에 나온다.

129 능치륭(凌稚隆): 중국 명나라 때의 학자. 생몰년 미상. 자는 이동(以棟), 호는 뇌천(磊
泉)이며, 절강(浙江) 오정(烏程)(지금의 후저우(湖州)) 사람이다. 『운부군옥(韻府群玉)』
의 예를 본떠 『오거운서(五車韻瑞)』 160여 권을 편찬하였다. 또, 174가(家)의 『한서(漢
書)』 평설을 모아 『한서평림(漢書評林)』 100권을 엮었는데, 이 책은 『한서』 연구를 집대
성한 저술로 평가된다. 그 외 저작에 『사기평림(史記評林)』, 『춘추평주측의(春秋評注測
義)』, 『사기찬(史記纂)』 등이 있다.

130 『좌전평림(左傳評林)』: 능치륭의 저술인 『춘추좌전평림측의(春秋左傳評林測義)』를
가리킨다. 같은 문장에서 선루가 언급한 『사기』와 『한서』는 각각 능치륭의 『사기평림』과
『한서평림』을 지칭한다.

131 글자 …… 두어서: 훈독에 편하도록 기입해 넣은 훈점(訓點), 즉 가에리텐과 오쿠리가
나를 가리킨다. 각주 76번 참조.

신다면 써서 보여드리지요. 글자 곁에 붙여 써서 나랏말로 읽기 편하게
한 것인데 그 의도가 싫어할 만합니다. 저희는 반드시 중국의 책을 읽
을 때에 다른 문자의 도움을 빌리지 않습니다.

추월: 알고 싶지 않으니, 또한 박물(博物)[133]의 한 가지 일인 게지요.
우리 책에서 옆에 해자(楷字)로 표시하여 뜻과 음을 드러내 알게 하는
것과 같은 것이 아니겠습니까.

선루: 통역이 전해주지 않는다면 어떻게 그 음을 알게 할 수 있겠습
니까?

9월 13일 밤

선루: 폐방은 9월 13일 밤에 달을 감상하기를 중추(中秋)와 같이 합
니다. 속칭 '후명월(後明月)'이라고 하지요. 들으니 귀방에도 근래 이런
풍속이 있다는데 어떻습니까?

용연: 가을밤에는 항상 달을 감상하지요. 그러나 9월 중에는 9일[134]

---

132 이려파(伊呂波) : 이로하(伊呂波). 일본 헤이안 시대의 승려 홍법대사(弘法大師) 쿠카
  이(空海, 774~835)가 히라가나(平假名) 47자로 이로하가(伊呂波歌)를 지었다고 전해진
  다. 이로하가는 가나를 중복하지 않고 만든 송문(誦文)으로, 7·5조의 운문으로 되어 있
  다. 히라가나는 중국의 초서(草書)를 본떠 만든 것이므로 이로하가가 나오기 이전부터
  있던 것이지만 이때 쓰인 자체가 히라가나의 본체로 정해지게 되었다. 여기서 선루는
  히라가나를 가리키는 말로 쓰고 있다.
133 박물(博物) : 여러 사물에 대해 두루 아는 것, 또는 동식물을 비롯한 온갖 사물을 가리
  킨다.
134 9일 : 음력 9월 9일 중양절(重陽節)을 가리킨다. 양수 9가 겹친 날이라는 뜻으로, 중
  구일(重九日)이라고도 한다. 중양절에는 등고(登高)의 풍속이 있었는데, 붉은 수유 열매
  를 머리에 꽂고 산에 올라 시를 지으며 즐기는 것이다. 또, 국화를 감상하거나 국화주를
  마셨다.

외에 좋은 날이 없으니, 무엇하러 13일 밤에 그렇게 하겠습니까?

석감당(石敢當)·말 타는 모양·복식의 다름

선루 : 『서씨필정(徐氏筆精)』[135]에 석감당(石敢當)[136]의 일이 실려 있습니다. 하나는 위(衛)의 세 석씨(石氏)에 견주어 만들었다는 것이고 또 하나는 사람의 성명이라는 것입니다.[137] 귀국 또한 이 석비를 세웁니까?

용연 : 석감당에 관한 두 가지 설은 옛날에도 무엇이 맞는 것인지 자세히 알지 못했습니다. 폐방에는 이 일이 없으니 제가 어찌 감히 답하겠습니까.

선루 : 귀방 사람들은 말 타는 모습이 매우 편안해 보입니다. 이는 말 타는 속습이 성해서겠지요.

용연 : 폐방은 물어뜯거나 뒷발질하는 말을 조련하고, 멋대로 날뛰는 말을 돼지나 개처럼 길들입니다. 그대들이 안장에 기대어 경쇠처럼 몸을 공손히 굽혀 패옥을 드리운 듯[138]한 모습을 하고 있는 것과 다르지

---

135 『서씨필정(徐氏筆精)』: 명나라 서발(徐㶿)이 찬술한 필기류 저작으로, 《사고전서(四庫全書)》 자부(子部) 잡가류(雜家類)에 수록되어 있다.

136 석감당(石敢當) : 옛날 중국에서는 집이나 도로 입구에 작은 비석이나 무사의 상을 세워 그 위에 '石敢當' 세 글자를 새겨두고, 악귀가 들어오지 못하게 막는 힘이 있다고 믿었다.

137 하나는 …… 것입니다 : 『서씨필정』에서는 석감당이라는 명칭의 유래에 대한 두 가지 설을 소개하고 있다. 하나는 『급취편(急就篇)』에 나온 설로서, 위(衛)나라와 정(鄭)나라 등의 석씨(石氏)들이 모두 명문거족이었는데, 이들을 대적할 수 없다는 뜻에서 석감당이라는 말이 나왔다는 것이다. 또 하나는 『성원주기(姓源珠璣)』에 나오는 설인데, 오대(五代) 시기 유지원(劉智遠) 휘하의 장수 석감당의 이름을 딴 것이라는 설이다.

138 경쇠처럼 …… 듯 : 원문의 "磬折垂佩"는 『예기』 「곡례(曲禮)」 편의 '立則磬折垂佩'을 인용한 것이다. 설 때 경쇠 모양으로 몸을 구부정하게 굽히고 패옥을 드리워 윗사람을

요. 한 번 웃을 만합니다.

선루: 그렇긴 하지만 대사의 성패가 달린 일에서 각자 힘껏 쫓아 달리는 힘에 있어서는 털끝만큼의 양보도 없습니다. 제가 어찌 감히 성대한 가르침을 거스르겠습니까. 한바탕 웃자고 드린 말씀입니다.

용연: 우리 문사들 앞에서 논할 바는 아니니, 그대의 말씀은 매우 그릇된 것입니다.[139]

선루: 이 복식의 풍속으로 상하를 지칭함이 부끄러울 따름입니다. 그대들의 의관과 비교하면 어찌 웃음이 나오지 않겠습니까.

추월: 이미 그 웃을 만함을 알고 또 좋아할 만함을 안다면 어찌 깊은 골짜기에서 나와 높은 나무로 옮겨가지 않으십니까.[140]

선루: 나라의 습속이니, 의(義)에 있어 무슨 해가 되겠습니까.

청학(靑鶴)·목욕

선루: 조선 지리산 속에 청학(靑鶴)이 살고 있어서 이를 따라 동(洞)의 이름을 지었습니다. 그대들은 직접 보셨습니까?

용연: 참새가 모두 누런 것이 아니고 금계가 꼭 비단으로 된 것은 아니지요.[141] 저도 일찍이 그 이름을 들었으나 그곳에 가보지는 못했습

공경하는 모습을 가리킨다.

139 우리 …… 것입니다 : 선루의 말이 양국의 전쟁 상황을 암시하는 듯한 말이기 때문에 성대중이 이를 지적한 것으로 보인다.

140 어찌 …… 않으십니까 : 원문은 "盍出谷遷喬"이다. 각주 103번 참조.

141 참새가 …… 아니지요 : 원문에서 참새는 '黃雀'으로 되어 있다. '작(雀)'은 참새라는 뜻인데, '누렇다'는 뜻의 '황(黃)' 자를 붙여서 쓴다. 금계는 '錦鷄'라고 쓰는데 여기서 '금(錦)'은 비단이라는 뜻이다. 금계는 꿩과 비슷하며 화려한 털을 가진 새이다.

니다. 그대는 어찌 까마귀의 암수[142]를 물으십니까.

　선루: 매일 새벽에 일어나 깨끗한 물을 길어다가 세수와 양치질을 하고 저녁이면 욕탕에서 목욕을 하거나 혹 욕실에 들어가 몸의 때를 씻어내는 것이 속습입니다. 귀방 사람들은 꼭 그렇게 하지는 않는 것 같던데 어째서입니까?

　용연: 폐방에서는 씻고 싶을 때 씻으며, 반드시 이렇게 목욕을 한다는 규칙은 없습니다. 만약 제사가 있으면 다만 씻고 목욕하는 것에만 그치지 않습니다. 그대는 또한 그것이 재계(齋戒)라는 것을 알 수 있을 것입니다.

붉은 고기

　추월: 아름답고 붉은 것이 있으니 선루께서도 또한 생각해 주십시오.

【○이때 어떤 사람이 추월에게 붉은 고기를 주었기 때문에 '또한'이라고 말한 것이다.】

　선루: 뜻을 받들겠습니다.

　추월: 그리고 귀방 세속의 간첩(簡帖)도 재미 삼아 보고 싶습니다.

　선루: 이는 바로 구해드리기 어렵겠습니다. 폐방에는 아녀자와 세속 무리를 모아놓고 글자 쓰기를 연습시키는 일이 매우 많습니다. 그대가 동쪽에서 돌아오시는 날에 구하여 붉은 것(고기)과 함께 바치겠습니다.

---

142 까마귀의 암수 : 까마귀의 암수는 서로 비슷해서 구별하기 어렵다. 까마귀의 암수를 묻는다는 것은 알 수 없는 것의 시비를 따진다는 뜻이다. 『시경』 소아(小雅) 〈정월(正月)〉에 "모두 자기들이 최고라고 하지만, 누가 까마귀의 암수를 알 수 있을까.[具曰予聖, 誰知烏之雌雄.]"라고 한 데서 온 표현이다.

화답시를 전달함

추월: 화답시를 맡겨도 되겠습니까?

선루: 그리 하십시오.

추월: 강정길(岡鼎吉: 오카 사다키치)은 백구(白駒)[143]의 친족입니까?

선루: 아닙니다. 【○추월이 정길에게 화답한 시를 나에게 맡겼다. 그 시는 다음과 같다.】

강정길에게 화답한 시를 선루에게 부탁하여 전달하다

갈대[蒹葭]와 밝은 달이 사람을 따라와서 　　　　　　　蒹葭明月逐人來

곁을 맴돌며 옥수(玉樹)가 열렸다고 말해주네[144] 　　報道傍邊玉樹開

그대가 사종(嗣宗)의 조카라 하니[145] 　　　　　　　君是嗣宗諸子姪

---

143 백구(白駒): 오카다 핫쿠(岡田白駒). 1692~1767. 에도시대 중기의 유학자. 본성(本姓)은 고노씨(河野氏), 이름은 핫쿠(白駒), 자는 센리(千里), 호는 류슈(龍洲), 통칭은 다추(太仲)이다. 하리마(播磨) 출신으로, 에도, 나가사키, 오사카를 전전하다가 교토에 정착하였다. 본래 의학을 배웠으나 유학으로 전향하였으며, 히젠(肥前)의 하스노이케번(蓮池藩)의 유관(儒官)을 지냈다. 경학은 고주(古注)를 위주로 하였으며, 어학에 능통하여 오카지마 간잔(岡島冠山)과 함께 후대 문인들에게 큰 영향을 끼쳤다. 경서의 주석서, 한문소화집(漢文笑話集), 어학서 등 저술이 많았다. 오쿠다 모토쓰구와 그의 형 나바 로도가 그의 문하에서 수학한 적이 있다.

144 갈대와 …… 말해주네: '겸가옥수(蒹葭玉樹)'의 고사를 활용한 구절이다. 못난 인물이 훌륭한 사람과 함께 있는 것을 뜻하는 말인데, 주로 자신을 낮출 때 쓰는 표현이다. 겸가는 갈대나 억새풀과 같은 하찮은 풀로서 변변치 못한 인물을, 옥수는 옥으로 만든 나무로서 훌륭한 인물을 비유한 말이다. 위(魏) 명제(明帝)가 왕후의 아우인 모증(毛曾)을 황문시랑(黃門侍郎) 하후현(夏侯玄)과 함께 앉혔는데, 당시 사람들이 갈대가 옥수에 의지했다[蒹葭倚玉樹]고 말했다. 『삼국지(三國志)』 위서(魏書) 〈하후현전(夏侯玄傳)〉, 『세설신어(世說新語)』 「용지(容止)」 등에 전한다. 다만 위 남옥의 시에서 '겸가'는 기무라 켄카도(木村蒹葭堂)를 가리키는 것이므로 그를 낮추는 뜻은 없고 상대를 칭찬하는 뜻만 취한 것이다.

백구(白駒)의 가문에 평범한 재주 드물구나.　　　　　白駒門下少凡才

【추월이 자주(自註)를 달아 "시가 목겸가(木蒹葭)[146]를 통해서 왔으며, 평안(平安)의 강백구(岡白駒)가 유명한 사람이므로 이렇게 말한 것이다."라고 하였다.】

추월 : 백구의 호는 무엇입니까?

선루 : 용주(龍洲)입니다.

추월 : 저는 정길이 백구의 친족이라 생각하였습니다. 그래서 시 속에 이런 말이 있습니다.

선루 : 상관없을 것입니다.

추월 : 백구와 청현(淸絢)[147] 중에 누가 더 낫습니까?

---

145 사종(嗣宗)의 …… 하니 : 사종은 죽림칠현의 한 사람인 삼국시대 위(魏)나라 완적(阮籍)의 자(字)이다. 두보의 시 〈조카 좌에게 보이다[示侄佐]〉에 "사종의 여러 아들과 조카 가운데, 중용이 훌륭하단 것 일찍이 알았지.[嗣宗諸子姪, 早覺仲容賢.]"라는 구절이 있다. 중용(仲容)은 완적의 조카 완함(阮咸)의 자인데, 그 역시 죽림칠현의 한 명이다.

146 목겸가(木蒹葭) : 기무라 겐카도(木村蒹葭堂). 1736~1802. 에도시대 중기의 문인·화가·장서가·박물학자. 이름은 고쿄(孔恭), 자는 세슈(世肅)·손사이(巽齋), 호는 겐카도(蒹葭堂)이다. 오사카 출신으로, 집안 대대로 술을 빚어 판매하는 일을 하였다. 가타야마 홋카이(片山北海)에게서 시를 배웠으며, 1758년부터 월례시문회(月例詩文會)를 열어 곤톤시사(混沌詩社)의 초석을 놓았다. 다양한 분야의 고전적을 수집하여 명성을 떨쳤다. 계미통신사가 왔을 때 조선 문사들과 교류하였는데, 성대중의 요청으로 그가 제작한 〈겸가당아집도(蒹葭堂雅集圖)〉가 현재 국립중앙박물관에 소장되어 있다. 자신의 거처인 겐카도(蒹葭堂)에서 문인들이 시회를 여는 모습을 그리고, 8명의 문인이 시를 쓴 시화축(詩畵軸)이다.

147 청현(淸絢) : 하리마 세이켄(播磨淸絢). ?~? 남옥은 하리마 세이켄이 쓴 나가토미 도쿠쇼안(永富獨嘯庵)의 『낭어(囊語)』 서문을 보고 도쿠쇼안보다 더 낫다고 평가했다. (『일관기』) 그는 1748년 무진사행 창화집인 『선린풍아(善隣風雅)』의 서문을 썼는데, 1763년 12월에 아이노시마(藍島)에서 가메이 난메이(龜井南溟)가 이 책을 보여주었다. 이후 1764년 1월 우시마도에서 만난 이노우에 시메이(井上四明)가 교토의 문인 중 한 명으로 그를 언급하자, 성대중이 『선린풍아』에서 그의 글을 보았다고 말한 일이 있다.(『갑신사객평수집(甲申槎客萍水集)』) 『일관기』의 〈창수제인(唱酬諸人)〉의 산성주(山城州)

선루 : 두 사람 모두 서쪽 파마주(播摩州) 사람입니다. 백구는 일찍이 저작이 많아 문명이 도성에 크게 울렸는데, 애석하게도 지금은 너무 노쇠하였습니다. 청현은 장성한 나이의 유사(儒士)로서 학문에 힘써서 게으르지 않습니다. 모두 한 시대의 준걸이니, 서로 비교하는 것과 같은 일은 제가 할 겨를이 없군요.[148]

추월 : 모두 서경(西京)[149] 성중(城中)에 있습니까?

선루 : 그렇습니다.

추월 : 그렇다면 만나볼 수 있겠습니까?

선루 : 그대가 지우(知友)를 찾는다 하며 부른다면 반드시 올 것입니다.

공물(貢物)과 녹봉·쌀값

선루 : 귀국의 공물과 녹봉은 모두 탈속미(脫粟米)[150]를 사용합니까?

현천 : 그해의 풍흉에 따라 미(米)와 속(粟)의 구별이 있습니다. 혹 벼

목록에 "淸絢【有大名】"이라고 나와 있다. 그러나 일기 본문에는 그를 만났다는 기록이 없으며, 원중거와 성대중의 사행록 및 여러 필담창화집에서도 그와의 창수 사실을 확인할 수 없다.

148 서로 …… 없군요 : 원문은 "如其比方, 夫我則不暇."이다. 『논어』「헌문(憲問)」에서 "자공이 인물을 비교하니 공자께서 말씀하셨다. '사(賜)는 어진가 보다. 나는 그럴 겨를이 없노라.'[子貢方人, 子曰 : "賜也賢乎哉. 夫我則不暇."]"라고 하였는데, 이를 인용한 표현이다.

149 서경(西京) : 교토(京都)를 가리킨다. 에도(江戶)가 동경(東京)이므로 서쪽의 교토를 서경이라고 한 것이다. 통신사 사행록에서는 교토를 서경(西京), 또는 왜경(倭京)으로 지칭했다. 평안(平安)이나 평안성(平安城)이라고도 했다. 필담에서는 서경, 평안성 등으로 썼으며, 일본인들은 경사(京師)라는 표현을 쓰기도 했다.

150 탈속미(脫粟米) : 탈속(脫粟)은 껍질만 벗기고 쓿지 않은 쌀, 즉 현미를 가리킨다.

슬하는 신하에게 상을 내려줄 경우에는 반드시 속(粟)을 내려줍니다.

선루 : 귀국의 쌀값은 대체로 어느 정도 됩니까?

현천 : 벼슬하는 선비가 어찌 알겠습니까?

선루 : 너는 쌀값을 알고 있느냐? 1휘[151]에 몇 전(錢)이나 하느냐?

소동(小童) : 대체로 두 냥(兩)이나 석 냥입니다.【끝내 소동의 성명은 알지 못했다.】

선루 : 귀방의 한 냥은 몇 전인가?

소동 : 한 냥은 10전입니다.

문(文)을 논한 것에 답한 시

용연 : 사흘 동안 그대와 더불어 응수한 것을 묶을 시간이 없는 것이 아쉬울 뿐입니다. 구하시는 긴 글은 끝마치기가 어렵겠습니다. 조금 후에 한가해지면 구상해 보겠습니다. 각각 짧은 율시를 써서 그대의 뜻에 보답해도 괜찮겠습니까?

선루 : 사방에서 시부(詩賦)를 구하는 자들의 머리와 등이 잇닿아 있고 그대들이 무릎을 편히 펴지도 못하는데 어찌 글을 쓸 겨를이 있겠습니까. 그러나 네 분이 각자 화답시를 내려주신다고 하니 아껴주심이 각별합니다. 저의 부족함을 깊이 깨닫겠습니다.

○오전선루의 시에 화답하며, 겸하여 문을 논한 것에 답함   추월

등(藤)·적(荻)[152]의 문장이 일동(日東: 일본)을 비추니 藤荻詞章映日東

---

151 휘 : 원문은 '斛'이다. 곡식을 세는 단위로, 열 말에서 스무 말 정도에 해당한다.

마침내 사사로운 견해가 공론으로 여겨졌네.　　　乃將私見認爲公
정밀한 웅변으로 사설(邪說)을 배척하고　　　　　絲毛雄辨排邪說
날카로운 문심(文心)에서 국풍(國風)을 보았네.　　鉤棘文心觀國風
수놓은 금 바늘을 넘겨주니[153]　　　　　　　　繡出金針相度與
못에 비친 달은 본래 헛된 것이라네.　　　　　　印來潭月本成空
백 년의 어둠 속 길 찾기[154]를 그대 능히 깨달았으니　百年冥擿君能覺
저녁 비와 닭 울음은 이 뜻과 같으리라.　　　　　暮雨鷄鳴此意同

만 리 사신의 배와 수레 여기 잠시 머무르니　　　萬里舟輿此蹔留
온 당(堂)에 음악 가득하고 수창 끊이지 않네.　　一堂缶瑟不停酬
지란(芝蘭)의 방[155]에서 기쁜 만남 맑게 맺히고　　交懽泠結芝蘭室
귤·유자의 고을에서 고향 꿈이 봄날에 어지럽네.　鄕夢春迷橘柚州
신선 무리 기약 늦어져 붉은 학을 수레에 매고　　仙侶期遲驂絳鶴
나그넷길 근심은 황우(黃牛)[156]를 내려가는 듯하네.　客程愁似下黃牛

----

152 등(藤)·적(荻) : 이토 진사이(伊藤仁齋)와 오규 소라이(荻生徂徠)를 지칭한다.
153 수놓은 …… 넘겨주니 : 금(金) 원호문(元好問)의 〈논시절구(論詩絶句)〉에서 "원앙새
　를 수놓아 보여줄 것이요 금 바늘은 남에게 넘기지 말라.[鴛鴦繡出從人看, 莫把金針度與
　人.]"라고 한 것을 활용한 구절이다. 완성된 작품만 보여주고 그것을 만들 때 사용한 도구
　나 방법은 남에게 알려주지 않아서 보는 이가 스스로 알도록 한다는 뜻이다. 이 시에서는
　선루가 자신의 문장론을 펼친 것을 수놓은 바늘을 넘겨준 것에 빗댄 것이다.
154 어둔 길 : 원문의 '冥擿'은 맹인이 지팡이로 땅을 짚으면서 길을 찾는다는 뜻으로, 도리
　를 알지 못하고 억측을 바탕으로 행동하는 것을 비유한 말이다. 양웅의 『법언(法言)』 「수
　신(修身)」편에 나온다.
155 지란(芝蘭)의 방 : 원문의 '芝蘭室'은 『공자가어(孔子家語)』 「육본(六本)」에 "훌륭한
　사람과 함께 거하는 것은 지란의 방에 들어온 것과 같다. 오래 맡아도 그 향을 알 수
　없으니 그에게 교화된 것이다.[與善人居, 如入芝蘭之室. 久聞而不知其香, 卽與之化
　矣.]"라고 한 데서 온 말이다. 어진 선비가 거처하는 곳을 빗댄 표현으로, 남이 선을 따르
　도록 도와주는 환경을 가리키는 말로도 쓰인다.

| 강산은 시인이 떠나도록 놓아주지 않고 | 江山未放詩人去 |
| 옛 절에 성긴 종소리 밤새도록 이어지네. | 古寺踈鐘管夜留 |

○용연

일동에 출렁이는 미친 물결 얼마나 되나	幾許狂瀾漲日東
시내를 막을 한공(韓公)[157]을 어디서 구할까.	障川何處得韓公
이역에서 영웅의 모임을 길이 따르니	永從異域英雄會
구석진 나라에 바른 선비의 풍모 있음 진작 알았네.	早識偏邦正士風
동유(董劉)[158]의 문맥이 외로운 마음에 놀랍고	董劉文脈孤心駭
왕륙(王陸)[159]의 물결 넘쳐 안목이 텅 비었네.	王陸波泙隻眼空
중니(仲尼: 공자) 문하 동자의 반열에 빗대어보리니	願比尼門童子列
평소 지닌 논설이 누구와 같을까.	平生論說與誰同

---

156 황우(黃牛) : 장강(長江)의 협곡 이름. 산의 바위가 황소와 같은 모양이라 하여 이렇게 이름하였다. 두보의 시 〈홀로 앉아[獨坐]〉 제2수에 "백구(白狗)가 비스듬히 북쪽에 임해 있는데, 황우는 다시 동쪽에 있구나.[白狗斜臨北, 黃牛更在東.]"라는 구절이 있다.

157 시내를 막을 한공(韓公) : 한유(韓愈)의 글 「진학해(進學解)」에, "모든 시내를 막아 동쪽으로 흐르게 하고, 미친 물결을 되돌려 거꾸로 흐르게 한다.[障百川而東之, 廻狂瀾於旣倒.]고 한 구절을 인용한 것이다. 이단의 학문을 배척하고 올바른 도를 세울 사람을 의미한다.

158 동유(董劉) : 동(董)은 동중서(董仲舒), 유(劉)는 유향(劉向)을 가리키는 것으로 보인다. 동중서(BC179경~BC104경)는 한 무제 때의 재상으로 유교가 중국의 사상적 바탕이 되는 데 큰 역할을 한 인물이다. 유향(BC77?~BC6)은 전한 때의 경학자·목록학자·문학가이며, 현전하는 저작으로 『설원(說苑)』, 『열녀전(列女傳)』 등이 있다.

159 왕륙(王陸) : 남송의 육구연(陸九淵)과 명의 왕수인(王守仁)을 가리킨다. 양명학(陽明學)을 의미하는데, 이 시에서는 일본에 성행하는 이단의 학문을 통칭하는 표현으로 쓰였다. 이토 진사이나 오규 소라이의 학문은 양명학과는 다른 것이었으나, 주자를 비판한다는 점에서 비슷한 종류로 본 것이다.

시가(詩家)의 정맥이 이(李)·왕(王)을 멈추게 하니　　詩家正脈李王休
백설가[160]의 새로운 소리 주고받는 시에 넘쳐나네　　白雪新聲漫唱酬
외국에 흘러들어온 남은 물결을 다시 보고　　更見餘波流外國
중주(中州)를 물들인 신령한 기운은 이미 알았네.　　已知靈氣染中州
천박하고 화려한 꽃 부질없이 나비 부르고　　浮花浪蘂空招蝶
층층이 책과 시문이 어지러이 쌓여만 가네.　　疊袠重囊狂汗牛
그대의 문사(文辭)가 능히 길을 연 것 기쁘니　　喜爾文辭能闢路
글 한 편을 남겨서 작별인사를 하네.　　一書珍重爲相留

　　　　　　　　　　　　　　　　　　○현천

비단 돛배 아득히 일동으로 나와서　　錦颿迢迢出日東
천 년 전 지난 일을 서공(徐公)[161]에게 물어보네.　　千年往事問徐公
조각배는 가히 은(殷)·주(周)의 예를 실을 만한데　　扁舟可載殷周禮
바다에는 도리어 소구(蘇歐)[162]의 문풍이 전해졌네.　　滄海還傳蘇歐風
산악 십주(十洲)[163]가 멀리 둥실 떠 있으니　　山岳十洲遙泛泛
용운(龍雲)[164]의 육예(六藝)가 어찌 쓸모없으랴.　　龍雲六藝豈空空

---

160 백설가(白雪歌) : 춘추시대 초나라의 가곡명으로, 〈양춘곡(陽春曲)〉과 함께 고아하고 심오하여 남이 화답하기 어려운 곡조를 뜻한다. 상대방의 시문을 칭송할 때 쓰는 표현이다.

161 서공(徐公) : 진시황(秦始皇) 때의 방사(方士) 서불(徐市)을 가리킨다. 서복(徐福)이라고도 한다. 진시황이 서불에게 동남동녀(童男童女) 수천 명을 배에 싣고 바다로 가서 삼신산(三神山)의 불사약을 캐 오게 하였는데, 서불이 일본에 도착하여 그곳에 살면서 돌아오지 않아 일본의 시조가 되었다는 이야기가 전한다.

162 소구(蘇歐) : 소식(蘇軾)과 구양수(歐陽脩)를 가리킨다.

163 십주(十洲) : 도가에서 말하는 바다 가운데 신선이 사는 열 개의 산을 십주라고 한다. 선경(仙境)을 가리키는 말이다. 『해내십주기(海內十洲記)』에 십주의 이름이 나열되어 있다.

이곳에 비로소 문명(文明) 열린 것 알겠으니	此來始識文明啓
집집마다 물가 나무에서 함께 시를 읊네.	水樹家家諷詠同

그대 붓을 휘두르며 재담을 멈추지 않으니	揮筆才談君不休
빈연에서 오직 시만 주고받는 것 아니라네.	賓筵非獨唱兼酬
푸른 바다 가득하여 삼도(三島)[165]가 아득한데	滄溟鬱鬱迷三島
화려한 배 어지러이 구주(九州)[166]를 찾아가네.	華舶紛紛問九州
문사(文辭)로 초객(楚客)[167] 위로함이 오히려 부끄럽고	
	却愧文辭弔楚客
습속에 제우(齊牛) 데리고 감을 가여워하네.[168]	適憐習俗帶齊牛
시서(詩書)의 학문은 일찍부터 도(道)가 이루어졌으니	詩書學早道成立
마음으로 궁행(躬行)을 체득하여 영원토록 변치 마소.	心得躬行歲月留

---

164 용운(龍雲) : 운룡(雲龍)을 뜻하는 말로 보인다. 『주역』 건괘(乾卦) 문언(文言)에 "구름은 용을 따르고 바람은 범을 따른다.[雲從龍, 風從虎.]"라고 하였다. 같은 성질의 사물이 서로 감응하고 따르는 것을 뜻하는데, 현명한 군주와 신하가 의기투합하는 것을 빗대는 표현으로 쓰인다.

165 삼도(三島) : 중국 동쪽의 발해(渤海) 가운데 있다고 하는 세 섬으로, 봉래산(蓬萊山)·방장산(方丈山)·영주산(瀛洲山)을 가리킨다. 삼신산(三神山)이라고도 한다.

166 구주(九州) : 전국시대 제(齊)의 추연(鄒衍)은 중국을 적현신주(赤縣神州)라고 하였으며, 중국 밖에 이와 같은 곳이 9개 있으니 그것이 구주(九州)라고 하였다. 또, 구주와 그 바깥을 둘러싸고 있는 바다를 영해(瀛海)라고 한다고 했다. 『사기』 권74 「맹자순경열전(孟子荀卿列傳)」 및 『회남자(淮南子)』 권4 「지형훈(地形訓)」에 보인다.

167 초객(楚客) : 〈이소(離騷)〉를 지은 초(楚) 굴원(屈原)처럼 뛰어난 시인을 가리키는 말이다. 또 고향을 떠난 나그네라는 의미도 담겨 있다.

168 습속에 …… 가여워하네 : 제우(齊牛)는 제사에 쓰는 소를 뜻한다. 전국시대 제(齊) 선왕(宣王)이 새로 만든 종에 소의 피를 칠하기 위해 소를 끌고 가는 자를 보고 가엾어하며 그 소를 놓아주라고 했다는 이야기가 『맹자』 「양혜왕 상(梁惠王上)」에 나온다. 일본에서는 소의 도살을 금지하며 쇠고기를 먹지 않는데, 이를 습속에 소를 가여워한다고 표현한 것이다.

○퇴석(退石)[169]

【성은 김(金), 이름은 인겸(仁謙), 자(字)는 사안(士安), 퇴석은 호. 조선국 서기실】

시벗 우삼동(雨森東)[170]은 이미 떠나갔고	詩棚已去雨森東
일하(日下)에 문장은 오직 공이 있을 뿐이네	日下文章獨有公
구슬 같은 맑은 문장을 기뻐할 뿐이니	惟喜冷冷瓊月佩
쓸쓸한 마우풍(馬牛風)[171]을 말해서 무엇하랴.	何論落落馬牛風
정담을 나누며 다정한 벗 셋을 얻긴 했어도	情談縱得三朋穩
좋은 모임 끝날 것이 도리어 근심스럽네.	佳會還愁半榻空
두 나라 의상(衣裳)이 서로 다르다고 말 마오.	莫道衣裳殊二國
원래 사해는 하나의 동포이니.	元來四海一胞同

낭화성(浪華城) 밖에 나그네 행렬이 쉬어가니	浪華城外客行休
서검(書劍)[172]이 동쪽으로 와서 묵은 빚을 갚는구나.	書劍東來宿債酬

---

169 퇴석(退石) : 김인겸(金仁謙). 1707~1772. 본관은 안동(安東). 자는 사안(士安), 호는 퇴석(退石)이다. 김상헌(金尙憲)의 현손이었으나 할아버지 김수능(金壽能)이 서출이라서 출신에 제약이 컸다. 1753년 47세에 사마시에 합격하여 진사가 되었다. 1763~64년 계미통신사에 종사관 서기로 일본에 다녀왔으며, 이때 한글 기행가사 〈일동장유가(日東壯遊歌)〉를 지었다. 한문 사행록『동사록(東槎錄)』을 저술하였는데, 단편만이 전하고 있다. 그 뒤 지평현감(砥平縣監) 등을 지냈다.

170 우삼동(雨森東) : 아메노모리 호슈(雨森芳洲). 1668~1755. 에도시대 전·중기의 유학자. 본성(本姓)은 다치바나(橘), 씨(氏)는 아메노모리(雨森), 이름은 도시요시(俊良)·노부키요(誠淸), 자는 하쿠요(伯陽), 호는 호슈(芳洲)·쇼케이도(尙絅堂)·깃쇼(橘窓)이다. 조선에서는 우삼동(雨森東)으로 알려졌다. 에도에서 기노시타 준안(木下順庵)의 문하에서 공부하였고 아라이 하쿠세키(新井白石), 무로 규소(室鳩巢) 등과 함께 목문오선생(木門五先生)으로 칭해졌다. 1689년 22세 때 준안의 추천으로 쓰시마 후추(府中)에서 일하기 시작했다. 한문, 조선어, 중국어에 능통하여 쓰시마의 외교 담당 문관으로 활약하였다. 일본 최초의 조선어 교재인『교린수지(交隣須知)』를 집필하였고, 『교린제성(交隣提醒)』을 지어 조선과의 성신(誠信) 외교를 강조하였다. 1711년, 1719년 통신사를 호행하였다.

171 마우풍(馬牛風) : 멀리 떨어져 있음을 뜻한다. 각주 17번 참조.

종벽도(鐘碧嶋)는 만 리의 구름 안개 속[173]　　萬里雲烟鐘碧嶋

섭진주(攝津州)에는 봄날의 매화 버들.[174]　　一春梅柳攝津州

붕정(鵬程)[175]은 아득히 창해 끝까지 닿았고　　鵬程渺渺窮滄海

사신 뗏목 멀리 두우성을 범하였네.[176]　　槎節迢迢犯斗牛

묻노니 강도(江都)[177]가 어디인가.　　借問江都何處在

그대 생각에 서글퍼 잠시 지체한다네.　　思君怊悵暫遲留

붉은 붓대[彤管]

용연 : 붉은 붓대는 미인(美人)이 주신 것입니다.[178]

172　서검(書劍) : 글을 읽어 관리가 되고 칼을 잡고 종군(從軍)하는 것으로, 문관이나 무관
이 되는 것을 말한다. 맹호연(孟浩然)의 시 〈자락지월(自洛之越)〉에 "삼십 년을 허둥지
둥, 글과 칼 다 못 이뤘네.[遑遑三十年, 書劍兩無成.]"라고 하였다.

173　종벽도(鐘碧嶋)는 …… 속 : 종벽(鐘碧)은 쓰시마에 있는 산의 이름이다. 쓰시마를 멀리
떠나 와서 만 리의 구름 안개에 가려져 있다고 표현한 것이다.

174　섭진주(攝津州)에는 …… 버들 : 이 필담이 이루어진 장소인 오사카는 셋쓰국(攝津國)
에 속해 있었다. 계미통신사가 오사카에 도착한 것은 1764년 1월 21일이며, 닷새를 머물렀
다. 1월이므로 초봄에 해당한다.

175　붕정(鵬程) : 『장자』 「소요유(逍遙遊)」에 "붕새가 남쪽 바다로 날아갈 때는 파도를
일으키기 3천 리, 회오리바람을 타고 하늘 높이 오르기를 9만 리[鵬之徙於南冥也, 水擊三
千里, 搏扶搖而上者九萬里.]"라는 구절이 있다. '붕정만리'는 여기서 나온 표현으로, 앞
길이 원대하다는 비유로 쓰인다.

176　두우성을 범하였네 : 한(漢)나라 장건(張騫)이 대하(大夏)에 사자로 갈 때, 뗏목을 타고
하(河)의 근원까지 갔는데, 은하수에 올라 직녀를 만나서 지기석(支機石)을 받아왔다.
이것을 엄군평(嚴君平)에게 보였더니, 그가 말하기를 "아무 날 객성(客星)이 두우성(斗牛
星)을 범하더니 그대가 은하에 올랐군."이라고 말했다고 한다. 『박물지(博物志)』 권10
「잡설 하(雜說下)」에 나온다.

177　강도(江都) : 통신사의 목적지인 에도(江戶)를 가리킨다.

178　붉은 …… 것입니다 : 원문은 "彤管是美人之貽也."이다. 『시경』 「패풍(邶風)」 〈정녀(靜
女)〉에서 "얌전한 여인이여, 아름답기도 하여라. 나에게 붉은 붓대를 주었네. 붉은 붓대

선루: 그대의 민첩한 솜씨를 빌어 홀연 청운(靑雲)의 그릇이 되었습니다. 그대의 서력(書力)은 누구에게서 배운 것입니까?

용연: 취하지 않은 법이 없고 배우지 않은 첩이 없습니다. 당송(唐宋) 간에 찬집한 것이 가장 많은데, 저는 잘 하지 못합니다.

선루: 귀방에서 서화(書畫)로 유명한 이는 누구입니까?

용연: 그대는 어찌 그러한 것을 물으십니까. 글씨는 사자관(寫字官)[179]이 있고 그림은 화원이 있습니다. 저는 적당한 사람이 아닙니다.

선루: 그대는 남들의 모범입니다. 서화의 이름을 빌린다고 해서 어찌 성가(聲價)가 달라지겠습니까?

수레를 바친 일

선루: 송(宋) 원풍(元豊) 연간에 귀방에서 중조(中朝: 중국 조정)에 일본국 수레[車]를 바쳐 일본의 공졸(工拙)을 보게 하였다는 일이 『문창잡록(文昌雜錄)』[180]에 나옵니다.[181] 무릇 물건에는 공교한 것으로 세세하고

붉기도 하니 내 그대의 아름다움 좋아하노라.[靜女其孌, 貽我彤管. 彤管有煒, 說懌女美.]"라고 한 구절과 "교외에서 삘기를 선물해 주니, 참으로 아름답고 기이하구나. 네가 아름다운 것이 아니라 미인이 준 것이기 때문이란다.[自牧歸荑, 洵美且異. 匪女之爲美, 美人之貽.]"라고 한 구절을 원용한 표현이다. 선루가 붓을 주면서 글씨를 써달라고 한 듯하다.

179 사자관(寫字官): 사행 때에 외교 관련 문서를 정사(正寫)하는 일을 담당한 관원이다. 통신사의 사자관은 일본인들에게 글씨를 써주는 일도 하였다. 계미통신사의 사자관은 홍성원(洪聖源)과 이언우(李彦佑)이다.

180 『문창잡록(文昌雜錄)』: 송나라 방원영(龐元英)이 찬집한 책. 방원영은 자가 무현(懋賢)이고 단주(單州) 사람이다. 생졸년은 미상이며, 대략 북송(北宋) 신종(神宗, 재위 1067~1085) 때의 인물이다. 『문창잡록』은 한때의 견문을 기록한 책으로 조정의 전장(典章)과 여러 전고(典故)에 관한 내용이 주를 이룬다. 『송사(宋史)』에 빠진 기록이 많이

치밀하여 좋은 것이 있고 간혹 서툴러 조악하게 만든 것이 있기도 한
데, 어찌 수레 한 대로 온 나라의 공교함과 서투름을 시험할 수 있겠습
니까.

용연 : 폐방은 물이나 산이 있는 곳이 있어서 모든 곳에서 수레[車]를
사용할 수 없으므로 여마(輿馬)로 통행하는 경우가 많습니다. 수레를
바친 일은 이미 여러 세대의 일을 살펴보았으나 그러한 일이 있다는
사실을 들어보지 못하였습니다.

선루 : 소매(小梅)는 귀방의 기녀의 칭호입니까?[182]

용연 : 옛날 기생의 이름입니다.[183]

수록되어 있다.

181 송(宋) …… 나옵니다 : 『문창잡록』 권4에 "원풍 3년, 고려국에서 사신 유홍과 박인량을
보내 조공을 하고, 또 일본국의 수레 한 대를 바쳤다. 유홍이 말했다. '제후는 수레와
옷을 바치지 않는 것이니 이것이 예가 아님을 잘 알고 있으나, 본국에서 이것을 바친
것은 중조에서 일본의 공졸을 보게 하고자 한 것입니다.' 조정에서 받아두었다. 고려는
본래 기자의 나라이므로 예를 아는 것이 이와 같다.[元豐三年, 高麗國遣使柳洪, 副朴
寅亮朝貢, 且獻日本國車一乘, 洪云: '諸侯不貢車服, 誠知非禮, 本國所以上進者, 欲中
朝見日本工拙爾.' 朝廷爲留之. 高麗本箕子之國, 其知禮如此.]"라는 기록이 보인다.

182 소매(小梅)는 …… 칭호입니까? : 이 말은 조선에서는 기녀를 '소매(小梅)'라고 칭하는
지를 물은 것이다. 소매는 '초라니'인데, 나례(儺禮: 잡귀를 쫓는 의식)에서 계집 형상의
기괴한 탈을 쓰고 붉은 저고리에 푸른 치마를 입고 등장하여 긴 대의 깃발을 흔드는 역할
을 하는 인물이다. 성현(成俔)의 『용재총화(慵齋叢話)』에 관상감이 주관하는 구나(驅儺)
의식을 설명한 부분에 "소매 몇 사람은 여자의 저고리를 입고 가면을 쓰고 저고리 치마를
모두 홍색과 녹색으로 하고, 손에는 긴 장대를 잡는다.[小梅數人着女衫假面, 上衣下裳皆
紅綠, 執長竿幢.]"라는 내용이 있다. 뒤의 필담에서 선루가 『용재총화』를 언급한 것으로
보아 이 책을 읽고 소매에 관한 질문을 했을 가능성이 크다.

183 옛날 …… 이름입니다 : 성대중은 소매를 초라니라고 설명하지 않고 옛날 기생의 이름이
라고 답하고 있다. 『고려사절요』 권33 신우(辛禑) 사(四) 신우 14년(1388) 2월에 "기생
소매향을 화순옹주에 봉했다.[妓小梅香爲和順翁主.]"라는 기록이 있다. 또, 『태종실록』
과 『세종실록』에도 소매라는 이름의 기생이 등장한다.

그 밖에 더 바랄 것이 없음

선루: 하룻밤의 아름다운 대화가 십 년 동안 기이한 책을 읽는 것보다 나은 법인데,[184] 하물며 여러 밤을 이어 정담을 나누었으니 실로 훌륭한 가르침을 얻은 것이 적지 않습니다. 혹 그대들이 사사로이 바라는 일이 있다면 필히 저에게 말씀해 주십시오. 하찮은 힘이나마 전력을 다하며 감히 피하지 않겠습니다.

용연: 나라를 떠나 붕정만리에 오른 후, 다만 저물녘 비와 바람, 이슬에 시사(詩思)와 문장(文腸)을 깨끗이 씻었으니 그 밖에 더 바랄 것이 없습니다. 선루께서 저를 생각해 주시는 말씀이 지극히 감격스럽군요.[185]

재회[186]

추월: 노당(魯堂)[187]과는 만나보았습니까?

---

184 하룻밤의 …… 법인데 : 주희(朱熹)가 편찬한 『이정전서(二程全書)』 권22 상 「이천어록(伊川語錄)」에서 "옛사람이 말하길 '그대와 함께 하룻밤 이야기를 나눈 것이 십 년간 독서한 것보다 낫다.'고 하였으니, 만약 하루 동안에 얻은 것이 있다면 어찌 십 년 독서한 것보다 나은 정도일 뿐이겠는가.[古人有言曰'共君一夜話, 勝讀十年書', 若一日有所得, 何止勝讀十年書也.]"라고 하였다.
185 이상은 에도로 가는 길에 오사카에 체류할 때(1764년 1월 21~25일)의 필담이다.
186 재회 : 여기서부터는 에도에서 전명을 마치고 조선으로 돌아가는 길에 나눈 필담이다. 통신사가 오사카에 도착한 것은 4월 5일이며, 오쿠다 모토쓰구도 이날 통신사를 접견했다.
187 노당(魯堂) : 나바 로도(羅波魯堂). 1727~1789. 에도시대 중기의 유학자. 이름은 시소(師曾), 자는 고케이(孝卿), 호는 로도(魯堂)·뎃켄도진(鐵硯道人)이다. 하리마(播磨) 히메지(姬路) 출신으로, 오쿠다 모토쓰구의 친형이다. 17세부터 5년간 교토의 오카다 핫쿠(岡田白駒)에게 고문사학을 배웠으며, 25세에 가숙(家塾)인 로도(魯堂)를 열어 강설을 시작하였다. 이후 스승으로부터 파문당하여 주자학으로 전환, 고문사학을 비판하였다. 아와(阿波) 도쿠시마번(德島藩)의 번유로 활동하면서 사국의 정학(四國の正學)으로 불렸다. 계미통신사가 왔을 때 가번장로(加番長老)의 서기로서 1월 25일부터 4월 초까지 통신

선루: 아직 못 만났습니다.

추월: 노당과 함께 천리를 왕래하였는데 매번 이야기가 그대에게
미치면 매우 그리워하였습니다. 오늘 선생의 훌륭한 모습을 본다면 기
뻐할 것입니다.

선루: 저희 형 노당과 동행동숙 하셨다니 그 즐거움을 또한 알 만합
니다. 헤어져 지낸 후부터 하루도 마음에서 잊어본 일이 없었습니다.
목을 길게 빼고 하늘 끝을 바라보다 오늘 다시 만나는 인연을 얻었으
니 뛸 듯이 기쁩니다. 공들이 이미 예순 날을 보내셨으니 부사산(富士
山)[188], 비파호(琵琶湖)[189]의 바람과 비 사이를 지나며 마땅히 성대한 시
가 시낭에 쌓였겠지요. 보여주시기를 청합니다.

추월: 여정 중에 많은 사람들에게 시달렸습니다. 낭화와 서경에서
머무른 날들은 그대가 잘 아실 것입니다. 마음에 드는 시가 하나도 없
고, 간혹 약간의 작품이 없는 것은 아니지만 피곤하고 바빠서 써서 보
여드릴 길이 없으니 안타깝군요.

사를 호행하여 남옥, 성대중, 원중거 등과 두터운 교분을 맺다. 이때 창화한 시를 모아
『동유편(東遊篇)』을 엮었으며, 이토 고레노리(伊藤維典)가 편집한 필담창화집『문사여
향(問槎餘響)』에 서문을 쓰기도 했다.

188 부사산(富士山) : 후지산(富士山). 현재의 일본 혼슈(本州) 중부 야마나시현(山梨縣)
과 시즈오카현(靜岡縣)의 태평양 연안에 접해 있는 산. 후지산의 겐가미네(劍ヶ峰)는 일
본 최고봉으로, 일본의 상징으로 여겨진다. 통신사행은 에도로 가는 육로에서 후지산을
멀리 바라보며 지나갔으며, 일본 문사의 요청을 받아 후지산 시를 짓곤 했다. 계미통신사
는 1764년 2월 12일 미시마(三島)의 사관에서 처음 후지산을 보았으며, 3월 20일 전명을
마치고 돌아오는 길에 한 번 더 보았다.

189 비파호(琵琶湖) : 비와코(琵琶湖). 현재의 시가현(滋賀縣)에 위치한 일본 최대의 호수
이다. 조선 문사들은 이곳을 일본 최고의 절경으로 꼽았다. 계미통신사는 1764년 2월
1일과 4월 1일에 스리하리토게(摺針峠) 정상의 다옥(茶屋) 보코테이(望湖亭)에서 비와코
의 풍경을 내려다보았다.

선루: 이곳은 유생[190]들이 가장 많은 곳으로, 명함을 갖추어 사신 깃발이 동쪽에서 돌아올 날을 기다리고 있던 이들이 매우 많습니다. 내일 아침이면 떼 지어 몰려와[麕至] 왼쪽에서 당기고 오른쪽에서 끌 것이니, 미리 알고 계심이 좋을 것입니다. 【○추월이 이 말을 보더니 '麕至'(떼 지어 몰려옴) 두 자를 지워 없애고 '蚊群'(모기떼) 두 자로 바꾸었다.】

추월: 매번 이런 식이어서 말을 나눌 만한 선비를 보아도 말을 나눌 수 없고 정의(情義)가 있는 사람을 만나도 정을 펼 수 없습니다. 다만 부산스러운 가운데 서로 보고 헤어지며 끝내 하나의 싸움판이 되어버렸으니 한탄할 만합니다. 또한 스스로 보아도 우습군요.

'종(踪)' 자·삼미(三米)

선루: '종(踪)'과 '종(蹤)'은 통용되는데 여러 자서(字書)에 '종(蹤)'은 수록되어 있으나 '종(踪)'은 수록되어 있지 않은 것은 왜 그렇습니까?

추월: '종(踪)'과 '종(蹤)'이 통용된 것은 후세의 일일 뿐입니다.

선루: 공들과 환담을 나눈 것은 비록 돈독하였으나 경의(經義)를 토론하지는 못하였으니 이것이 다만 유감입니다.

추월: 때때로 말이 경의에 미치기는 하였으나 한자리에서 찬찬히 토론할 수 없었을 뿐이지요.

선루: 귀국의 녹봉에는 조미(糙米), 중미(中米), 전미(田米) 세 종류가

---

190 유생: 원문은 "靑衿之士"이다. 청금(靑衿)은 푸른 옷깃이라는 뜻인데, 선비나 유생, 학자를 의미한다. 『시경』 「정풍(鄭風)」〈자금(子衿)〉에서 "푸르고 푸른 그대 옷깃이여, 내 마음 길이 생각하네.[靑靑子衿, 悠悠我心.]"라고 하였는데, 모전(毛傳)에서 "청금은 푸른 깃이니, 학자가 입는 것이다.[靑衿, 靑領也, 學子之所服.]"라고 하였다.

있는데[191] 그 차이가 무엇입니까?

추월: 가장 곱게 도정된 것이 조미이고 가장 거친 것이 중미입니다. 탈곡하지 않은 조[粟]가 전미입니다.

언(蔫) · 사문(斯文)

선루: '언(蔫)'은 연초(烟草: 담배)입니다. 『강호야화(江湖夜話)』와 『행주집(行廚集)』에 나오는데[192] 여러 자서(字書)들에는 실려 있지 않습니다. 귀방에서도 혹시 언(蔫)이라고 칭합니까?

추월: 연초는 후대에 나온 것이므로 자서에 들어갈 수 없었던 것입니다. '언(蔫)' 자는 폐방에서는 사용하지 않습니다.[193] 어떤 글자인지 모르겠군요.

선루: 사람을 사문(斯文)[194]이라고 부르는 것은 사형(詞兄), 사백(詞伯)이라고 하는 것과 같은데, 공들끼리 혹 사용해도 무방합니까?

추월: 우리나라에서는 문사들끼리 서로 그렇게 불러도 됩니다.

---

191 귀국의 …… 있는데 : 『경국대전(經國大典)』 호전(戶典) 녹과(祿科)에서는 품계별 녹봉의 등급을 표로 제시하고 있는데, 여기에 수록된 늠료의 종류는 중미(中米), 조미(糙米), 전미(田米), 황두(黃豆: 콩), 소맥(小麥: 밀), 주(紬: 명주), 정포(正布: 규격베), 저화(楮貨: 종이돈)이다. 중미는 반쯤 쓿은 쌀, 조미는 현미, 전미는 밭벼에서 거둔 쌀, 또는 좁쌀이다.

192 『행주집(行廚集)』에 나오는데 : 《도생약수유고(稻生若水遺稿)》 49, 『고발재증보응수전서행주집권지팔(叩鉢齋增補応酬全書行廚集卷之八)』 〈차주류(茶酒類)〉의 '烟' 항목에 "曰建烟以地産名. 烟當從蔫. ○用幾包."라고 나와 있다.

193 '언(蔫)' …… 않습니다 : '언(蔫)'의 뜻은 '시들다'이다. 조선에서도 '시들다'라는 뜻으로 사용하였다.

194 사문(斯文) : 유학에서 예악의 교화나 전장제도를 이르는 말인데, 유사(儒士)나 문인(文人)을 뜻하는 말로도 쓰인다. 문학이나 문아(文雅)라는 뜻으로도 사용되었다.

화찬(畫贊)·관제(官制)의 연혁·봉건(封建)

선루: 왕자유(王子猷)[195]의 〈애죽도(愛竹圖)〉에 제사(題詞) 한 말씀을
써 주시기 바랍니다. 저로 하여금 공의 필적을 알게 하여 온흡박아(溫洽
博雅)함[196]을 길이 품게 해주십시오.

추월: 관소가 이토록 소란하니 내일 틈을 타 써 드리겠습니다. 귀방
에 들어와 그림에 제사를 쓴 것은 두서너 편에 불과합니다. 그러나 그
대는 능히 애써서 아껴주시는 뜻이 있기 때문입니다.

선루: 자세히 말씀해 주십시오. 【선루가 이 말을 미처 다 쓰지 못했는데 추월
이 써서 말하기를, "그대의 형은 이같이 치켜세우는 말로 재촉하지 않았는데, 그대는
어찌 이리 다르십니까? 땀이 나고 얼굴이 붉어집니다."라고 하였다.】

선루: (저희 형은) 아침저녁으로 만나며 동쪽 서쪽의 길을 돌아왔으니
사귐에 가슴 속에 품은 정을 다 쏟아내어 남김이 없었을 것입니다. 저
는 앞뒤로 공들과 만난 것이 열흘이 채 되지 못하는데, 주야로 힘을
다하였어도 어찌 또한 유감이 많지 않겠습니까? 이것이 저희 형과 다
른 점입니다. 고명께서는 헤아려 살펴주십시오.

추월: 앞서 말한 것은 웃자고 한 말입니다.

선루: 귀방의 관제는 『동국관요(東國官要)』, 『경국대전(經國大典)』 등
에 실려 있는데 중국의 관제와 차이가 있습니다. 여러 대를 지나면서

---

195 왕자유(王子猷) : 동진(東晉)의 서예가 왕휘지(王徽之). 338~386. 자유(子猷)는 그의
   자이다. 왕희지(王羲之)의 다섯째 아들이다. 대나무를 사랑한 것으로 유명하여 "하루라도
   차군(此君: 대나무를 지칭) 없이 지낼 수 있겠는가?[何可一日無此君邪?]"라고 말했다는
   고사가 있다. 『진서(晉書)』 권80 「왕휘지열전(王徽之列傳)」에 나온다.
196 온흡박아(溫洽博雅)함 : 온흡(溫洽)은 온화하고 넉넉하다, 박아(博雅)는 박식하고 단
   아하다는 뜻이다.

크게 변한 것은 없습니까?

추월 : 관제는 그다지 변한 것이 없습니다. 한결같이 고제(古制)를 따랐지요. 이러한 책자들이 이미 전해졌군요. 공의 질문을 훑어보니 귀방의 문적(文籍)이 풍성한 것을 알겠습니다.

선루 : 귀방에는 봉건제도가 있습니까?

추월 : 봉건제도는 없습니다. 주군(州郡)의 태수가 3년 혹은 6년 동안 다스리다가 각기 고을을 옮기고 관직을 바꿉니다.

스스로 구두를 뗌·장사(葬事)

선루 : 무릇 남에게 편지를 부치거나 서(序)를 보낼 때, 혹은 시문이나 잡저(雜著) 등을 보여줄 때 스스로 구두를 떼는 것은 예가 아닙니까, 아니면 그렇게 해도 무방합니까?

추월 : 스승이 제자에게 구두를 학습하게 하는 것입니다. 척독과 간첩, 기타 문사(文辭)에 어찌 스스로 구두를 뗄 수 있겠습니까? 그렇게 해서는 안 됩니다.

선루 : 사람이 죽으면 승도들의 풍속에 모두 불에 태우는데 이것이 이른바 화장(火葬)이고, 간혹 토장(土葬)이라는 것이 있을 뿐입니다. 조장(鳥葬)은 들판 가운데 버려두는 것이고, 수장(水葬)은 강물에 가라앉게 하는 것인데 사라진 풍속입니다. 귀방 또한 그러하겠지만, 혹시 수장이나 조장이 있습니까?

추월 : 이런 법이 어찌 중화에 있겠습니까? 폐방은 소중화(小中華)로, 이러한 법은 다시 없습니다. 이른바 토장과 화장이 있습니다.

날씨 · 제후국 · 무림(武林)

선루 : 우리나라의 기후는 비록 해마다 늦기도 이르기도 하여 조금 차이가 있지만 대개 변동은 없습니다. 중주가 가장 살기 좋고, 남국(南國)은 이곳과 비교하면 조금 더 덥습니다. 가장 북쪽 지역은 겨울에 눈이 한 길이 넘게 쌓이고 차가운 서리가 손가락 길이만큼 내립니다. 비록 솜옷을 껴입고 숯불을 땐다 하더라도 견디기 어려울 때가 있습니다. 공들께서는 해를 넘겨 사신의 임무를 수행하며 이미 세 계절의 날씨를 두루 겪으셨는데, 어떠셨습니까?

용연 : 폐방과 크게 다르지 않습니다. 남쪽 지방은 비교적 무더워 3월에 보리가 누렇게 익어 이미 여름 날씨이고, 또 매미 울음소리가 들리다가 문득 벌써 가을 소리가 납니다.

선루 : 폐방의 제후는 백 명을 헤아립니다. 다스리는 국도(國都)에는 모두 백성이 있고 사직이 있으며 배신(陪臣)들이 구름처럼 많습니다. 귀방 또한 이러합니까?

용연 : 폐방의 영토는 귀국보다 탁 트여서 300여 고을로 나누어 고을마다 태수를 두고 하읍(下邑)과 속리(屬里)를 다스리게 합니다. 신하 또한 많습니다.

선루 : 우리나라 원록(元祿) 연간에 적수(赤穗)의 가신(家臣) 47인이 주군을 위해 복수한 일[197]이 있는데, 그중 무림충칠(武林忠七)[198]이란 사

---

197 원록(元祿) …… 일 : 겐로쿠(元祿) 15년(1701)에 일어난 아코사건(赤穗事件)을 가리킨다. 1701년 3월 4일 에도성에서 아코(赤穗)의 영주 아사노 나가노리(淺野長矩)가 기라 요시히사(吉良義央)에게 칼부림을 하고 그날로 할복의 명을 받았다. 다음 해 12월 14일 아코의 가신(家臣) 47인이 요시히사의 저택을 습격하여 그를 살해하고 그 목을 베어 아사노 나가노리의 묘에 바친 후 자수했다. 1701년 및 그 다음 해의 사건을 합칭하여 아코사건

람은 그 선조가 귀방에서 나왔다 합니다. 공께서는 이 일을 들어보셨습니까?

용연 : 들어보지 못하였습니다. 그대가 알고 있다면 밤에 한가한 틈을 타 그 시말을 상세히 말씀해 주십시오.

선루 : 짧은 종이로 말씀드릴 수 있는 이야기가 아닙니다. 선유(先儒)가 지은 『의인록(義人錄)』[199]이 있는데, 내일 찾아서 보여드리겠습니다.

과하마(果下馬)·언문(諺文)·해동청(海東靑)

선루 : 들으니 조선 땅에서는 과하마(果下馬)[200]가 나는데, 키가 3척

이라고 부른다.

198 무림충칠(武林忠七) : 다케바야시 다카시게(武林隆重). 1672~1703. 에도시대 전기의 사무라이로, 아코사건 47인 중의 한 명이다. 통칭은 다다시치(唯七)이다. 武林忠七 혹은 竹林忠七로 기록된 곳도 있다. 다카시게의 조부가 임진왜란 때 포로로 잡혀 온 명나라 군인 맹이관(孟二寬)의 손자라는 설이 있다. 맹이관은 맹자의 62세 후손으로 절강성 항주의 무림 출신이며, 이 때문에 성을 무림이라고 했다는 것이다. 또 하나의 설은 다카시게의 선대가 임진왜란 때 포로로 끌려온 조선인인데, 성씨는 불명이며 역시 선대의 향리 이름을 따서 무림이라는 성을 썼다는 것이다. 이 두 설은 모두 무로 규소(實鳩巢)의 저술에 나타난다. 규소는 1703년에 저술한 『의인록(義人錄)』에서는 후자의 설을 소개했는데, 1704년 저작인 『구소소설(鳩巢小說)』에서 전자의 설로 수정하였다. 선루가 본 것은 『의인록』이므로 다카시게가 조선 출신이라고 말한 것이다.

199 『의인록(義人錄)』 : 『적수의인록(赤穗義人錄)』을 가리키는 것으로 보인다. 무로 규소(實鳩巢)가 아코사건(赤穗事件)을 칭양하기 위해 저술한 2권 1책의 역사서이다. 규소의 자서에는 이 책의 저술 시기가 1703년 10월로 되어 있는데, 그 후에도 개정이 이루어져 1709년 정고(定稿)가 성립했다.

200 과하마(果下馬) : 키가 작은 말. 타고서 과일나무 밑을 지날 수 있다고 하여 붙은 이름이다. 『삼국지(三國志)』 위지(魏志) 「동이전(東夷傳)」 예(濊) 조목에서 "(예에는) 또한 표범이 많고 과하마가 있으며 바다에는 반어가 나는데 사신이 오면 이것을 모두 바친다.[又多文豹, 有果下馬, 海出班魚, 使來皆獻之.]"라고 하였다. 이에 대한 배송지(裴松之)의 주에서 "키가 3척으로, 과일나무 아래에서도 탈 수 있다.[高三尺, 乘之可於果樹下

이하라고 합니다. 지난번에 귀방의 말을 보았는데 폐방의 말과 비교하면 비록 조금 작았으나 3척 이하라고 말할 수는 없더군요. 따로 과하마가 나는 것입니까?

용연: 폐방은 말이 많은데 키가 8척에 이르는 것은 많습니다만 3척 이하의 말은 적습니다. 그 때문에 과하마가 도리어 귀하게 되었지요.

선루: 언문(諺文)은 누가 만들었습니까?

용연: 신숙주(申叔舟), 정인지(鄭麟趾) 등이 교지(敎旨)를 받들어 제작하였습니다. 운음(韻音)에 크게 유익하니, 이 또한 치교일체(治敎一體)입니다.

선루: 귀방에서는 해동청(海東靑)이 나는데, 『철경록(輟耕錄)』[201]에 이르기를 "온순하여 능히 부릴 수 있다."고 하였습니다. 저는 생속(生屬)과 서로 기피하려고 하므로 이와 같은 종류는 문답으로 거론할 수 없습니다만 말하다 보니 여기까지 이르렀습니다. 어떻습니까?

용연: 족하의 말씀이 마땅합니다. 눈으로 보지 못한 것은 단정해서 말할 수 없지요. 그러나 용과 사자도 길들일 수 있거늘 해동의 매가 또한 유독 그렇지 않을 리가 있겠습니까.

行.]"라고 하였다. 명나라 이현(二賢)이 편찬한 『대명일통지(大明一統志)』 권89 외이(外夷) 조선국(朝鮮國)에서도 조선의 물산으로 과하마를 언급하였으며, "키가 3척이고 과일나무 아래서도 탈 수 있다.[高三尺, 果下可乘.]"라는 설명이 붙어 있다.

201 『철경록(輟耕錄)』: 명나라 도종의(陶宗儀 1329~1410)의 저작으로, 원나라 때의 법제, 훈고, 서화에 대한 고증, 지정(至正) 말년의 병란 사실, 항간의 저속한 일이나 우스운 이야기 등을 수록하였으며 총 30권으로 이루어져 있다.

인보서(印譜序)·'향(向)' 자(字)·도엽(桃葉)·양불염(兩不厭)

선루: 근래 제가 공이 비전주(備前州: 비젠국(備前國)) 강산(岡山: 오카야마)의 중자매(中子梅)에게 써 주신 인보서(印譜序)[202]와 척독을 읽어 보았는데, 웅대하고 깊으며 고아하고 굳건한 것이 고인에게도 부끄럽지 않을 글이었습니다. "사람이 사물에 뜻을 두는 것은 괜찮지만 뜻이 사물의 부림을 받아서는 안 된다.[人可以寓志于物, 不可以役志于物.]"[203]고 한 부분은 후인의 모범이 될 만하더군요.

추월: 중자매의 인보에 제가 서문을 써 준 일이 있습니다만, 그대가 칭송하는 말에 가당키나 하겠습니까? 능히 뜻을 다 말하지 못했으니 부끄럽습니다.

선루: 『당시유재(唐詩類裁)』의 "恨不移封向酒泉",[204] "猶向山中禮六時"[205] 등은 모두 '향(向)'을 '어(於)'로 썼습니다. 대개 후세의 시인들이 '향' 자를 많이 쓰는데 소설(小說)에 나오는 '향'의 뜻과 같습니까?

추월: 이러한 '향'과 '어'는 의미가 같습니다. 그러나 반드시 '어' 자로 고쳐 쓰지 않아도 뜻이 통합니다.

선루: 왕원미(王元美)의 〈대민(大閩)〉 시[206]에서 "복숭아잎 처음 빛나

---

202 인보서(印譜序): 남옥이 우시마도(牛窓)에서 와다 쓰토무(和田邵)의 부탁을 받아 나카무라 하료(中村巴陵. 이름은 미사네(三實), 자는 시바이(子梾))의 인보에 써준 서문인「서중자매인보서(書中子梾印譜卷首)」를 가리킨다. 이 글은 『갑신사객평수집(甲申槎客萍水集)』 권2에 수록되어 있다.

203 "사람이 …… 不可以役志于物.]": 남옥이 쓴 인보서의 첫 구절을 인용한 것이다. 실제 글에서는 표현이 약간 다른데, "夫物可以寓意, 不可以役志."라고 했다. 의미는 동일하다.

204 "恨不移封向酒泉": 두보의 〈음중팔선가(飮中八仙歌)〉의 한 구절이다. "주천(酒泉)에 봉해지지 못함을 한스러워했다네."라고 번역된다.

205 "猶向山中禮六時": 장교(張喬)의 〈기산승(寄山僧)〉의 한 구절이다. "오히려 산중에서 육시 예배를 드리네."로 번역된다.

고 말에는 구슬 굴레[桃葉初明珠勒馬]"라 하였는데, 그대는 이에 대해 이견이 있으십니까?

추월: 다른 의견은 없습니다. 구슬은 원래 흰빛인데, 푸른색과 어우러지면 더욱 기이한 빛을 띠게 되지요.

선루: 이백(李白)의 〈경정산(敬亭山)〉 시[207]에서 "바라보매 둘 다 싫증나지 않네.[相看兩不厭]"란 구절에 대해 세상 사람들이 산과 이백을 양(兩)이라 하기도 하고 새와 구름을 가리켜 양(兩)이라 하기도 합니다. 어느 쪽이 더 낫습니까?

추월: 저는 다수의 생각을 따릅니다. 그대는 '상(相)' 자를 유의해서 보아야 할 것입니다.

서목(書目)·사원(寺院)·호(號)로 칭하는 것·돈[錢文]

선루: 『용재총화(慵齋叢話)』, 『삼한일사(三韓逸史)』, 『징비록(懲毖錄)』, 『지봉유설(芝峯類說)』은 모두 귀방 사람이 지은 책인데, 그 성명을 알지 못합니다.

용연: 용재(慵齋)는 성현(成俔)의 호이고, 지봉(芝峯)은 이수광(李晬光)의 호이며, 『징비록』은 유성룡(柳成龍)의 저서입니다. 『삼한일사』는 고금에 그 편찬자의 이름이 전해지지 않습니다.

선루: 남공의 말씀을 들으니 귀국의 승도(僧徒)는 진(晉)이나 송(宋)

---

206 〈대민(大閩)〉 시 : 왕세정의 시 〈제병안동해상대민(提兵安東海上大閩)〉을 가리킨다. 전문은 다음과 같다. "新提千騎向東方, 劍客黃金盡解裝. 桃葉初明珠勒馬, 梨花半壯綠沉槍. 拍天濤擁軍聲合, 駕海雲扶陣色揚. 莫笑書生無燕頷, 斗來金印出明光."

207 〈경정산(敬亭山)〉 시 : 이백의 시 〈독좌경정산(獨坐敬亭山)〉을 가리킨다. 전문은 다음과 같다. "衆鳥高飛盡, 孤雲獨去閑. 相看兩不厭, 只有敬亭山."

이 아닌 별도의 한 유파라고 하더군요. 감히 묻건대 그 법조(法祖)가 된 사람은 누구입니까? 또한 세상에 널리 알려진 큰 사찰이나 도교 사원[福地]이 있습니까?

용연: 폐방은 본디 올바른 선비이건 세속의 무리이건 모두 유교를 익힙니다. 비록 간간이 청허(清虛), 공수(空水), 부용(芙蓉), 설산(雪山) 같은 도원(道院)이나 사관(寺觀)이 있다 하더라도 반드시 후미지거나 멀리 떨어진 곳에 있어 스스로 세상에 드러내지 않습니다. 그 법조 또한 대답해 드릴 것이 없군요.

선루: 폐방에서 호(號)로만 칭하는 것을 좋아하지 않는 것은 중국인들이 일찍이 그렇게 하지 않았다고 여겨서입니다. 간혹 그렇게 했다 하더라도 남에게 증정할 때에는 그러지 않았지요.

용연: 호를 부르기 좋아하는 것은 실로 근세(近世)의 잘못된 관행입니다. 한창려(韓昌黎: 한유), 유유주(柳柳州: 유종원)는 물론이요 양한(兩漢)의 인사들에게 어찌 호가 있었겠습니까? 저 또한 풍속을 면할 수 없어 다만 이를 되풀이하고 있을 따름입니다.

선루: 귀국에 통행되는 돈은 무엇입니까?

용연: 상평통보(常平通寶)[208]입니다.

---

208 상평통보(常平通寶) : 숙종 4년(1678)에 주조하여 유통시킨 동전의 명칭으로, 조선 말에 신식 화폐가 만들어질 때까지 계속해서 사용했다. 구리와 주석을 합금하여 만들었는데, 100문(文)이 은(銀) 1냥(兩)에 해당하게 하였다. 『증보문헌비고(增補文獻備考)』에는 인조 1년(1623)에 처음 만들었다고 되어 있다.

『논어』에 대한 황간(皇侃)의 소(疏)

선루: 황간(皇侃)[209]이 의소(義疏)한 『논어』는 전편에 걸쳐 '야(也)', '의(矣)', '언(焉)' 등의 글자를 사용한 것이 주자의 본보다 많습니다. 기타 문자들도 조금씩 다른데, '빈이락(貧而樂)'을 '빈이락도(貧而樂道)'라 한 것이나, '구이경지(久而敬之)'를 '구이인경지(久而人敬之)'라 한 것과 같은 것들입니다. 또한 공야장(公冶長)이 새소리를 이해한 것이 황간의 소(疏)에 상세히 나와 있는데[210] 주자는 "장(長)의 사람됨은 상고할 곳이 없다."[211]고 하였습니다. 주자의 박람(博覽)으로도 황본(皇本)을 보지 못해서 그런 것일 테지요.

현천: 주자는 공자 이후 한 사람의 성맥(聖脉)이니 어찌 알지 못한 것이 있었겠습니까? 사서(四書)와 같은 것은 도(道)가 천지의 광대함을

---

209 황간(皇侃): 중국 남조 양(梁)의 경학가. 488~545. 삼례(三禮)와 『논어』, 『효경(孝經)』에 밝았다. 저서로 『논어의소(論語義疏)』와 『예기황씨의소(禮記皇氏義疏)』가 남아 있다. 황간의 『논어의소』는 남송 때 일실되었다가 18세기에 당(唐) 판본이 일본에서 발견되었다.

210 공야장(公冶長)이 …… 있는데: 황간의 『논어의소』에 공야장이 새소리를 이해한 일이 기록되어 있다. 공야장이 위나라에서 노나라로 돌아갈 때 두 나라의 경계에서 새들이 서로 부르며 "시냇가로 가서 사람 고기를 먹자."고 하는 말을 들었다. 잠시 후 한 노파를 만났는데, 그가 아이를 잃어버리고 울고 있기에 시냇가로 가보라고 일러주었다. 노파가 그곳에서 아이의 시체를 발견하고 관에 알려서 공야장이 살인범으로 몰리게 되었다. 나중에 그가 새소리를 알아듣는다는 것이 증명되어 풀려나왔다.

211 "장(長)의 …… 없다.": 『논어』「공야장(公冶長)」에서 "공자께서 공야장에 대해 일컫기를 '딸을 시집보낼 만하다. 비록 포승에 묶여 옥중에 있었으나 그의 죄가 아니었다.'라 하시고 자기 딸을 그에게 시집보내셨다.[子謂公冶長, "可妻也. 雖在縲絏之中, 非其罪也." 以其子妻之.]"라고 하였는데, 주희(朱熹)의 주(註)에서 이에 대하여 "공야장은 공자의 제자이다. (…) 장의 사람됨은 상고할 곳이 없으나, 부자께서 딸을 시집보낼 만하다고 하셨으니 반드시 취할 만한 점이 있었을 것이다.[公冶長, 孔子弟子. (…) 長之爲人, 無所考, 而夫子稱其可妻, 其必有以取之矣.]"라고 하였다.

꿰뚫고 리(理)가 산과 바다의 깊음을 다하였으니 우리들이 어찌 받들어 논할 수 있겠습니까. 공의 말은 망령됩니다.

선루: 그렇다면 공이 바라는 것을 알 만 하군요. 『기원기소기(寄園寄所寄)』[212]에 이르길, "염락관민(濂洛關閩)[213] 제자(諸子)를 비난하는 사람은 유자의 적이니, 그들 집에 소장한 책을 찾아내 저자에서 모두 불태워버려야 한다."고 하였지요. 그대의 뜻은 어떠합니까?

현천: 선루의 생각 없는 말로 홀연 한 사람의 지기를 잃었으니 안타깝구나!

선루: 그대는 이미 나를 "지은 글의 성대함이 그대만 같지 못하다."[214]라는 말씀으로 허여해 주셨으면서 어찌 갑작스레 이에 어긋나는 말씀을 하십니까.

현천: 그 사람됨과 문자는 좋습니다만 노부(老夫)를 알지 못함이 안타깝습니다.

양호여화 상권 마침

---

212 『기원기소기(寄園寄所寄)』 : 청나라 조길사(趙吉士)의 필기류(筆記類) 저작이다.

213 염락관민(濂洛關閩) : 염계(濂溪)의 주돈이(周敦頤), 낙양(洛陽)의 정호(程顥)와 정이(程頤), 관중(關中)의 장재(張載), 민중(閩中)의 주희(朱熹)를 가리킨다. 즉, 성리학을 대표하는 송나라 유자들을 가리키는 말이다.

214 "지은 …… 못하다" : 앞의 필담에서 원중거가 센로에게 한 말이다. 본서 58쪽 참조.

양호여화(兩好餘話) 하권(下卷)

선루 선생(僊樓先生) 지음

문인　모산(茅山) 구정겸(衢貞謙) 사명(士鳴)　공동 교정
　　　남포(南浦) 승원작(勝元綽) 이관(以寬)

소개

추월 : 외당(外堂)에 손님이 있어 나가서 접대를 해야 합니다. 사역주부(司譯主簿) 이운아(李雲我)라는 사람이 있습니다. 이 사람은 오랫동안 중조(中朝)에 머물면서 경(經)을 해설하고 사(史)를 풀이하였으며, 또 고사(故事)를 능히 외우고 있지요. 그대가 찾아가 만나보는 것이 좋겠습니다. 반드시 새로운 이야기를 듣게 될 것입니다.

선루 : 소개를 통하지 않고 어찌 이군을 만날 수 있겠습니까.

추월 : 용택(龍澤)[215]에게 안내하게 하여 우선 소개하겠습니다. 저희들이 다시 숙소로 돌아오면 그때 차분히 밤을 새워 대화를 나누도록 하지요.

북경(北京) 가는 길의 시

선루 : 그대는 경사(經史)에 능통하고 중조의 고사를 외우고 있다 들

---

215 용택(龍澤) : 김용택(金龍澤). 계미통신사의 소동(小童) 중 한 명이다. 조엄의 『해사일기(海槎日記)』에 수록된 사행명단에 "좌수영 거주, 일방 제술관 소속[居左水營. 一房製述官]"으로 기재되어 있다.

었습니다.

운아(雲我)²¹⁶【○성은 이(李), 이름은 언진(彦瑱), 자는 우상(虞裳), 호는 담환(曇寰), 운아(雲我)는 별호. 조선국 한학주부(漢學主簿)】: 유명무실입니다.

선루: 귀방은 북경과 얼마나 떨어져 있습니까? 지난번에 제가 현천을 뵙고 그 대략을 들었는데, 상세한 노정은 아직 모릅니다.

운아: 4천여 리이며, 산하가 우거져 있고 인적이 없는 지대를 지납니다.

선루: 압록강부터 서쪽으로 몇 리가 아득하다고는 들었으나 사람이 없는 광야를 지난다고는 들어보지 못하였습니다. 그대의 말은 놀랄 만하군요.

운아: 제가 예전에 지은 시에서 "천 리가 아득하여 사람 사는 마을 없고, 날다람쥐 어지러이 울고 독수리 날아가네.[千里茫茫無聚落, 材鼠亂叫野雕飛.]"라고 하였으니, 이는 실경을 기록한 것입니다.

선루: 시 두 구가 끝없는 황무지를 잘 묘사하여 듣는 이로 하여금 소름이 돋게 하는군요. 전체 시를 보여주시면 좋겠습니다.

---

216 운아(雲我) : 이언진(李彦瑱). 1740~1766. 조선 후기의 역관이자 시인. 본관은 강양(江陽), 자는 우상(虞裳), 호는 송목관(松穆館)·창기(滄起)·담환(曇寰)이다. 운아는 일본에서 사용한 별호이다. 이용휴(李用休) 문하에서 수학하였다. 역관 집안 출신으로, 1759년 역과에 합격하여 사역원 주부가 되었다. 1763년 계미통신사에 한학압물통사(漢學押物通事)로 수행하였다. 시문창화에도 참여하여 일본에서 시명을 떨쳤다. 사행 중에 지은 작품으로 〈해람편(海覽篇)〉이 있다. 스승 이용휴에게 천재적인 재능을 인정받았으며, 함께 사행을 갔던 남옥과 성대중, 원중거도 그의 시에 감탄하였다. 그러나 일본에서 돌아온 후 27세의 나이로 요절한다. 박지원이 그를 추모하여 「우상전(虞裳傳)」을 지었다. 생전에 자신의 글을 모아 『송목관집(松穆館集)』을 엮었는데, 죽기 전에 불태워버렸다고 한다. 이때 아내가 빼앗아두어서 남아 있게 되었다는 원고가 사후에 『송목관신여고(松穆館燼餘稿)』로 간행되었다. 대표작 「호동거실(衚衕居室)」은 그의 문학세계가 잘 드러난 작품으로 평가된다. 그 외에 친필서첩인 『우상잉복(虞裳剩馥)』이 남아 있다.

운아 : 대롱 구멍으로 표범을 엿보다가 아롱진 무늬의 일부분을 본 것[217]에 불과합니다. 어찌 전편을 보여드릴 만하겠습니까.

이수(里數)

선루 : 우리나라는 무릇 6척(尺)을 1칸(間)으로 하고, 60칸을 1정(町)으로 하며 36정을 1리(里)로 합니다. 간혹 50정을 1리로 보는 경우도 있습니다. 귀방에서 1리라 함은 우리나라의 몇 정에 해당합니까?

운아 : 귀국은 일기(壹岐)로부터 대마도까지 48리가 아닙니까. 이는 곧 폐방의 480리입니다. 귀방의 이수(里數)는 천하를 통틀어 찾아볼 수 없는 것입니다. 연경(燕京)으로부터 동화(東華)와 서주(西州)에 이르기까지 들어본 일이 없습니다.

선루 : 가르침을 알겠습니다. 그런데 이정(里程)이 무법하다고 해서 오랑캐의 풍속이라는 것인가요?

운아 : 그렇지 않습니다. 천 리는 속(俗)이 같지 않고 백 리는 풍(風)이 같지 않다[218]고 하였는데, 무슨 비루함이 있겠습니까.

---

217 대롱 …… 것 : 진(晉)의 왕헌지(王獻之)가 소년 시절에 어른들의 도박 놀음에 훈수를 했다가 "대롱으로 표범을 보고는 그 반점 하나만을 보는 식이다.[管中窺豹, 時見一斑.]"라는 비웃음을 받았다는 고사가 『세설신어』「방정(方正)」에 나온다. 안목이 좁아 전체를 보지 못한다는 뜻이다.

218 천 …… 않다 : 원문은 "千里不同俗, 百里不同風."이다. 후한(後漢) 왕충(王充)의 『논형(論衡)』「뇌허(雷虛)」편의 "천 리 떨어진 곳에 같은 바람이 불 수 없고, 백 리 떨어진 곳에 같은 우레가 칠 수 없다.[千里不同風, 百里不共雷.]"라는 표현이 나오는데, "천 리 떨어진 곳은 풍기(風氣)가 같을 수 없고, 백 리 떨어진 곳은 습속이 같을 수 없다.[千里不同風, 百里不同俗.]", 또는 "백 리 떨어진 곳은 풍속이 같을 수 없고, 천 리 떨어진 곳은 노래가 같을 수 없다.[百里不同俗, 千里不同謠.]" 등의 표현으로 변주되었다. 『후한서(後漢書)』, 『풍속통의(風俗通義)』 등에 유사한 표현이 나오는 것으로 보아 후한 시대에 널리

운아(雲我)

운아 : 공은 어떤 사람입니까?

선루 : 제술관 남공이 소개하여 족하에게 제 이름을 통하게 하였으므로 따로 명함을 갖추지 못하였습니다. 불경함을 사죄드립니다. 저의 성은 오전(奧田), 이름은 원계(元繼), 자는 지계(志季), 호는 선루(仙樓)라 하며 낭화 사람입니다. 시온(時韞: 남옥), 사집(士執: 성대중) 두 문사와 함께 서로 깊이 즐거움을 나누었습니다. 감히 그대의 성명을 묻습니다.

운아 : 조선국 사역원(司譯院)의 한학주부(漢學主簿)이며 성은 이, 이름은 언진, 자는 우상으로, 보잘것없고 하찮은 서리(胥吏)입니다. 하찮은 서리가 어찌 호가 있겠냐마는 망령되이 '운아'라고 칭하였으니, 공자께서 "불의하면서 부유하고 귀한 것은 나에게 뜬구름과 같다."[219]고 한 뜻을 취한 것입니다.

선루 : 귀국의 풍속은 서로 호를 부릅니다. 그런데 낮은 벼슬아치가 어찌 호를 있겠냐고 하시니, 이는 어찌 된 말씀입니까?

운아 : 천도(天道)는 겸양에 복을 내리고 자만함에 해를 준다[220] 하였으니, 군자는 이를 따를 뿐입니다.

쓰이던 표현으로 보인다.

219 "불의하면서 …… 같다.": 『논어』 「술이(述而)」에서 "나물밥을 먹고 물을 마시며 팔을 구부려 베고 눕더라도 즐거움이 그 가운데 있으니, 불의하면서 부유하고 귀한 것은 나에게 뜬구름과 같다.[飯疏食飮水, 曲肱而枕之, 樂亦在其中矣. 不義而富且貴, 於我如浮雲.]"라고 한 것을 가리킨다.

220 천도(天道)는 … 준다 : 『주역』 겸괘(謙卦) 단(彖)에서 "귀신은 차고 넘치는 것에 재앙을 내리고 겸손한 것에 복을 주며, 인도는 차고 넘치는 것을 싫어하고 겸손한 것을 좋아한다.[鬼神害盈而福謙 人道惡盈而好謙.]"라고 한 것을 활용한 말이다.

서적 소장

운아: 공은 독소암(獨嘯庵)[221]이란 사람을 아십니까?

선루: 이름만 들어보았을 뿐 면식은 없습니다.

운아: 목세숙(木世肅)[222]은 아십니까?

선루: 알지요.

운아: 박식한 선비인가요?

선루: 이 사람은 부유한 상인의 자제로 유아(儒雅)[223]를 조금 좋아해 이름 있는 선비를 맞이하여 넉넉하게 대접하며 스스로 즐깁니다. 또 많은 책을 소장하여 빈한한 학생들에게 빌려주기도 합니다. 박학한지는 저도 잘 모릅니다.

운아: 세숙은 책을 수천수만 권 갖고 있다더군요. 저는 낭화가 시골인 줄로 알았는데 정탁(程卓)의 부를 누리는 자가 이 사람 하나인가요, 이외

---

221 독소암(獨嘯庵): 나가토미 도쿠쇼안(永富獨嘯庵). 1732~1766. 에도시대 중기의 의사. 나가토국(長門國) 도요우라(豊浦)에서 태어났으며, 14세에 에도로 나와 의학을 공부하는 한편 야마가타 슈난(山縣周南)에게서 유학을 배웠다. 17세에 귀향했다가 다시 교토로 가서 야마와키 도요(山脇東洋)에게서 고방파(古方派) 의학을 배운다. 이후 널리 이름이 알려져 여러 번들에서 초빙하고자 하였다. 21세 때 에치젠(越前)에서 토방(吐方)을 배웠다. 29세에 병으로 인해 여행을 떠나게 되는데, 이후 나가사키에서 네덜란드 의학을 배우고 고방파 의학에서 부족한 부분을 서양의학으로 보충할 것을 주장하였다. 30세에 오사카에서 개업하여 많은 제자를 양성하였으나 35세에 병사하고 만다. 저서로 『만유잡기(漫遊雜記)』, 『토방고(吐方考)』, 『낭어(囊語)』 등이 있다. 계미통신사가 아이노시마(藍島)에 머물 때 의원이자 유학자였던 가메이 난메이(龜井南溟)와 교유하였는데, 그가 조선 문사들에게 자신의 스승인 도쿠쇼안을 소개하고 그의 저서인 『낭어』를 가져와서 보여준 일이 있다. 조선 문사들은 오사카에서 도쿠쇼안을 만날 것을 기대하였으나, 그가 찾아오지 않아 만나지 못했다.

222 목세숙(木世肅): 기무라 겐카도(木村蒹葭堂). 각주 146번 참조.

223 유아(儒雅): 학문이 깊고 고상한 풍도가 있는 사람, 또는 학문이 넓고 깊은 것을 가리키거나 유술(儒術) 자체를 지칭하기도 한다.

에 또 있나요? 황금이 집에 쌓여 있고 화제(火齊) 구슬이 소반에 산더미 같은데도 목불식정이라면 모두 비원(卑院)[224]의 거지라고 하겠지요.

선루 : 대판은 바닷가의 웅진(雄鎭)으로, 서주(西州)의 요충지입니다. 장삿배가 사방에서 드나들고 사람마다 부유하고 집마다 넉넉하니 천금과 만 꿰미를 가진 자가 지붕을 나란히 하고 섞여 삽니다. 어찌 세숙만이 부유하고 책이 많은 것으로 유명하겠습니까? 공께서는 대롱으로 무늬 하나만 본 것일 뿐입니다. 사람으로 글자를 모르는 자는 중국에서는 거지 중에도 없으니, 성성이나 앵무새 무리가 아니겠습니까?

운아 : 마룻대까지 가득할 정도로 책을 쌓아놓고도 부지런히 읽고 외지 않는 자는 비유하자면 곡식 자루를 베고서 굶어 죽는 자입니다. 또한 쓸모없는 일입니다. 요컨대 책을 쌓아두면 읽고 싶어지고, 읽으면 도를 행하고 싶어지는 것입니다.

선루 : 곡식 자루를 말한 부분은 묘사가 매우 훌륭하니, 가까운 것으로 비유를 잘 했다고 할 만합니다. 저는 포의(布衣)의 게으른 서생이지만 또한 열심히 배우며 게을리하지 않습니다. 늘 안타까운 것은 책 살돈이 떨어진다는 점입니다. 공께서도 아시겠지요.

운아 : 저 역시 마찬가지입니다.

화본(草本) · 주군(州郡)의 태수(太守) · 『황화집(皇華集)』

선루 : 『연감유함(淵鑑類函)』[225], 『패문운부(佩文韻府)』[226], 십삼경(十三

---

224 비원(卑院) : 비전원(卑田院)의 줄임말로, 본래는 비전원(悲田院)이다. 당(唐) 개원(開元) 연간에 설치하여 병자와 걸인을 구제하던 곳으로, 무종(武宗) 때 비전양병방(悲田養病坊)으로 바뀌었다. 나중에 병자나 걸인을 수용하던 곳을 두루 일컬어 비전원이라 하였다.

經)[227], 이십일사(二十一史)[228] 등은 서점에서 구할 수 있습니다. 귀방에
도 분명 많이 전해져 있겠지요?

　　운아 : 중국에서 사 와서 집집마다 수장하여 쌓아두었습니다.

　　선루 : 이 몇 가지는 큰돈을 주지 않으면 구하기 어렵습니다. 그런데
집집마다 쌓여 있다니 놀랍군요. 아마 과장해서 말씀하신 것이겠지요.

　　운아 : 폐방의 학사대부들은 책을 많이 소장하는 것을 아속(雅俗)으
로 여깁니다. 만 권을 채우지 못한 자는 진신(縉紳)[229]과 동렬에 낄 수

---

225 『연감유함(淵鑑類函)』 : 청(淸) 강희제(康熙帝)의 칙명에 따라 편찬된 유서(類書)로
　전체 450권으로 이루어져 있다. 장영(張英) 등 4명이 총재가 되어 132명이 분담 편수(編
　修)하여 1710년에 완성하였다. 명(明) 『당유함(唐類函)』의 체재를 본떠 송 이래 명 말까지
　의 유서·사서(史書)·시문집을 수록하고, 또 당 이전의 것들 중 누락된 자료를 추가했다.
　자연과 인사(人事)의 모든 항목을 천부(天部)에서 충치부(蟲豸部)까지 45부문으로 배열
　하고 각 부문을 다시 세목(細目)으로 나눈 후, 각 항목에서 정의적(定義的) 설명을 하고
　이름난 저서에서 뽑은 관련 용어 등을 인용하였다. 시문을 쓰는 데 도움을 주기 위해
　편찬된 것이나, 고사전고(故事典故)를 찾는 데에도 편리하다.
226 『패문운부(佩文韻府)』 : 운(韻)에 따라 분류한 중국의 어휘집으로, 본책 106권 및 습유
　(拾遺) 106권으로 이루어져 있다. 청나라 강희제의 칙명에 따라 장옥서(張玉書), 진정산
　(陳廷散), 이광지(李光地) 등 76명이 편집에 참여하여 1711년에 간행하였다. 습유는 1716
　년에 완성하였다. 2자에서부터 4자짜리 숙어의 용례를 경사자집(經史子集)의 고전에서
　널리 채록하여 맨 아래 글자의 운에 따라 106운으로 나누어 배열하고, 매 운자를 1권으로
　묶었다. 전체 약 45만의 어휘를 수록하고 있다.
227 십삼경(十三經) : 유교에서 가장 중요한 경서(經書) 13종을 통틀어 이르는 말이다. 『주
　역(周易)』, 『서경(書經)』, 『시경(詩經)』, 『주례(周禮)』, 『예기(禮記)』, 『의례(儀禮)』, 『춘
　추좌씨전(春秋左氏傳)』, 『춘추공양전(春秋公羊傳)』, 『춘추곡량전(春秋穀梁傳)』, 『논어
　(論語)』, 『효경(孝經)』, 『이아(爾雅)』, 『맹자(孟子)』의 13종이다.
228 이십일사(二十一史) : 중국 역대 왕조의 정사(正史)로 인정되는 24종의 역사서 중 명
　대까지의 21사를 이른다. 『사기(史記)』, 『한서(漢書)』, 『후한서(後漢書)』, 『삼국지(三國
　志)』, 『진서(晉書)』, 『송서(宋書)』, 『남제서(南齊書)』, 『양서(梁書)』, 『진서(陳書)』, 『위
　서(魏書)』, 『북제서(北齊書)』, 『주서(周書)』, 『수서(隋書)』, 『남사(南史)』, 『북사(北史)』,
　『당서(唐書)』, 『오대사(五代史)』, 『송사(宋史)』, 『요사(遼史)』, 『금사(金史)』, 『원사(元
　史)』가 이에 속한다.

없지요. 그러므로 연경에서 오는 자들이 해마다 열, 백 마리 낙타에
실어옵니다. 어찌 망령된 말로 현혹하겠습니까?

　선루 : 사상(使相) 세 분은 모두 태수로서 주군(州郡)을 다스리시지요?

　운아 : 대부가 어찌 봉읍이 없겠습니까? 목사, 부사, 군수, 현령, 현감
등은 모두 채지(采地)의 대소에 따라 이름을 달리한 것입니다. 세 사상
은 주(州)의 태수십니다.

　선루 : 최근 주지번(朱之蕃)[230]이 지은『황화집(皇華集)』[231]을 보니 귀국
의 여러 현인들의 시가 가장 많더군요.

　운아 : 명나라 사신이 우리나라에 올 때마다 반드시『황화집』한 부
를 만들었습니다. 그러나 모두 거칠어서 볼 만한 게 없으니, 다른 나라
에 전할 만한 것이 못 됩니다.

---

229 진신(縉紳) : 진신(搢紳)과 같은 말로, 홀을 큰 띠에 꽂는다는 뜻이다. 벼슬아치를 통칭
　　하는 말인데, 조정의 고관(高官)을 가리키기도 한다. 또는 사대부라는 의미로도 쓰인다.
230 주지번(朱之蕃) : 1575~1624. 명나라 때의 문신이자 서화가. 1595년 과거에 장원으로
　　급제하고 한림원 수찬 등을 거쳐 이부우시랑에 임명되고, 사후에는 예부상서로 추증되었
　　다. 1605년 황태자의 첫아들 탄생을 알리기 위한 사신으로 조선에 파견되었다. 1606년
　　4월 한양에 도착하였으며, 성균관의 명륜관 앞의 현판을 쓰고 전주 객사에 '豊沛之館'이라
　　는 글씨를 남겼다. 조선에서 이지완(李志完), 허균(許筠), 유근(柳根) 등과 교류하였으며,
　　『난설헌집(蘭雪軒集)』을 중국의 문단에 전하였다. 그가 유근에게 증정한『천고최성첩(千
　　古最盛帖)』은 조선의 화단에 상당한 영향을 미쳤다. 사행 후『사조선고(使朝鮮稿)』4권
　　을 저술하였다.
231 『황화집(皇華集)』: 명의 사신이 조선에 와서 조선의 접대관들과 창화한 시를 묶은
　　책으로, 목판본 50권 25책이다. 조선에서는 명나라에서 사신이 오면 원접사(遠接使)를
　　의주(義州)로 보내어 이들을 맞이하였고 돌아갈 때에는 원접사를 반송사(伴送使)로 개칭
　　하여 다시 의주까지 전송하게 하였다. 중국의 사신으로 문신(文臣)이 올 때에는 특히 문학
　　에 뛰어난 사람을 접반사(接伴使)로 임명하여 창화를 담당하게 하였다. 1450년(세종 32)
　　부터 1633년(인조 11)까지 23회에 걸쳐 간행되었다. 『황화집』을 주지번이 지었다는 것은
　　선루의 착오이다. 주지번의 시가 수록된 권을 보고서 한 말인 듯하다.

학사(學士) 서기(書記)에 대한 품평

선루: 남공, 성공 두 분을 제외하고는 그대를 처음 봅니다.[232] 몇 년 지나지 않아 반드시 문장으로 과거에 급제하시겠습니다.

운아: 기왓장 소리가 어찌 사광(師曠)[233]의 귀를 기울이게 하겠습니까? 공께서 학사 서기를 보셨으니 누가 가장 훌륭합니까? 사람을 비교하는 것은 비록 성인의 문하에서 경계한 바이지만[234] 숨기지 말아 주십시오.

선루: 가을 높으니 달이 빛나고[秋高月輝], 용이 뛰어오르니 못이 신령스럽습니다.[龍躍淵靈] 각각 장점이 있습니다만 추월은 경서의 뜻에 밝고 용연은 기묘한 말을 품고 있더군요. 살펴보자면 과연 남공이 더 낫다 하겠습니다.

운아: 두 사람의 공덕을 잘 품평했다 할 만합니다. 그러나 남공은 본디 사부(詞賦)를 잘하며 성공 역시 경전에 능통하니 둘 다 훌륭한 선비입니다. 천하 만고에 박학하고 경의에 능통하며 문(文)을 품고 질(質)을 안고서 식견은 왕도와 패도를 아우르고 도는 성인과 현인을 따르는 자는 모두 풀숲과 언덕, 동산에 있습니다. 『주역(周易)』에서도 "언덕과 동산을 꾸민다[賁于丘園]"[235]고 하지 않았습니까? 곧 이것을 이른 말입니

232 남공 …… 봅니다 : 남옥과 성대중 외에 실력이 뛰어난 인물을 본 것이 이언진이 처음이라는 뜻이다.
233 사광(師曠) : 춘추시대 진(晉) 평공(平公) 때의 눈먼 악사(樂師)로, 소리를 잘 분별하였다.
234 사람을 …… 바이지만 : 각주 148번 참조.
235 "언덕과 …… [賁于丘園]" : '언덕과 동산[丘園]'은 향리, 곧 현자(賢者)의 은거지를 뜻한다. 『주역』 비괘(賁卦) 육오(六五)에 "구원을 아름답게 꾸몄으나 묶은 비단이 조촐하여 인색한 느낌이 들기는 하지만 끝내는 길하리라.[賁于丘園, 束帛戔戔, 吝, 終吉.]"라는

다. 귀국에는 이런 사람이 얼마나 됩니까? 또한 하층의 시정 사이에
있으면서 명예를 좇아 고관들을 따라다니며 높은 봉록을 누리기를 구
하는 것은 그중에서도 쓸데없는 짓이지요.

선루: 폐방은 주로 병술(兵術), 국책(國策), 치도(治道)를 겸비한 것으
로 벼슬을 하고 이름이 드러납니다. 간혹 문아(文雅)²³⁶한 선비로 배움
이 넉넉하고 덕이 정밀하여 사직을 보호할 재주를 가진 이가 있으면
왕공과 권세가에서 반드시 맞아들여 빈객으로 삼고 스승으로 세우고
서 찾아가 국사를 의논합니다. 그러나 근세에는 세속 풍습이 무너지고
경박해져서, 재주를 갖고 때를 기다리는 자가 끝내 "왕후(王侯)를 섬기
지 않고 그 일을 고상히 여긴다[不事王侯, 高尙其事]"²³⁷는 식이 되어버려
진실로 "묶은 비단 조촐하다[束帛戔戔]"²³⁸고 할 일이 없으니 다만 한스
러울 따름입니다.

운아: 문무(文武)의 도가 나뉘어 두 길이 되어버렸군요. 그대가 아
니라면 누가 능히 귀방에 이러한 출사의 법이 있음을 밝힐 수 있었겠
습니까.

조(鯛) · 앵(鸎)

선루: 이것은 『민서(閩書)』²³⁹에서 말한 극만어(棘鬣魚)²⁴⁰입니다. 귀국

말이 나온다. 시골의 현자가 발탁되어 쓰인다는 뜻이다.
236 문아(文雅): 온화하고 고상한 풍모가 있는 것, 혹은 문필이 뛰어나거나 시문을 짓는
    풍류를 갖춘 것을 뜻한다.
237 "왕후를 …… 高尙其事]": 『주역』 고괘(蠱卦) 상구(上九)에 나온다.
238 "묶은 …… [束帛戔戔]": 각주 235번 참조.
239 『민서(閩書)』: 명대 하교원(何喬遠)이 찬한 지방지(地方志)로, 모두 154권 22문(門)

에서는 또 어떤 글자를 씁니까? 【○이때 운아의 반찬 둘 중에 조(鯛)가 있었다.】

운아: 이 물고기는 우리나라에서 속명으로 '도미'라고 하니 귀국의 조(鯛)입니다. 봄여름이 바뀔 때 가장 맛있지요.

선루: 그래서 보여 드린 것은 곧 우리나라에서 '앵(鶯: 우구이스)'이라고 부르는 것입니다. 깃털이 누런 잿빛이고 삼사월 시절에 고운 소리를 내는데 맑고 부드러워 사랑할 만하니 다른 새들에 비할 바가 아닙니다. 살아있는 것을 본 건 아니지만 능히 아시겠지요. 어떤가요?

운아: 우리나라의 꾀꼬리[鶯]도 이와 같습니다. 들기로는 옛날에는 없었는데 근세에 많이 보인다 했으니, 『시경』에서 읊은 것과는 분명 다른 종일 것입니다.

시에 게으름·통용되는 돈·닭과 오리·재가(再嫁)·길상부(吉祥符)·왕인(王仁)

선루: 제가 짧은 시를 지어보았습니다. 화답시를 써주실 수 있으신지요?

으로 이루어져 있다. 1608년에 집필을 시작하여 1620년에 완성하였다. 1629년 웅문찬(熊文燦)에 의해 간행되었다.

240 극만어(棘鬣魚) : 데라지마 료안(寺島良安)의 『화한삼재도회(和漢三才圖會)』 권48 〈어류(魚類)〉의 '조(鯛)' 항목에 "『민서(閩書)』「남산지(南産志)」에서 이르길, '극만어는 붕어[鯽]와 비슷한데 크고, 그 지느러미가 붉은 자줏빛인데, 혹은 기만(奇鬣)라고도 하고 길만(吉鬣)이라고도 하며 적만(赤鬣)이라고도 하니 모두 지느러미가 다른 물고기와 다르기 때문이다.'라고 하였다.[《閩書·南産志》云"棘鬣魚, 似鯽而大, 其鬣紅紫色, 或曰奇曰吉曰赤, 皆以鬣異于余魚也."]"고 나와 있다. '조(鯛)'는 일본에서는 'タイ(다이)', 한국에서는 '도미'라고 한다.

*『화한삼재도회』에 수록된 '조(鯛)' 그림 ▶

운아 : 귀방에 들어와서 벗이 굳이 부탁한 경우가 아니면 한 구절도 한가롭게 쓰지 않았으니, 시에는 게으르기 때문입니다.

선루 : 시는 원래 없었던 나라가 없습니다. 삼왕과 주공, 공자께서 참여하여 들으신 일이 많았지요. 그러나 말세에 풍속이 옮겨가고 쇠하여서 끝내 승려와 은자들의 놀잇감이 되어버렸습니다. 그대가 시에 게으르다니 높기가 일등입니다.

운아 : 일등으로 높은 사람은 시를 짓지 않고 일등으로 낮은 사람은 시를 모르는 것이지요.

선루 : 이 돈은 귀국의 물건입니까? 【○이때 운아가 돈을 세고 있었다.】

운아 : 그렇습니다.

선루 : 귀방의 노예들이 관영통보(寬永通寶)²⁴¹를 많이들 쓰던데, 이것 또한 같이 유통됩니까?

운아 : 낮은 벼슬아치들이 이곳에서 얻어서 이곳에서 씁니다. 바다를 건너면 쓸 데가 없습니다. 이것과 저것을 어떻게 같이 사용하겠습니까? 【○세고 있던 돈은 곧 상평통보(常平通寶)였다.】

선루 : 숙소 주방 근처에 닭과 오리가 울어대니 차마 듣기가 어렵습니다.

운아 : 날마다 잡아서 음식에 댑니다. 그대는 유사(儒士)가 아닌가요. 어찌 이런 말씀을 하십니까. 살리기를 좋아하는 불가(佛家)의 설로 보면 가슴 아픈 일이라 하겠지요.

선루 : 재가하거나 사통하는 이를 끌어들인 여자는 사대부가 부녀와

---

241 관영통보(寬永通寶) : 일본 에도시대에 널리 유통된 주화이다. 간에이(寬永) 13년 (1636)에 처음 주조되어 막부 말기까지 사용되었다.

동렬에 낄 수 없고 그가 낳은 자식은 평민의 차서에도 들 수 없는 것이 조선의 국속입니다. 어떻습니까?

운아 : 옛날 국속은 과연 그러했습니다. 근세에는 사람들이 시대에 따라 달라져서, 양가의 부녀들이 혹 재가를 하거나 예를 갖추지 않고 혼인하며 사사로이 정을 통하는 일이 또한 적지 않습니다. 다만 요양 (遼陽) 한 고을에 이 유풍이 조금 남아 있을 뿐이라고 들었습니다.

선루 : 귀국의 객선에 각각 입춘(立春) 길상부(吉祥符)를 붙여 놓았는데, 무엇 때문입니까?

운아 : 이것은 습속입니다. 나라를 떠나온 사람들이 고향 생각이 그치지 않아 이 종이를 써 붙여 고향 땅의 광경을 본뜬 것이지요.

선루 : 옛날 백제의 왕인(王仁)[242]이 폐방에 와서 입으로 문자를 전해준 일이 국사에 상세히 실려 있습니다. 먼 자손이 남아 있습니까?

운아 : 이 일은 우리나라에는 다만 소문으로만 전해지고 있을 뿐 사서(史書)에는 실려 있지 않습니다. 그 후손이 있는지 없는지를 어찌 알겠습니다. 안타깝군요.

우산과 다완·아이들이 읽는 책

추월 : 선루께서 아직 계시니 길이 오늘 밤을 누릴 수 있겠습니다.[243]

---

242 왕인(王仁) : 일본의 『고사기(古事記)』, 『일본서기(日本書紀)』, 『속일본기(續日本記)』에 등장하는 백제의 학자. 이 자료들에 따르면 일본에서 백제에 학자와 서적을 청하자 왕인이 근수구왕(近仇首王)의 명을 받들어 왕의 손자 진손왕과 함께 『논어』 10권과 『천자문』 1권을 가지고 일본에 들어가 오진천황(應神天皇)의 신임을 얻어 태자의 스승이 되었다고 한다. 『일본서기』와 『속일본기』에 의하면 왕인은 조부 대에 귀화한 중국인이다. 한국의 역사서에는 왕인에 대한 기록이 없어 실재를 의문시하기도 한다.

약속했던 우산과 다완이 이미 도착했습니다. 용택을 시켜 값을 보냈는데 잘 전해졌는지요. 두 물건이 모두 훌륭하니 그대가 마음 써주신 호의를 알겠습니다.

선루: 이미 받았습니다. 그대는 부침(浮沈)²⁴⁴의 근심을 늦추십시오.

선루: 귀방에서 어린아이들의 독서는 무엇으로 시작합니까? 『천자문(千字文)』과 『몽구(蒙求)』²⁴⁵ 등으로 시작합니까?

추월: 사서(四書)에서 시작하여 점차 육경(六經)으로 나아가는 것이 옳습니다.

선루: 또한 「상대인(上大人)」²⁴⁶을 써서 익힙니까?

추월: 옛날에 이러한 일이 있었습니다만, 20여 자에 불과하니 어찌 그것이 가르침이 되겠습니까?

용연 성 서기에게 드리는 서(序)

옛날에 공자께서 은나라와 주나라 때의 시만을 가져다가 300여 편으로 산정(刪定)하셨다. 비록 진나라의 분서갱유를 거치면서도 끝내 사라

---

243 길이 …… 있겠습니다 : 원문의 '以永今夕'은 『시경』 소아(小雅) 〈백구(白駒)〉에서 "깨끗한 흰 망아지 내 밭의 콩잎을 먹었다 하여 고삐 매고 밧줄로 묶어놓고 오늘 밤을 길이 누리리. 저 훌륭한 사람을 아름다운 손님으로 삼으리.[皎皎白駒, 食我場藿, 縶之維之, 以永今夕. 所謂伊人, 於焉嘉客.]"라고 한 것을 인용한 표현이다.
244 부침(浮沈) : 편지가 받아 볼 사람에게 이르지 못하고 도중에서 없어지는 것을 뜻한다.
245 『몽구(蒙求)』 : 당나라 이한(李瀚)이 지은 아동교육서이다. 8자를 한 구로 하여 중국 역대의 뛰어난 인물을 소개하는 방식으로 구성되어 있다. 조선에서도 이 책을 아동용 교재로 널리 활용하였다.
246 상대인(上大人) : 옛날 학동들이 입학을 하면 스승이 上大人, 孔乙己, 化三千, 七十二 등 필획이 간단한 글자들을 써서 습자용으로 사용했다.

지지 않은 것은 그것을 노래로 읊었고 죽간과 비단에 써둔 것만이 아니었기 때문이다. 그 말은 대체로 평온하였으며 사물을 가리켜 뜻을 세우거나 빗대어서 비슷한 것을 연결한 것이었다. 한 마디라도 난삽하고 억지로 꾸미고 허탄하고 화려하여 사람들의 이목을 현혹하는 것이 없으니, 읊고 노래하지 않고도 도(道)의 드러남과 가려짐, 세상의 흥성함과 쇠함, 좋음과 나쁨, 맑음과 간특함이 분명하여 쉽게 감개시키는 것은 모두 온유돈후(溫柔敦厚)하여 성인(聖人)이 천하의 후세를 염려하여 이로 인해 이루어진 것이기 때문이다.

  내가 일찍이 마을의 스승에게 나아가 고금의 시를 강독하였고 또한 남몰래 시를 지었다. 조금 자라서는 마침내 시를 짓는 것은 느림을 병통으로 여길 것이 아니라 비록 느리더라도 반드시 공교로워야 하며, 자주 고치는 것을 어려워할 것이 아니라 고친 후에야 더욱 정교해지는 것이라고 여기게 되었다. 아직 시가의 깊은 경지를 엿볼 수는 없었으니 대개 숫돌이 칼날을 날카롭게 하고 방저(方諸)와 양수(陽燧)[247]가 물과 불을 취하는 것이기 때문이다. 사물이 사물과 함께 할 때에 원래 신묘한 합치와 아름다운 만남이 있는 것이다. 옛날 송(宋) 경공(景公)이 궁인(弓人)에게 활을 만들게 하였는데 9년 만에 완성하고 "정력을 다 써버렸습니다."라고 하였다. 공이 쏘아보니 화살이 맹상(孟霜)의 산을 넘어 팽성(彭城)의 동쪽에 모였으며, 남은 힘은 오히려 돌다리에 깊이 박혀 화살 끝의 깃털까지 보이지 않을 정도였다.[248] 유궁씨(有窮氏)가 예(羿)에

---

247 방저(方諸)와 양수(陽燧) : 방저는 달에서 맑은 물을 받아내는 그릇이고, 양수는 태양에서 깨끗한 불을 구하는 거울이다.

248 옛날 …… 정도였다 : 당(唐) 구양순(歐陽詢) 등이 찬한 『예문유취(藝文類聚)』 권60 군기부(軍器部)의 '궁(弓)' 항목에서 『궐자(闕子)』를 인용하여 소개한 일화이다. 해당 부

게 참새를 쏘게 하였는데, 활을 쏘았는데 잘못 맞혀서 예가 머리를 숙이며 부끄러워하였다.[249] 공(功)이 궁인에 미치지 못하면 도구가 좋지 못하게 되고, 공교함이 예(羿)에 미치지 못하면 활쏘기가 신묘하지 못하게 된다. 이 모두는 만남이 지극한지의 여부에 달려있다.

금년에 조선의 서기실 용연 성공이 하신 일을 보니 모아놓은 것이 이미 풍부하고 대화하고 응수함에 붓 가는 대로 이루어져 깊고 넓고 끊임이 없었다. 자연히 조우(遭遇)함이 있어서 혹 때로는 한위(漢魏), 때로는 육조(六朝), 때로는 사걸(四傑)[250], 때로는 이두(李杜), 구소(歐蘇)와 합치하여 사용하지 않는 시재(詩材)가 없고 포괄하지 않는 체(體)가 없었다. 아아! 성 공의 시와 문을 읽고서 그 기풍을 따르지 않는다면 어찌 신령함을 모으고 순수함을 기르며 정밀함을 쌓고 기이함을 모아 진실

분은 다음과 같다. "송 경공이 공인에게 활을 만들게 하였는데, 9년이 지나서야 완성했다. 공이 '왜 이렇게 오래 걸렸느냐?'고 묻자 대답하기를 '신은 다시는 전하를 볼 수 없습니다. 저는 화살에 모든 정력을 다 썼습니다.'하고는 활을 바치고 돌아갔는데, 사흘 후에 죽었다. 경공이 호권의 대에 올라 동쪽 방향으로 활을 당겨 쏘니 화살이 맹상의 산을 넘어 팽성의 동쪽에 모였다. 남은 힘은 오히려 돌다리에 깊이 박혀 화살 끝의 깃털이 보이지 않을 정도였다.[宋景公使工人爲弓, 九年乃成, 公曰: '何其遲也?' 對曰: '臣不復見君矣. 臣之精盡于弓矣.' 獻弓而歸, 三日而死. 景公登虎圈之臺, 援弓東面而射之, 矢踰于孟霜之山, 集于彭城之. 餘勢逸勁, 猶飮羽于石梁.]"

249 유궁씨(有窮氏)가 …… 부끄러워하였다 : 송(宋) 이방(李昉) 등이 『태평어람(太平御覽)』 권82 황왕부7(皇王部七) '유궁후예(有窮後羿)' 항목에서 『제왕세기(帝王世紀)』를 인용하여 소개한 일화에 다음과 같은 내용이 있다. "오하(吳賀)와 더불어 북쪽으로 유람했을 때 예(羿)에게 참새의 왼쪽 눈을 쏘게 했다. 예가 활을 당겨 쏘았는데 잘못하여 오른쪽 눈을 맞혔다. 예가 머리를 숙이고 부끄러워하며 종신토록 잊지 않았다.[與吳賀北游, 使羿射雀左目. 羿引弓射之, 誤中右目. 羿俯首而愧, 終身不忘.]" 선루는 유궁씨가 예에게 활을 쏘게 했다고 하였는데, 유궁씨는 후예를 칭하는 것이며 활을 쏘게 한 이는 오하이다.

250 사걸(四傑) : 초당사걸(初唐四傑). 당나라 초기에 문장으로 이름났던 네 명의 문인으로, 왕발(王勃), 양형(楊炯), 노조린(盧照鄰), 낙빈왕(駱賓王)을 지칭한다.

로 산천의 광휘를 보탬이 이 사람에게 있음을 알 수 있겠는가! 그 아름
다운 글과 **빼어난** 글씨를 사람들이 다투어 외우며 한 조각 말과 글이라
도 얻으려 했던 것은 중랑(中郞)이 장막 속에 감추어 둔 것처럼 하려
한 것[251]일 뿐만이 아니라 반드시 자신의 명성이 열 배나 오를 것임을
기대했기 때문일 것이다. 이에 옛 성인이 시를 채집하고 뜻을 세움이
모두 자연의 풍상(風尙)과 시운(時運)의 승강(升降)에서 나왔으며, 후세
에 느리고 **빠름**과 공교하고 졸렬함을 논하는 이들과는 족히 더불어 시
를 말할 수 없는 것임을 알게 되었다.

공들이 동해로 오셨는데 얼마 안 있어 훌쩍 떠나게 되어 흙먼지만
바라볼 뿐 따를 수가 없었다. 그런데 나는 『시경』에서 "무성한 다북쑥
저 물가에 있네. 이미 군자를 만나니 내 마음 기쁘도다.[菁菁者莪, 在彼
中沚. 旣見君子, 我心則喜.]"[252]라 한 것을 들었으며, 또 "깨끗한 흰 망아지,
저 빈 골짜기에 있네. 꼴 한 단을 주노니 그 사람 옥과 같네.[皎皎白駒,
在彼空谷. 生芻一束, 其人如玉.]"[253]라 한 것을 들었다. 현자가 이곳에 머물
지 않으시니 아아! 세속 정에 묶여 있구나! 내가 항상 휼관(鷸冠)[254]과

---

251 중랑(中郞)이 …… 것 : 중랑은 후한의 학자 채옹(蔡邕, 133~192)을 가리킨다. 채옹이
     오나라 땅에서 왕충(王充, 27~100)의 『논형(論衡)』을 구하여 북쪽으로 가져갔다. 이후
     사람들이 그의 식견이 더욱 높아졌음을 깨달았는데, 그의 서재를 몰래 뒤져보니 『논형』이
     나왔다는 이야기가 『세설신어』에 나온다.
252 "무성한 …… 我心則喜.]" : 『시경』 소아(小雅) 〈청청자아(菁菁者莪)〉에 나오는 구절이
     다. 소서(小序)에 인재를 양성하는 일의 즐거움을 노래한 것이라고 하였다.
253 "깨끗한 …… 其人如玉.]" : 『시경』 소아 〈백구(白駒)〉에 나오는 구절이다. 은거하려는
     현자(賢者)를 만류하는 뜻이 담겨 있다.
254 휼관(鷸冠) : 황새 깃털을 모아 만든 관. 『춘추좌씨전』 희공(僖公) 24년 조에 정(鄭)나
     라 자장(子臧)이 아버지에게 죄를 짓고 송(宋)으로 달아나서 휼관 쓰기를 좋아했는데,
     이 소문을 들은 정백(鄭伯)이 법도에 어긋난 관을 쓴 것을 증오하여 도적을 시켜 그를

현복(絃服)[255]으로 악착같이 구차하게 벼슬하는 것으로써 자득하며 부끄러워할 줄 모르는 자들을 미워한 것에는 진실로 이유가 있다. 그러나 이것이 어찌 선생의 진면목을 다하여 거의 남김이 없다고 말하기에 족하겠는가. 진실로 마땅히 충효(忠孝) 대절(大節)이 따로 있어서 일월(日月)과 밝음을 다투는데, 어리숙한 유생과 보잘것없는 학자가 헤아릴 줄 모르는 것이 많다.

선루

포상(襃賞)

용연 : 좋은 문자와 몇 마디 말이 하나하나가 고상합니다. 풍자가 가장 적절하여 세상의 폐단을 크게 끊어버리고 남김이 없습니다. 진실로 양명(陽明)이 말한 "공명(功名)의 영역에서 노닐되 오히려 여유가 있다."는 것입니다. 어찌 다시 다른 의견이 있을 수 있겠습니까? 우리에게 그 실제가 없다는 점이 안타까울 뿐이지요.

선루 : 답서(答序)를 내려주실 수 있겠습니까.

용연 : 아직 정하지 못했습니다. 조금이라도 한가한 틈을 얻는다면 응당 써드리겠습니다. 그대는 능히 헤아려 주시겠지요.

시화(詩話) · 『세설(世說)』에 대한 강론

추월 : 시화(詩話) 중에 귀국에 전해져 간행된 것이 몇 종류나 됩니까?

죽였다는 이야기가 나온다.

255 현복(絃服) : 성장(盛裝)할 때 입는 잘 꾸민 검은 옷을 말한다. 무사의 복장을 가리키기도 한다.

선루: 종영(鐘嶸)[256], 엄의경(嚴儀卿)[257] 이하 명의 왕씨 형제[258] 및 창곡(昌穀)[259], 원서(元瑞)[260] 등의 논저들이 간행되었을 뿐만 아니라 사람들의 이목에 널리 퍼져 있습니다. 그 밖의 시화나 시식(詩式)으로 무려 십 수 명의 것이 모두 간행되지 않은 것이 없는데 제가 당장은 기억하고 있지 못합니다.

선루: 근세의 유자들 가운데 『세설(世說)』을 강론하는 이들이 많습니다. 때문에 『세설고(世說考)』와 『휴(觽)』 등의 책이 나오고 있는데 서로 간에 장단점이 없지 않습니다. 귀국 또한 이 책을 풀이한 것이 있습니까?

추월: 폐방의 인사들은 오로지 경술(經術)에만 힘씁니다. 이 책 같은

---

256 종영(鐘嶸): 468(?)~518. 중국 위진남북조 시대의 문학가. 자는 중위(中偉)이다. 저서 『시품(詩品)』은 한나라부터 양나라까지 오언시(五言詩)의 작자 122명을 상·중·하 3품으로 나누어 품평한 시 비평서이다.

257 엄의경(嚴儀卿): 중국 송나라의 시론가 엄우(嚴羽). ?~? 자는 의경(儀卿), 호는 창랑(滄浪)이다. 시론서 『창랑시화(滄浪詩話)』의 저자로 유명하다. 『창랑시화』는 시변(詩辯)·시체(詩體)·시법(詩法)·시평(詩評)·시증(詩證)의 5장으로 구성되어 있으며, 시를 선(禪)에 비유하여 논평하였다. 시도(詩道)는 선도(禪道)의 묘오(妙悟)에 있다고 하였으며, 전체적으로 송나라 시풍을 비판하고 성당(盛唐)을 법(法)으로 삼아야 한다고 주장하였다.

258 명의 왕씨 형제: 명나라 왕세정(王世貞)과 그의 아우 왕세무(王世懋, 1536~1588)를 일컫는다. 왕세무의 자는 경미(敬美)로서, 왕세정과 함께 명성이 있었다. 시학서(詩學書)인 『예포힐여(藝圃擷餘)』를 저술하였는데, 칠자의 시학을 상당 부분 수정한 것이었다.

259 창곡(昌穀): 명나라 때의 문장가이자 서예가인 서정경(徐禎卿). 1479~1511. 창곡은 자(字)이다. 당시풍의 시로 일가를 이루었다. 오중사재자(吳中四才子) 및 전칠자의 한 사람으로 꼽힌다. 저서로 『적공집(迪功集)』, 『담예록(談藝錄)』 등이 있다.

260 원서(元瑞): 명나라 때의 문인 호응린(胡應麟). 원서는 자(字)이다. 시론서 『시수(詩籔)』를 저술하였다. 『시수』는 전체 20권으로, 내편 6권은 고체(古體)·금체(今體), 외편 6권은 주한(周漢)·육조(六朝)·당송(唐宋)·원(元), 잡편 6권은 유일(遺逸)·윤여(閏餘)로 이루어져 있고 속편 2권은 명대를 다룬 것이다. 종영의 『시품(詩品)』 이후 처음으로 시체(詩體)와 시대에 관한 표준을 세우고 저술한 시론서이다.

것은 구설(舊說)이 많아서 다시 천착하기를 좋아하지 않으므로 주(註)를
내는 사람이 없습니다.

서법(書法) · 이성(異姓) · 차운(次韻)

선루 : 증답시(贈答詩)와 문(文)에서 먼저 그 시문을 쓴 다음에 "오른
쪽 작품은 아무개와 송별하는 것이다[右送某人]", "아무개 공과 이별하
며[別某公]"라고 쓰는 것은 법식에 어긋납니까?

추월 : 괜찮습니다.

추월 : 그대는 어찌하여 노당(魯堂)과 성이 다릅니까?

선루 : 폐방의 풍속에서 뒤를 이을 아들이 없는 사람은 남의 아들을
양자로 청하여 후사로 삼습니다. 저 또한 출계(出系)하여 이성(異姓)을
이은 것입니다. 귀방에서는 후사가 없는 사람은 어떻게 합니까?

추월 : 동성(同姓)에서 구하고 옆으로는 외척에까지 미치는데, 그래도
구하지 못하면 타성(他姓)의 자식을 맞이하여 후사로 삼는데 반드시 관
의 허가가 있어야 합니다. 관의 허가를 받지 못한 사람은 비록 길러준
은혜가 부모와 다름이 없더라도 자라서 사리를 안 후에 벼슬길에 나아
갈 수 없습니다.

선루 : 시에 차운(次韻)하는 것은 원백(元白)[261]과 피륙(皮陸)[262]으로부

---

261 원백(元白) : 당나라 시인 원진(元稹. 779~831)과 백거이(白居易, 772~846). 두 사람
　　은 시풍이 비슷하고 교분이 두터워 함께 창화한 시가 매우 많았다. 이들의 시체를 원백체
　　(元白體), 또는 원화체(元和體)라고 하였다.
262 피륙(皮陸) : 당나라 시인 피일휴(皮日休, 838~883)와 육구몽(陸龜蒙, ?~881). 두
　　사람은 시풍이 비슷하고 교분이 두터워 창화한 시가 많았다. 창화시집『송릉창화시집(松
　　陵唱和詩集)』이 있다.

터 시작되었는데 명나라 이(李)·왕(王)에 이르러 차운하는 것을 크게
미워하였으니, 이는 오직 원시(原詩)에 답하는 데에만 힘을 썼기 때문
입니다. 귀방은 평소 시를 주고받을 때 반드시 차운합니까?

추월 : 차운하기도 하지만 꼭 차운하지 않아도 됩니다. 다만 시어가
질박하고 두터운 것을 구하려 할 뿐이지요.

선루 : 그대는 시 지을 때 반드시 차운하시던데, 본디 좋아하는 것은
아니군요.

추월 : 그렇습니다.

관정(官政)·『훈몽자회(訓蒙字會)』·신기루

선루 : 건륭(乾隆)의 연호를 사용하고 그 관정(官政)을 따르고 있으니
귀국의 대왕은 혹 직접 대청(大淸)에 조회합니까?

용연 : 관정을 따른 지는 이미 오래되었습니다. 그러나 직접 조회하
는 일은 없습니다. 오직 동지(冬至) 때에 서로 사신을 보낼 뿐입니다.

선루 : 언문(諺文)은 일명 사토(辭吐)라고 하는데, 단지 음독(音讀)만
있고 의훈(義訓)은 없습니까?

용연 : 대략적인 의훈은 있습니다만 다만 방음(方音)[263]일 뿐입니다.

선루 : 『훈몽자회(訓蒙字會)』[264]에 그 뜻이 상세하다던데, 아직 그 책

---

263 방음(方音) : 각 지방의 언어, 또는 한 지방의 특유의 말을 뜻한다.
264 『훈몽자회(訓蒙字會)』: 1527년(중종 22) 어문학자 최세진(崔世珍, 1468~1542)이 지
  은 한자 학습서. 목판본 3권 1책이다. 종래의 학습서였던 『천자문』, 『유합(類合)』 등이
  일상생활과 거리가 먼 추상적인 내용이 많아 어린이들이 익히기에 부적당하다고 보고
  이를 보충하기 위하여 지은 책이다. 상·중·하 3권에 한자 3,360자를 4자 33항목으로
  분류하여 한글로 음과 뜻을 달았다.

을 보지 못하였습니다. 어떤 사람이 찬집하였는지요?

용연: 이 책은 과연 폐방 사람이 저술한 것이 맞습니다만, 마침 그 이름을 잊어버려 답해 드릴 수 없으니 안타깝습니다. 서점에 분명 있을 것입니다.

선루: 해시(海市)와 신루(蜃樓)[265]는 또한 빼어난 경치의 하나입니다. 옛사람들의 유람기에서 낱낱이 서술해 놓았지요. 귀국에서도 간혹 보입니까?

용연: 우리나라의 서해에서 가장 많이 보이고, 동남쪽 바다에도 있습니다.

감과(柑科)·인석(印石)·부사산(富士山)과 금강산·시를 수(首)로 세는 것

선루: 감귤로 선비를 뽑는 법에 대해 자세히 듣고 싶습니다.

추월: 우리나라의 제주에 귤이 많이 나므로 매년 11월에 진공(進貢)하는데, 이때 황감과(黃柑科)를 베풀고 소반에 귤을 가득 담아 유생들에게 내려줍니다.

선루: 이 도장재를 폐방에서는 속칭 납석(蠟石)[266]이라 하는데, 아마도 색깔 때문에 이러한 이름이 있게 된 것 같습니다. 귀국에 따로 좋은 이름이 있습니까?

---

265 해시(海市)와 신루(蜃樓) : 모두 신기루(蜃氣樓)를 가리킨다. 신기루는 바다 위나 사막에서 기온의 이상 분포 때문에 광선이 굴곡하여 먼 데 물체가 거꾸로 보이는 현상이다.
266 납석(蠟石) : 로세키(ろう石). 밀랍처럼 반투명하고 촉감이 부드러운 돌을 부르는 명칭이다.

추월 : 별다른 이름은 없고 반석(班石) 혹은 북경석(北京石)이라 합니다. 일본의 인장석은 모두 다른 곳에서 생산된 것을 사용하더군요.

선루 : 부사산은 준수한데다 웅장하고 아름답기가 일본 제일입니다. 정상의 눈은 따뜻한 봄과 무더운 여름을 지나도 녹지 않습니다. 귀국에서는 어떠한 것이 이에 대적할 만합니까.

추월 : 부사산과 금강산에 대한 논의는 이전 사행에서 이미 다하였으니, 어찌 다시 괜찮은 이야기가 있겠습니까. 부사산은 우뚝하니 눈이 많고 금강산은 일만 이천 봉우리마다 단풍이 자라니 또한 각각 천지간에 진기한 풍광입니다. 군자가 억지로 논할 것이 아닙니다.

선루 : 시는 '수(首)'로 세는데 무슨 뜻입니까?

추월 : 별다른 뜻은 없는 듯합니다. 수미(首尾)의 수를 가지고 말하는 것이니 물고기와 과일을 두(頭)로 세는 것과 같습니다.

등불 기름·천정(天正) 연간의 사절

선루 : 귀방에서는 서등(書燈)에 무슨 기름을 사용합니까?

현천 : 바닷가 고을에서는 생선 기름을 쓰고 산간 고을에선 마(麻) 기름을 씁니다. 가난한 자는 관솔[267]을 쓰고 부잣집은 초를 씁니다.

선루 : 폐방은 청무(菁蕪) 씨앗과 초면(草綿: 목화) 열매에서 기름을 짜냅니다. 그리고 바닷가나 산간이나 가난하거나 부자거나 모두 등불을 갖추고 있습니다. 귀국에는 이런 제조법이 없습니까?

현천 : 마와 깨 외에 풀에서 기름을 짜는 법은 없습니다.

---

267 관솔 : 원문은 '松明'이다. 관솔은 송진이 엉긴 소나무의 가지나 옹이인데, 관솔을 잘게 쪼개어 불을 붙인 것이 관솔불이다.

선루 : 읍의 남쪽에 계진(堺津)이라는 곳이 있습니다. 귀국 사절이 옛날에는 이곳에 머물렀는데 지금은 그렇게 하지 않습니다. 제가 근래에 부로(父老)에게서 듣기를, 천정(天正) 연간에 상사(上使) 황윤길(黃允吉), 부사(副使) 김성일(金誠一), 서장관(書狀官) 허성(許筬) 세 사신이 우리나라의 국서에 '방물(方物)', '내조(來朝)'라고 쓴 것을 보고는 이는 중조에서 번국을 대하는 말이니 감히 받아들일 수 없다고 하였답니다.[268] 오랫동안 배를 묶어두고 출발하지 않았으니 능히 사리를 알았다고 할 만합니다. 귀국에도 이 일에 대한 기록이 맹부(盟府)[269]에 보관되어 있습니까?

현천 : 대저 사귐에 서로 공경하는 것과 사귐에 서로 믿는 것과 사귐에 근심과 즐거움을 나누는 것이 이웃 나라의 예입니다. 귀방은 간혹 이런 종류의 일이 많은데, 사신의 입장에서는 진실로 다투어 따짐이 합당한 일이고 귀방으로서는 글자가 함축하고 있는 뜻을 살펴볼 수 있었을 것입니다.

백자(栢子)

선루 : 귀방에서 전래되어 백자(栢子)라고 불리는 것은 해송자(海松子)입니다. 『군방보(群芳譜)』[270]에는 신라 사신이 송자(松子)를 많이 가지고

---

268 천정(天正) …… 하였답니다 : 1590년 사절이 일본에 갔을 때의 일이다. 김성일(金誠一)의 『해사록(海槎錄)』 권4에 수록된 서간 「답현소서(答玄蘇書)」, 「여상사송당서(與上使松堂書)」, 「중답현소서(重答玄蘇書)」, 「의답선의사서(擬答宣慰使書)」 및 설변지(說辨志)의 「왜인예단지(倭人禮單志)」에 관련 내용이 보인다.

269 맹부(盟府) : 맹약 등 외교 문서를 관장하는 관부. 여기서는 예조를 가리킨다.

270 『군방보(群芳譜)』 : 명대의 왕상진(王象晉)이 편찬한 『이여당군방보(二如堂群芳譜)』를 가리킨다. 모두 30권으로, 곡물(穀物), 소과(蔬菓), 화훼(花卉) 등의 종류와 효능, 재배 방법 등을 설명한 책이다. 청 강희(康熙) 연간에 왕호(汪顥) 등이 왕명을 받아 『광군방보

왔는데 옥각자(玉角子)도 있었고 용아자(龍牙子)도 있었다[271]고 합니다.
그대들도 가지고 오셨습니까?

용연: 행장에 많이 가지고 왔습니다. 한 포(苞)에 여러 알이 들어있
는데, 이것이 해송자입니다. 【○소동 용택에게 명하여 나에게 백자 여러 알을 주
었다.】

선루: 송자(松子)는 왜 백자(栢子)라고 불립니까?

용연: 속명입니다.

선루: 그렇다면 진짜 백자는 따로 이름이 있습니까?

용연: 우리나라에서는 진짜 백자를 보지 못하였습니다.

"영웅이 사람을 속인다[英雄欺人]"·
언문으로 뜻을 통하는 것·소인(小人)의 호(號)

선루: 이반룡이 "영웅이 사람을 속인다.[英雄欺人]"[272]라고 하였는데
전거가 있나요?

(廣群芳譜)』100권으로 증보, 편찬하였다.

271 신라 …… 있었다 : 『광군방보(廣群芳譜)』권59 과보(果譜)의 '송자(松子)' 항목에서
『청이록(淸異錄)』을 인용하여 "신라의 사신은 올 때마다 송자를 팔았다. 몇 등급이 있는
데, 옥각향, 중당권, 어가장, 용아자이다. 옥각향이 가장 뛰어나서 사신들 스스로도 진귀
하게 여겼다.[新羅使者每來多鬻松子. 有數等, 玉角香、重堂卷、御家長、龍牙子. 惟玉
角香最奇, 使者亦自珍之.]"라고 하였다.

272 "영웅이 …… [英雄欺人]": 명나라 이반룡의 「선당시서(選唐詩序)」에 나온 구절이다.
"당에는 오언고시가 없었다. 진자앙이 자신의 고시를 고시라고 여겼으나 그렇게 볼 수
없다. 칠언고시는 오직 두자미가 초당의 기격을 잃지 않아 종횡무진으로 지었다. 태백은
웅건하고 분방하였는데 종종 센 화살이 마지막에 힘을 잃고 간간이 긴 말을 섞어 썼으니
영웅이 사람을 속인 것이다.[唐無五言古詩, 陳子昂以其古詩爲古詩, 弗取也. 七言古詩,
唯杜子美不失初唐氣格, 而縱橫有之. 太白縱橫, 往往强弩之末, 間雜長語, 英雄欺人
耳.]"라고 한 부분이다.

추월: 어느 책에 근거를 두고 있는 말인지 모르겠습니다. 과연 새로 만들어낸 말이군요. 이씨야말로 사람을 속이는 일이 많습니다.

선루: 정(丁) 자도 모르는 사람이 언문만을 사용해서 천 리의 그리운 정을 통할 수 있습니까?[273]

추월: 여자와 소인(小人)[274]은 언문으로 뜻을 전달합니다. 그 외에는 모두 옛 문자와 옛 말을 사용하지요.

선루: 여자와 소인 또한 호가 있습니까?

추월: 호는 없고, 간혹 성자(姓字)로 칭할 뿐입니다.

악목(樂目)

선루: 이 고을 남쪽에 황릉산(荒陵山)이 있는데 일본의 악호(樂戶) 중 제일입니다. 옛날에 성당(盛唐)의 아악(雅樂)이 전해져, 지금까지도 전혀 옛 모습을 잃지 않았습니다. 또한 고려악(高麗樂)[275]이 있는데 옛날 어떤 사람이 전한 것인지는 알지 못합니다. 그 명칭의 뜻에 해석할 수 없는 것이 있는데, 써서 보여드릴 테니 그 뜻을 가르쳐주시기 바랍니다.

선루:《垣破》ハニツリ《都鬱志與呂岐》ツウツシヨロキ《納曾利》ナソリ《蘇志摩》ソシマ《進走禿》シンソウトク《退走禿》タイソウトク

---

273 정(丁) …… 있습니까? : 한자를 전혀 모르는 사람이 언문(한글)만으로 편지를 써서 뜻을 전달할 수 있느냐고 물은 것이다.

274 소인(小人) : 평민을 가리킨다.

275 고려악(高麗樂) : 고마가쿠(高麗樂). 한반도에서 일본으로 전래된 무악(舞樂)을 가리키는 명칭으로, 우방악(右方樂)이라고도 한다. 본래는 삼국시대에 일본에 전해진 대륙계의 음악 중 고구려에서 온 것을 고려악이라고 하였는데, 신라악(新羅樂) · 백제악(百濟樂)과 더불어 삼한악(三韓樂)이라고 하였다. 이것이 현재 고려악의 모체로, 중국 기원의 당악(唐樂)과 더불어 일본 아악(雅樂)을 구성하는 데 뼈대 구실을 하였다.

《新鳥蘇》シントリソ《古鳥蘇》コトリソ. 가장 알 수 없는 것들이 대략
이 정도입니다.

용연 : 귀국의 음악은 진실로 옛것에 가깝군요. 폐방에는 고악(古樂)
과 속악(俗樂)의 구별이 있습니다. 고악은 묘당(廟堂)과 청정(廳庭)에서
연주하며, 길거리에서 연주하는 것이 곧 속악입니다. 모르겠군요. 고려
악이 언제 이곳에 전래되었을까요? 설령 이러한 것들이 있다 하더라도
한때의 속음(俗音)에 불과합니다. 또한 이렇듯 허무맹랑한 악목(樂目)이
있다는 것을 들어본 일이 없으므로, 감히 대답하지 않겠습니다.

촌철(寸鐵) · 청구(靑丘)와 소중화(小中華)

용연 : 저희들은 수중에 촌철 하나도 없지만 만 리 사행 길에 털끝만
큼의 근심도 없습니다. 그대들이 쌍검을 차는 것은 진실로 속부(俗夫)
의 졸렬한 작태이니 가소롭군요.

선루 : 옛날에 이르기를, "남자가 길을 떠날 때 칼과 패옥을 떼놓지
말고, 멀리 떠날 때에는 활과 화살을 떼놓지 말라"고 하였습니다. 우리
나라가 비록 편벽한 구석에 있지만 무관이 길을 나서게 되면 반드시
활과 화살, 창과 조총을 지니고 갑니다. 그 밖에 문관 · 무관을 나누지
않고 길을 떠날 경우 반드시 검을 휴대합니다. 그대들은 대장부인데
어찌 옛 남자를 배우지 않습니까. 또한 가소롭습니다.

선루 : 귀방은 일명 청구(靑丘)[276]라 하거나 혹은 소중화(小中華), 동화

---

276 청구(靑丘) : 조선의 별칭. 『산해경(山海經)』 권9 해외동경(海外東經)에 나온 지명인
데, 동방(東方)을 뜻하는 말로 쓰였다. 삼국시대부터 한반도에 있는 나라를 가리키는 말로
쓰였던 것으로 보이며, 조선시대에 널리 사용되었다. 조선 지도를 〈청구도(靑丘圖)〉, 조

(東華), 소화(小華)라고 일컬어집니다. 이는 중조(中朝)가 하화(夏華)인 것에 짝을 맞추어 말하는 것입니까?

용연 : 우리나라는 예의를 좋아하는 것으로 알려졌기 때문에 중국인들이 소중화 혹은 동화라고 지목하였던 것입니다. 청구는 「우공(禹貢)」[277]에서 말한 청주(靑州)입니다. 마침 집에 보내는 편지를 쓰고 있었습니다. 여러분들은 곁에서 기다려주십시오.

뱃길·백정

선루 : 여러분들은 연경(燕京)이 너무 멀다고 여러 번 탄식하셨습니다. 배로 가는 것에도 구당(瞿塘) 염여(灩澦)의 어려움[278]이 있습니까?

추월 : 단지 바람과 파도에 표류할 근심만 많은 것이 아닙니다. 수개월 만에 도착하기도 하고 혹은 일 년을 넘겨도 도착하지 못하는 경우도 있습니다. 낙타와 말에 일정한 보폭이 있는 것만 못하지요.

선루 : 폐방에서는 백정을 배척하여 같은 부류로 치지 않고 예다(穢多)[279]라고 부릅니다. 그래서 그들 무리는 모두 성시(城市) 밖에 살면서

선의 노래를 모은 책을 『청구풍아(靑丘風雅)』라고 한 데서 용례를 확인할 수 있다.

277 「우공(禹貢)」: 『서경』 하서(夏書)의 편명. 요임금 때 우(禹)가 9년 동안의 홍수를 다스린 후, 천하(중국)를 기주(冀州)·연주(兗州)·청주(靑州)·서주(徐州)·양주(揚州)·형주(荊州)·예주(豫州)·양주(梁州)·옹주(雍州)의 구주(九州)로 나누어 각 지역의 산천과 토지의 등급 및 물산을 하나하나 밝혀서 이를 기준으로 조세와 공부(貢賦)를 정했다고 한다. 구주 각 지역의 지리와 물산을 기록한 것이 「우공」이다.

278 구당(瞿塘) 염여(灩澦)의 어려움 : 배가 전복되는 것을 말한다. 구당은 중국 쓰촨성(泗川省) 삼협(三峽)의 하나로, 강 양쪽 언덕이 가파르게 높이 치솟아 있고 골짜기 어귀의 물 가운데 '염여'라는 큰 바위가 있어서 물살이 매우 세서 배들이 많이 전복되었다고 한다.

279 예다(穢多) : えた(에타). 일본 전근대의 천민 신분의 하나이다. 에도시대에는 히닌(非人)과 함께 사농공상의 아래에 놓여 거주지 제한 등의 차별을 받았다. 주로 도축업, 피혁

일반 백성들과 어울리거나 결혼하는 일을 금하고 있습니다.

추월: 폐방의 법률에는 비원(卑院), 창가(娼家)는 금하고 있으나 백정과 같은 이들은 대개 백성들 가운데 섞여 살고, 그렇게 싫어하지도 않습니다.

장난감

선루: 공에게는 응당 아이가 있겠지요. 행장에 넣어 가서 이야기 나눌 때 장난감으로 써 주십시오. 【○내가 나무 인형을 주었다.】

용연: 아이는 마땅히 도리로 가르쳐야지, 어찌 장난감을 줄 수 있겠습니까? 사양합니다.

선루: 일개 보잘것없는 물건이나 바다를 건너가면 이국의 보물이 될 것입니다. 그대는 "수레나 말이라 하더라도 제사 고기가 아니면 절하지 않으셨다"[280]는 말을 듣지 못하셨습니까.

용연: 삼가 후의에 감사드립니다.

부사산(富士山)은 형용하기 어려움

선루: 족하께서는 동쪽 길을 다녀오셨으니 응당 부사산[281]에 대한

업, 범죄자 처형 등의 일에 종사하였다. 1871년 법적으로 평민이 되었으나 농·공·상과 달리 신평민(新平民)으로 기재되었으며, 이들이 사는 곳을 부라쿠(部落)라고 하였다. 이들에 대한 사회적 차별은 아직도 남아 있다.

280 "수레나 …… 않으셨다": 『논어』「향당(鄕黨)」에서 "공자께서는 친구가 준 선물은 비록 수레나 말이라도 제사 지낸 고기 이외에는 절하지 않으셨다.[朋友之饋, 雖車馬, 非祭肉, 不拜.]"라고 한 구절을 인용한 것이다.

281 부사산: 후지산(富士山)을 가리킨다. 현재의 혼슈(本州) 중부 야마나시현(山梨縣)과

훌륭한 시를 지으셨을 테지요. 보여주시기를 청합니다.

　퇴석 : 부사산은 겨우 두 수를 지었고, 청견사(淸見寺)[282]는 거의 삼십여 수가 넘게 지었습니다.

　선루 : 아름답고 신령스럽기가 청견사보다 훨씬 뛰어난데, 시의 편수는 어찌 청견사가 많고 부사산은 적은 것입니까?

　퇴석 : 청견사는 10경을 나열하니 시재(詩材)가 자못 많았고, 부사산은 우뚝 서 있어 웅장하고 아름다우나 형용하기가 진실로 어렵습니다.

　선루 : 부사산 시 두 수를 보여주시면 좋겠습니다.

　퇴석 : 제가 지병이 있는데 며칠 전부터 다시 다른 병이 더해졌습니다. 우선 한 수를 쓰고, 나머지 한 수는 시간이 날 때 써서 보여드리겠습니다.

시즈오카현(靜岡縣)의 태평양 연안에 접해 있는 산이다. 부산(富山)·부악(富嶽)이라고도 하며, 봉우리가 꽃잎이 8개인 연꽃을 닮았다고 하여 부용(芙蓉)·팔엽(八葉)·팔엽봉(八葉峰)·함담봉(菡萏峯)이라고도 했다. 후지산의 겐가미네(劍ヶ峰)는 표고 3,776m의 일본 최고봉으로서, 오늘날까지 일본의 상징으로 여겨지고 있다. 통신사는 후지산을 방문하지는 않았지만 지나는 길에 멀리서 바라볼 수 있었다.

282 청견사(淸見寺) : 세이켄지(淸見寺). 현재의 시즈오카시(靜岡市) 시미즈구(淸水區)에 있는 임제종(臨濟宗) 묘신지파(妙心寺派)의 사원이다. 1617년과 1811년을 제외하고 매회 통신사가 이곳에 들러 경치를 감상하고 시를 지었으며, 그림을 그리거나 글씨를 써서 증정하기도 했다. 현재 이곳에 50여 점의 통신사 유물이 남아 있다. 1994년 후쿠젠지(福禪寺), 혼렌지(本蓮寺)와 함께 조선통신사유적으로 지정되어 국가 사적이 되었다. 계미통신사는 2월 11일과 3월 20일에 세이켄지를 방문했다. 남옥은 승려들이 바친 청견사 십경시(十境詩)에 화답시를 지어주었고, 이별시에도 모두 화답하였다. 세 사신은 남용익의 시에 차운한 시를 써주었다. 또, 조선의 낙산사 그림을 요청하므로 그려주었다고 한다. 세 사신의 시는 『래관소화사신시집(來觀小華使臣詩集)』에 수록되어 있다.

임(林) 좨주(祭主)가 부사산 시를 구하여 거칠게 써서 드림²⁸³   퇴석

동남쪽에 우뚝 솟아 뭇 산의 으뜸이라	屹作東南²⁸⁴衆岫宗
정상의 신령한 못에는 잠룡(潛龍)이 있네.	靈湫其頂有潛龍
오경에 벌써 금오(金烏)²⁸⁵ 나오는 것 보이고	五更先見金烏出
유월인데도 아직 추워 백설이 쌓여 있네.	六月猶寒²⁸⁶白雪封
석목진(析木津)²⁸⁷ 가에 지주(砥柱)²⁸⁸가 버텨 섰고	析木津邊撑砥柱
신령한 자라²⁸⁹ 등 위에 연꽃²⁹⁰이 꽂혀 있네.	神鰲背上揷芙蓉
천공(天公)이 나를 위해 속세 먼지 쓸어가니	天公爲我塵氛掃
맑은 하늘에 우뚝 선 모습 기쁘게 바라보네.	快²⁹¹覩晴空特立容

283 조엄의 『해사일기』「수창록(酬唱錄)」에 조엄과 남옥, 성대중, 원중거, 김인겸, 이해문, 홍선보가 후지산을 읊은 시가 수록되어 있다. 7수 모두 龍, 封, 蓉, 容을 운자로 쓴 칠언율시이다. 김인겸이 선루에게 보여준 이 시가 『해사일기』에 수록된 후지산 시이다. 임(林) 좨주(祭主)는 당시 다이카쿠노카미(大學頭)였던 하야시 호코쿠(林鳳谷)를 가리킨다.
284 東南 : 『해사일기』에는 '南方'으로 되어 있다.
285 금오(金烏) : 고대 신화 속에 나오는 태양에 산다는 발이 셋인 까마귀로, 태양을 가리키는 말로 쓰인다.
286 寒 : 『해사일기』에는 '看'으로 되어 있다.
287 석목진(析木津) : 석목(析木)은 별자리 이름이다. 석목성의 위치는 미성(尾星) 10도부터 두성(斗星) 11도까지인데, 그 사이에 은하수가 있으므로 진(津: 나루)이라고 한 것이다. 중국의 연(燕)나라 유주(幽州) 지역이 이 별의 분야에 속한다. 동방을 비춰주는 별이므로 한반도를 가리키기도 한다. 조선에서 보면 일본이 동쪽이므로 일본을 의미하는 표현으로도 쓰인다.
288 지주(砥柱) : 중국 하남(河南) 삼문협(三門峽) 동북쪽 황하의 중류에 있는 돌산의 이름이다. 황하가 아무리 거세게 흘러도 이 산을 깎아내지 못하여, 물줄기가 둘로 나뉘어 흐른다고 한다. 난세에 지조를 지키며 난국을 헤쳐나갈 역량을 갖춘 사람을 비유하는 말로 쓰인다.
289 신령한 자라 : 원문의 신오(神鰲)는 육오(六鰲)를 의미한다. 육오는 여섯 마리의 자라라는 뜻이다. 전설에 따르면 발해(渤海)의 동쪽에 큰 바다가 있고 여기에는 다섯 개의 선산(仙山)이 있는데, 여섯 마리의 자라가 이 산들을 떠받치고 있다고 한다.
290 연꽃 : 원문의 부용(芙蓉)은 연꽃이라는 뜻인데, 후지산의 별칭이다.

선루: 이처럼 높은 산이 있은 후에 이처럼 맑은 노래가 있게 되었습니다. 평소에 기른 기운을 이 시를 통해 알 수 있겠습니다.

퇴석: 시평 또한 고상하시고 문자가 절로 아름답습니다.

부사산 절구 한 수

선루: 금강산과 부사산에 관한 논의에서 그대는 이미 탁월한 견식이 있는 말씀을 하셨습니다. 절실히 가르침을 받들겠습니다. 다만 한두 수의 아름다운 시도 얻지 못한 것은 유감이군요. 써서 내려주시면 다행이겠습니다.

추월: 겨를이 없었습니다. 시고(詩稿)를 찾아서 써 드리지요.

선루: 절구 한 수를 겨우 찾으셨는데 이외에는 또 없으십니까?

추월: 없는 것은 아니나 아직 탈고를 하지 못하였습니다. 헤아려 주십시오.

선루: 제목을 붙여 주십시오. 【○추월이 시고를 가져다가 직접 제목을 써주었다.】

청견사에서 부사산을 바라보며 ·추월

청견사의 노을이 빗겨 푸른 물가에 이어지니	淸見霞橫連碧灣
좋은 경치 한 폭의 그림 속 풍경이네.	珍觀一幅畵圖間
구름 타고 마침 신룡이 일어나니	乘雲適有神龍起
이야말로 일동에 우뚝 빼어난 산이네.	此是日東特秀山

---

291 快 : 『해사일기』에는 '忺'으로 되어 있다.

선루: 이런 큰 그림을 그려내시다니 호랑이 머리입니까, 용의 눈입니까? 과연 추월이십니다.

추월: 강호를 떠나 와서 창수한 것이 여러 권인데, 그중 반은 이미 행장 속에 들어갔습니다. 이 시는 그 후에 적어둔 것입니다.

국습(國習) · 일식(日食)

선루: 글을 지을 때 귀방 사람들에 비해 힘이 많이 듭니다. 이것이 우리나라의 폐해입니다.

용연: 사람마다 취향이 달라서 삼년에 부(賦) 하나를 짓기도 하고 일곱 걸음에 시 한 수를 이루기도 하지만 그 신묘함을 지극히 하는 것은 같습니다. 그대는 어찌 이리 겸손하십니까.

선루: 겸손한 것이 아니라, 토음(土音)과 습속이 진실로 그러하다는 것입니다.

용연: 혹 이러한 탄식이 있다는 걸 들었습니다. 안타깝습니다.

선루: 작년 계미년(1763) 10월 초하루에 일식이 있어 해가 거의 가려졌는데도 폐방의 감여가(堪輿家)[292]들이 미리 알지 못하여 나라 사람들이 이상하게 여겼습니다. 귀방에서도 보였습니까?

용연: 해는 분야(分野)에 따라 가려지기도 하고 가려지지 않기도 합니다. 폐방은 일식이 일어날 때를 미리 알아 구식(救食)[293]의 제도를 설

---

292 감여가(堪輿家) : 음양설에 의하여 집터나 묏자리를 잡는 사람, 즉 풍수가를 가리킨다. 본래는 점술가의 한 종류이다. 여기서는 천문과 역상(曆象)을 담당하는 이들을 가리키는 말로 쓰였다.

293 구식(救食) : 일식이나 월식이 있을 때 이를 이변(異變)이라 여겨서 임금이 대궐 뜰에서 삼가는 뜻으로 행하던 의식(儀式). 임금이 각 관아의 당상관이나 낭관을 거느리고 월대

행합니다. 말씀하신 일식은 또한 보지 못하였습니다.

먹·제사(題辭)

선루: 그대가 간절히 구하였던 고매원(古梅園)²⁹⁴ 먹을 사 왔습니다. 이것은 중품입니다. 그러나 갈아보지 않으면 그 정교하고 거침을 분별하기 어렵습니다. 요컨대 반드시 먹을 만든 장인의 말이 비교적 믿을 만하여 과연 떠벌리며 장사하는 무리가 아니라는 데에 기대야 할 것입니다.

용연: 먹의 좋고 나쁨은 진실로 말씀하신 바와 같습니다. 그리고 이 먹은 이름난 장인이 만든 것이니 어찌 의심할 것이 있겠습니까. 값으로 치른 은은 얼마입니까?

선루: 세 덩이를 합하여 한 냥이 되지 않습니다. 값을 꼭 치르지 않으셔도 괜찮습니다.

용연: 어찌 그렇게 하겠습니까.

선루: 왕자유(王子猷)의 그림에 제사해 주기로 하신 것은 완성되었는지요?

추월: 완성은 했으나 아직 깨끗이 베껴 쓰지 못했습니다. 밤을 기다려 짬을 내어 써서 전하겠습니다.

(月臺)에서 해나 달을 향해 기도하며 자숙하였다.

294 고매원(古梅園): 고바이엔(古梅園). 1577년 나라(奈良)에서 마쓰이 도친(松井道珍)이 창업한 먹 제조회사이다. 일본 최고(最古)의 먹 제조회사로서, 마쓰이(松井) 가에서 대대로 운영하고 있다. 황실과 막부의 어용 묵소(墨所)로 일하면서 홍화묵(紅花墨), 신선묵(神仙墨) 등의 먹이 알려졌다.

서신 왕래

선루 : 무릇 한 자리에 모인 선비들이 군자를 만나보고자 하는 것은 사람마다 같은 마음입니다. 저희들이 감히 바쁘고 소란스러움을 생각하지 못하고 밤낮으로 찾아왔는데도 돈독한 교의를 내려주셨습니다. 마음속에 간직하여 어느 때고 잊지 못할 것입니다. 그대들이 서쪽으로 돌아간 후에는 서신을 보내 안부를 물을 길이 없다는 것이 안타까울 뿐입니다.

용연 : 신하 된 자는 외교가 없는 법입니다.[295] 저희들이 그대들과 그동안 모인 일은 실로 전혀 뜻밖의 일로, 이후로는 진실로 서찰을 통하기 어려울 것입니다. 하물며 대마주와 우리나라 남쪽 변방과의 거리가 천리에 가깝고, 남쪽 변방과 한양과의 거리가 또한 천여 리입니다. 비록 편지를 띄운다 해도 어찌 부침의 우환이 없겠습니까. 오직 바라건대 학업에 더욱 힘써 어토(漁兎)[296]를 이룬다면, 비록 천 리 만 리 밖에 있어도 얼굴을 보고 만나는 날과 같을 것입니다. 그렇지 않다면 비록 이웃에 나란히 살면서 하루에 세 번 본다 한들 무슨 유익함이 있겠습니까.

선루 : 한마디 말씀 가슴 깊이 새기겠습니다. 부디 보중하십시오.

---

295 신하 …… 법입니다 : 원문은 "人臣無外交"이다. 『예기』 「교특생(郊特牲)」에서 "신하 된 자가 외교가 없는 것은 감히 군주에게 두 마음을 품지 못해서이다.[爲人臣者無外交, 不敢貳君也.]"라고 한 것을 원용한 표현이다. 본래 대부가 군주의 명으로 다른 나라에 사신으로 갈 때 그 나라의 군주를 만나보지 않는다는 뜻이다. 여기서는 사신의 명을 수행한 후에는 외국인과 사사로이 교유를 이어갈 수 없다는 뜻으로 썼다.

296 어토(漁兎) : 미상. 『장자』 「외물(外物)」편에 나오는 "물고기를 잡고 나면 통발은 잊는다.[得魚而忘筌]"와 "토끼를 잡고 나면 올가미는 잊는다.[得兎而忘蹄]"에서 온 표현일 수도 있다. 여기서 물고기와 토끼는 목적, 통발과 올가미는 목적을 이루기 위한 수단을 의미한다.

의원·해독(解毒)·의원들

선루 : 폐방의 의원은 날마다 병자가 있는 집의 부름을 기다려 동으로 서로 달려가는데 판교(板轎)나 죽두(竹兜)[297]를 타고 이동합니다. 조악한 의원의 경우 약 상자를 품고 걸어가는데 모두 어지럽고 번잡하여 힘들어합니다. 귀방의 의원 또한 이와 같이 많은 곳의 부름에 응합니까?

모암(慕菴)[298] 【○성은 이(李), 이름은 좌국(佐國), 자는 성보(聖甫), 모암은 호. 조선국 양의관(良醫官)[299]】 : 무릇 의원의 거동은 각자가 다릅니다. 반드시 방문하지는 않는데, 대개 뜻을 넓게 하고 진료를 정밀하게 하려는 것입니다. 많은 부름에 좇아가게 되면 일이 그릇되고 어긋나게 되므로 반드시 번거롭게 찾아다니지는 않습니다. 폐방은 땅이 넓어 물을 건너고 산을 넘어야 하므로 여마(輿馬)를 타는 일이 많습니다.

선루 : 혹 말하기를 황소의 똥이 두창(痘瘡)의 독을 없앨 수 있다[300]고

---

297 죽두(竹兜) : 대나무로 엮어서 만든 탈 것으로, 일본 풍속에 귀인의 나들이에 주로 이용한다. 상하 전후의 면을 막고 좌우를 터서 출입구로 삼고 사람이 그 안에 타도록 한 후, 긴 막대를 가운데에 밑으로 달아 막대의 앞뒤에서 어깨에 메고 달리는 것이다. 초기에는 대나무로 만들었으나 뒤에는 다른 재목으로 만들었다.

298 모암(慕菴) : 이좌국(李佐國). 1733~? 조선시대의 의원. 본관은 완산(完山), 자는 성보(聖甫)·성보(聖輔), 호는 모암(慕菴)이다. 1763~64년 계미통신사에 종9품 부사용(副司勇)으로서 수행하였다. 맡은 직임은 양의(良醫)였다. 그가 일본 의원들과 의술에 관해 나눈 대화가 『화한의화(和韓醫話)』, 『왜한의담(倭韓醫談)』, 『상한필어(桑韓筆語)』, 『양동투어(兩東鬪語)』 등에 수록되어 있다.

299 양의관(良醫官) : 양의(良醫)는 의술에 정통한 의원을 가리키는 말이다. 일본 측의 요청으로 1682년부터 의원 2인 이외에 별도로 양의를 증원하였다. 사행원의 치료 외에 일본인들에게 의술 자문을 제공하는 역할을 하였다.

300 황소의 …… 있다 : 두창(痘瘡)은 천연두이다. 『의림촬요(醫林撮要)』 권13 '두창(痘瘡)' 조에서 소개한 여러 처방 중에 황소의 똥을 이용한 약이 있다. "백룡산 : 황소의 똥을

하던데, 어떻습니까?

　모암 : 이는 곧 열을 식힌다는 뜻인데 또한 그런 일이 있기도 합니다.

　선루 : 귀방에서 한 시대의 의원들은 모두 어떠한 책들에 의지합니까?

　모암 : 모두 중경(仲景)[301]의 드높은 견해를 따르고 있습니다.

탕천(湯泉)·풍산향(豊山香) 먹

　모암 : 귀국에도 탕천이 있어 심질(疢疾)을 치료합니까?

　선루 : 탕천은 수십 곳이 있어 짧은 종이에 모두 적을 수 없습니다. 그중에서 특히 뛰어나다고 알려진 것은 섭주(攝州)의 유마(有馬), 단주(但州)의 성기(城崎), 기주(紀州)의 웅야(熊野)입니다. 중주와 땅이 접해 있어 이곳을 찾아 목욕하려는 사람들이 줄을 잇습니다.

　모암 : 어떤 증상에 효험이 있습니까?

　선루 : 제가 의원이 아닌데 어찌 감히 대답할 수 있겠습니까. 귀방의 탕천은 몇 곳이나 됩니까?

　모암 : 동서 양도(兩道)의 이름난 산들 중 석류황(石硫黃)이 나는 곳에는 반드시 온천(溫泉)이 솟아 나옵니다. 경산(景山), 승령(勝嶺), 김천(金川)을 비롯하여 그밖에 수십 곳이 있는데, 또한 적어 보여드릴 겨를이 없군요. 모두 풍한(風寒), 습비(濕痺)[302] 등의 증상을 치료합니다.

　선루 : 그대가 풍산향 먹[303]에 대해 여러 차례 칭찬하였으므로, 삼가

말리고 불에 태운 재 속에서 가운데 흰 부분을 가루 내어 수건에 싸서 두드려 발라준다.[白龍散: 黃牛糞, 乾燒灰, 取中心白者, 爲末, 裹, 撲之.]"라고 하였다.

301 중경(仲景) : 동한(東漢) 말의 저명한 의학가 장기(張機, 150~219)를 가리킨다. 중경은 자이다. 후대에 의성(醫聖)으로 불렸다. 『상한잡병론(傷寒雜病論)』을 저술했다.

302 습비(濕痺) : 습기 때문에 관절이 저리고 아픈 병을 이른다.

두 덩이를 올리니 받아주십시오. 한 덩이는 묵재(默齋)[304] 공에게 주십
시오.

　모암 : 그분은 친구의 아우입니다. 갑작스레 은혜를 베풀어 주시는군
요. 지난번에 주신 시에는 아직 화답하지 못하였습니다. 다만 그대가
의술을 좋아하지 않으시는 것이 안타깝군요.

　선루 : 어버이를 모시는 사람이 어찌 의술을 좋아하지 않겠습니까.
참으로 능하지 못합니다.

　모암 : 성대한 가르침이 진실로 감격스럽군요.

두 사람의 척독(尺牘)

　비록 문이 막힌 것이 한스럽지만 이 사람이 하늘 한쪽에 있다고 여기
고 있습니다.[305] 어제 비로소 웅홍생(雄弘生)을 만날 수 있었습니다. 들

303　풍산향 먹 : 고바이엔(古梅園)에서 제조한 먹의 명칭이다. 와카(和歌)의 명인 기노쓰라
유키(紀貫之, 866~945)의 작품 〈고향의 매화(故里の梅)〉에서 부잔(豊山)의 매화에 옛날
의 향기가 있다고 한 데서 그 이름을 따왔다고 한다. 1711년 신묘사행 때 고바이엔 6대
주인 마쓰이 겐타이(松井元泰)가 제술관 이현에게 풍산향 먹을 소개하고 그에 관한 시를
부탁한 일이 『계림창화집(鷄林唱和集)』 권6에 나와 있다.

304　묵재(默齋) : 홍선보(洪善輔). ?~? 자는 성로(聖老)·성광(聖光), 호는 묵재(默齋)이
다. 무관으로서 통덕랑(通德郎)을 지냈다. 1763~64년 계미통신사에 종사관 김상익의 반
인으로 수행하였다. 글재주가 있어 시문창화에 참여하였다. 시와 필담이 여러 필담집에
남아 있으며, 특히 『한관창화별집(韓館唱和別集)』에 풍부하다. 이 책은 에도의 국학(國
學) 생도들이 홍선보와 창화한 것만을 엮은 것이다.

305　이 …… 있습니다 : 원문은 "意謂伊人在天一方"이다. 『시경』 「진풍(秦風)」 〈겸가(蒹
葭)〉에서 "갈대가 푸르고 푸른데, 흰 이슬이 서리가 되었네. 이른바 저 분이 저 물가의
한쪽에 있도다. 물결을 거슬러 올라가 따르려 하나, 길이 막히고 또 길며, 물결을 따라
내려가 따르려 하나 완연히 물의 중앙에 있도다.[蒹葭蒼蒼, 白露爲霜. 所謂伊人, 在水一
方. 遡洄從之, 道阻且長. 遡游從之, 宛在水中央.]"라고 한 것을 활용한 표현이다.

으니 그대가 헛되이 집에 계신다고 하는데, 부득이한 일이 있을 수 없
겠습니까. 사람들이 말하기를 반드시 다시 오기 어렵다 하고, 나는 말
하기를 반드시 다시 온다고 합니다. 어찌 다시 만나지 못하고 마침내
멀리 떨어져 있게 될 이치가 있겠습니까. 변고[306]가 풀릴 실마리가 아
직 없지만 하늘의 그물은 크고 엄숙하여 거의 샐 틈이 없습니다.[307] 반
드시 그대와 더불어 단란하게 모이는 날이 있게 될 것입니다. 행여 떠
나갔다가 돌아와서 틈이 나길 기다려 나아간다면 어떻겠습니까. 먹 값
은 헤아려 놔뒀다가 만나서 전하겠습니다. 강학운(岡鶴雲)의 답장과 여
러 제자들의 화답시를 보낼 방법이 있을까요? 글 쓸 틈이 나지 않아
매일 답답했는데 근일에 쓸모없는 것[308]이 되어버렸습니다. 이 또한 승
제(乘除)[309]가 있어서 그러한 것이겠지요. 남은 이야기는 다시 만날 날
을 기다리겠습니다. …[310] 이만 줄입니다.

　4월 보름, 시온(時韞)[311] 배(拜)

---

306 변고 : 최천종(崔天宗) 피살 사건을 가리킨다. 계미통신사가 전명을 마치고 돌아가는
　길에 오사카에서 묵을 때 상방(上房) 도훈도(都訓導) 최천종이 쓰시마번의 통역 스즈키
　덴조(鈴木傳藏)에 의해 살해되었다. 1764년 4월 7일에 일어난 일로서, 5월 2일 스즈키
　덴조가 처형됨으로써 사건 처리가 마무리되었다. 이 사건이 있은 후로 조선 문사들은
　일본 문사들과의 접견을 거절하였다. 이 때문에 선루와 다시 만날 수 없게 되어 이러한
　편지를 보낸 것이다.

307 하늘의 …… 없습니다 : 원문은 "天網孔嚴, 庶不全漏."이다. 『노자(老子)』 73장에서
　"하늘의 그물이 넓고 넓어 엉성하지만 놓치지 않는다.[天網恢恢, 疏而不失.]"라고 한 것
　을 염두에 둔 표현이다. 최천종을 살해한 범인이 반드시 붙잡힐 것이라는 뜻이다.

308 쓸모없는 것 : 원문의 '筌蹄'는 통발과 올가미라는 뜻이다. 어떤 일을 하기 위한 수단을
　의미하는데, 목적을 이루고 나면 쓸모가 없어지는 것을 가리킨다. 각주 296번 참조.

309 승제(乘除) : 곱하기와 나누기라는 뜻인데, 득실(得失)을 의미한다. 인간사의 성쇠(盛
　衰)와 소장(消長)을 빗댄 표현이다.

310 … : 원문은 '▨桂'로, 앞의 한 글자가 판독되지 않는다.

여러 동학들이 또한 이미 가버리고 오지 않은 것이 며칠이니, 생각건대 반드시 다시 올 것이겠으나 그리움은 잊을 수 없었습니다. 구산(駒山)에서 눈물 뿌리며 헤어져 사람을 쓸쓸하게 하였습니다. 다행히 이 편지를 함께 보고, 아울러 다시 만날 것을 도모해 봅니다.

사집(士執)이 선루에게 아룁니다.[312] 끝내 우리들과 만나지 못하고 이별하는 것입니까? 문금(門禁)이 비록 엄하나 반드시 느슨해질 때가 있을 것이니, 매번 지기(知己)에게 부탁하여 뜻을 전하겠습니다. 얼마 후면 이 물의 북쪽에 있게 될 것입니다. 일이 정해지기를 기다려서 뒷날 하루 차분히 만난다면 영원한 이별에 작은 위로라도 될 것입니다. 그런데 지금 마침내 옷깃을 떨치고 훌쩍 떠나버렸다니, 꿋꿋한 자질로서 기꺼이 오래도록 남과 더불어 머뭇거리려고 하지 않은 것이겠지요. 다만 스스로 한스러워할 뿐입니다. 모름지기 다시 오셔서 틈을 타서 다하지 못한 인연을 마칠 것을 도모한다면 다행이겠으니, 어떠합니까? 여러 답서가 과연 전해졌는지요? 품은 뜻을 추월은 모두 갖춰 쓰지 못합니다.

선루의 맑은 궤안에 받들어 부칩니다. 동화(東華)로 돌아가는 나그네 추월.

---

311 시온(時韞) : 남옥의 자이다.

312 사집(士執)이 …… 아룁니다 : 사집(士執)은 성대중의 자이다. 그런데 이 편지는 "秋月盡之不具"로 끝맺고 있으며, 보내는 사람 역시 "東華歸客秋月"로 되어 있다. 제일 앞의 남옥의 편지와 이 편지 사이에 행을 바꿔서 기록해 둔 척독이 있는데, 이 척독에는 발신인이 표시되어 있지 않다. 이 편지의 첫머리에 있는 "士執白僊樓."는 앞의 척독의 끝부분에 붙어 있는 말인데, 실수로 뒤 편지의 첫머리에 필사한 것으로 추측된다.

내가 조선인이 글을 짓는 것을 자세히 살펴보니 진실로 한유(韓柳)
·구소(歐蘇)가 되지 못하고 또한 이(李)·왕(王)도 되지 못하였다. 실로
지방의 속습이 있어 한결같이 그 스승으로부터 받은 것을 지키며 조금
의 변화도 없어 고루함이 심하니 고금의 필화(筆話: 필담)를 보아도 알
수 있다.

이번 갑신년의 사신은 480여 명과 함께 왔는데, 그중 붓이 물 흐르듯
하면서 말이 이루어지고 간간이 기묘하여 평할 만한 것이 있는 사람은
오직 학사 추월 한 사람뿐이다. 용연은 그래도 자질을 갖춘 사람이라
할 만하였다. 그 밖에 원(元), 김(金) 두 서기와 양의(良醫), 의원 등속은
비록 짧은 말을 엮어 필어(筆語)를 한다 해도 꾸물대거나 노둔하여 추
월과 용연보다 한참 아래였다. 또 운아라는 자가 이런저런 이야기를
몇 조목 하였는데, 이 사람은 재주가 뛰어나고 영민하여 학사의 말이
진실로 거짓이 아니었다.

내가 저들과 함께 토론한 방속(方俗)의 같고 다름이나 문(文)의 변화,
시화(詩話)에 관한 것들을 얻는 대로 모아서 기록하고, 창수시 약간 수
는 모두 별집에 갖추어 놓았다. 그러나 요컨대 모두 쓸모없는 것이요
또한 볼만한 것도 없다. 오직 다른 말을 쓰는 이국의 사람들이 문자를
같이 쓰는 묘함으로 통하지 않는 뜻이 없는 것을 기묘한 만남으로 여길
뿐이니, 이 책 또한 다행히 버릴 수는 없는 것이다.

보력 14년 갑신년 여름 5월 오전원계(奧田元繼) 씀

『양호여화』 하권 마침

양호여화(兩好餘話) 부록(附錄)

모산(茅山)【성은 구(瞿), 이름은 정겸(貞謙), 자는 사명(士鳴), 모산은 호. 낭화인(浪華人).】

춘추재이(春秋災異)

모산: 「동중서전(董仲舒傳)」에 "춘추재이(春秋災異)의 변고로써 나라를 다스린다"[313]는 등의 말이 나와 있습니다. 그렇다면 "피가 강물처럼 흘러 절구공이를 떠내려가게 했다.[流血漂杵]"[314]거나 "살아남은 자가 없었다.[無有孑遺]"[315]는 것 등이 실제로 있었던 일이라는 것입니까?

---

313 "춘추재이(春秋災異)의 …… 다스린다.": 『한서(漢書)』「동중서전(董仲舒傳)」에서 "중서가 나라를 다스릴 때 춘추재이의 변고로써 음양이 잘못 운행한 것을 미루어 알았다. 그러므로 비를 구함에 여러 양을 닫고 여러 음을 풀어주었으며, 비를 그치게 할 때는 반대로 하였다. 온 나라에 행하였는데 원하는 바를 얻지 못한 적이 없었다.[仲舒治國, 以春秋災異之變, 推陰陽所以錯行. 故求雨, 閉諸陽, 縱諸陰, 其止雨反是. 行之一國, 未嘗不得所欲.]"라고 하였다. '춘추재이'는 『춘추』에 나오는 자연재해 및 이상한 자연 현상을 뜻한다.

314 "피가 …… [流血漂杵]": 『서경』「무성(武成)」에 주(周) 무왕(武王)이 은나라 주(紂)와 목야(牧野)에서 싸울 때에 "피가 흘러서 절굿공이를 떠내려가게 했다.[血流漂杵]"는 구절이 나온다. 이에 대해 맹자가 "『서경』의 내용을 모두 믿는다면 차라리 『서경』이 없는 것이 나을 것이다. 나는 무성 편에서 두세 쪽만 취할 뿐이다. 인자한 사람은 천하무적인데, 지극히 인자한 사람이 지극히 불인한 사람을 치는 마당에 어떻게 피가 흘러서 절굿공이를 떠내려가게 할 수가 있겠는가.[盡信書, 則不如無書. 吾於武成, 取二三策而已矣. 仁人無敵於天下, 而至仁伐至不仁, 而何其血之流杵也.]"라고 비판한 말이 『맹자』「진심 하(盡心下)」에 나온다.

315 "남은 …… [無有孑遺]": 『시경』 대아(大雅) 〈운한(雲漢)〉에 "가뭄이 너무 심하니 어찌할 방법이 없네. 부들부들 떨고만 있으니 우렛소리를 들은 것과 같네. 주나라의 백성이 살아남은 자가 없네.[旱旣太甚, 則不可推. 兢兢業業, 如霆如雷. 周餘黎民, 靡有孑遺.]"

추월 : 동자(董子)가 『춘추』를 논한 것은 대체로 옳지만, 일마다 상세한 재이를 전한 것은 끝내 한유(漢儒)[316]가 억지로 갖다 붙인 견해입니다.

휘(諱)

모산 : 당(唐) 태조(太祖)의 휘(諱)를 피하여 '혼(昏)' 자를 '혼(昏)' 자로 썼습니다.[317] 옛날의 휘법(諱法)을 살펴보니 한 글자만 휘하지 않고 음이 같은 글자를 휘하지 않는다[318]고 하였는데, 하물며 편방(偏旁)을 휘하겠습니까. 끝내 이하(李賀)가 진사에 등용되는 것을 방해하는 데에 이르렀으니[319] 이 얼마나 고루합니까.

추월 : 논하시는 바가 지극히 옳습니다. 당의 휘법은 더욱 가소로운

라고 하였다.

316 한유(漢儒) : 한나라의 유자. 동중서를 가리킨다.

317 당 …… 썼습니다 : 휘(諱)는 지위가 높거나 나이가 많은 사람의 이름을 가리키는 말이다. 주로 고인에 대해 사용하지만, 살아있는 사람의 이름에 대한 경칭으로 쓰기도 한다. 휘(諱)는 본래 '꺼리다, 숨기다'라는 뜻인데, 조상이나 임금의 이름을 입에 올리지 않거나 이름에 쓰인 글자를 쓰지 않는 것을 '휘'라고 하며 '피휘(避諱)', '기휘(忌諱)'라고도 한다. 널리 쓰이는 글자가 휘를 범하게 될 경우 다른 글자로 바꿔쓰거나 그 글자의 획을 생략해서 쓰는 등의 방법이 사용되었다. 그런데 당 태조의 이름은 이호(李虎)이므로, 여기서 거론한 예시와는 맞지 않는다. 당 태조가 아니라 당 태종(太宗) 이세민(李世民)의 '民' 자를 피휘한 사례를 가리키는 것으로 보인다. '昏' 자에 '民' 자가 편방으로 사용되었으므로 이것을 비슷한 모양의 다른 글자인 氏로 바꿔쓴 것이다.

318 한 …… 않는다 : 『예기』「곡례(曲禮)」상(上)에서 "예에 글자가 다르고 음만 같은 자를 휘하지 않으며, 두 글자로 된 이름은 한 글자만 휘하지 않는다.[禮不諱嫌名, 二名不偏諱.]"라고 하였다.

319 이하(李賀)가 …… 이르렀으니 : 당나라 때 한유(韓愈)가 이하에게 진사시(進士試)에 응시하기를 권유하여 마침내 합격하였다. 그런데 이하와 명예를 다투는 이들이 이하의 아버지 이름이 진숙(晉肅)이므로 이하가 진사시에 응시하거나 합격할 수 없다면서 한유와 이하를 비방했다고 한다. '進'과 '晉'이 발음이 같으므로 (현대 중국음으로는 [jin]) 피휘해야 한다는 것이다.

데 지금도 잘못된 것이 이어지고 있지요.

투호(投壺)·사례(四禮)

모산 : 귀국에는 투호례(投壺禮)[320]가 전해지고 있습니까? 그리고 관혼상제는 모두 주나라 제도를 따릅니까?

추월 : 투호례가 있습니다. 사례(四禮)는 모두 주례(周禮)를 따르며 전부 『문공가례(文公家禮)』[321]를 씁니다.

정월 초하루·신선(神仙)·월형(刖刑)

모산 : 공들께서는 남도(藍島)에서 새해를 맞이하셨습니다.[322] 정월 초하루는 두 나라가 일치합니까?

추월 : 다른 해에는 혹 어긋났는데, 올해 정월은 마침 일치하더군요.

---

320 투호례(投壺禮) : 투호(投壺)는 옛날 잔치를 베풀 때에 주인과 손님이 함께 즐기던 오락으로서, 병 한 개를 마련해 놓고 차례로 화살을 던지는 놀이이다. 병 속에 들어간 수효가 많은 쪽이 이기게 되는데, 승자가 패자에게 벌주를 준다. 『예기』에 '투호(投壺)' 항목이 있다.

321 『문공가례(文公家禮)』 : 『주자가례(朱子家禮)』를 가리킨다. 주희(朱熹)가 유가(儒家)의 예법의장(禮法儀章)에 관하여 상술한 책이다. 5권 및 부록 1권으로 되어 있으며, 명나라 성화(成化) 연간에 구준(丘濬)이 이를 기초로 「의절고증(儀節考證)」과 「잡록(雜錄)」을 추가하여 『문공가례의절(文公家禮儀節)』 8권으로 정리했다. 고려 말 주자학의 전래와 함께 한반도에 들어와 조선시대에 국가 정교의 기본강령으로 확립되었고, 왕가와 조정 중신 및 사대부 집안부터 준행하여 뒤에는 평민들에게까지 미쳤다.

322 남도(藍島)에서 … 맞이하셨습니다 : 남도(藍島), 즉 아이노시마(藍島)는 현재의 후쿠오카현(福岡縣) 가스야군(糟屋郡) 신구마치(新宮町)의 신구항(新宮港) 북서쪽에 있는 아이노시마(相島)이다. 에도시대에는 지쿠젠국(筑前國)에 속하였으며, 통신사행의 주요 기착지였다. 계미통신사는 1763년 12월 3일 아이노시마에 도착하여 26일까지 머물렀다. 사행이 정월 초하루를 맞은 것은 아카마가세키(赤間關)에서이다.

모산: 신선의 사적은 옛 책들에 낱낱이 실려 있는데 어찌 허황되다 하겠습니까?

추월: 저는 성인을 배우기를 바라는 사람입니다. 시구에 '선(仙)' 자를 쓸 때에도 오히려 마음이 편치 않습니다.

모산: 폐방에는 월형(刖刑)[323]이 없어서 발꿈치를 자른다고 하거나 다리를 자른다고 하거나 엄지발가락이라고 하는 등 정설이 없습니다. 월형은 어떠한 형벌입니까?

추월: 월형은 한나라 문제(文帝)가 육형(肉刑)을 금지한 후 없어졌는데, 본래 발가락을 자르는 형벌입니다.

하늘의 운행[天行]·역(曆)

모산: 성력가(星曆家)의 설에 의하면 하늘은 왼쪽으로 돌고 칠요(七曜)[324]는 오른쪽으로 움직인다고 하며 종종 의마(蟻磨)[325]에 비유하곤 합니다. 또, 송유(宋儒)들은 해와 달이 하늘의 뒤에 있다고 하는데 이치상 옳지만 역술로 보면 어긋납니다. 공께서 분명히 설명해 주실 수 있겠습니까?

추월: 저는 천문에 관해서는 귀머거리나 소경과 같아서 감히 망령되이 의론할 수 없습니다.

모산: 귀국의 역법(曆法)은 어떤 것을 씁니까?

---

323 월형(刖刑) : 발꿈치를 베는 형벌.
324 칠요(七曜) : 일곱 개의 빛나는 별. 해와 달에 오성(五星)을 합한 것이다. 오성은 수성(水星)·화성(火星)·목성(木星)·금성(金星)·토성(土星)을 가리킨다.
325 의마(蟻磨) : 의선마(蟻旋磨). 개미가 돌아가는 맷돌 위에서 반대 방향으로 가려 해도 결국 맷돌이 돌아가는 방향으로 딸려 돌아간다는 데서 이르는 말이다.

추월: 수시역법(授時曆法)³²⁶을 씁니다.

앵(櫻)·부녀자를 그린 것

모산: 그림으로 보여드린 것은 폐방의 앵(櫻)인데, 사람들은 중국의 해당(海棠)이라고 합니다.

추월: 앵도 아니고 해당도 아닙니다. 저는 무슨 꽃인지 모르겠군요.

모산: 따로 앵이라고 일컬어지는 것이 있습니까?

추월: 앵도(櫻桃)가 있습니다.

모산: 한 글자로 '앵'이라고 칭하는 것도 있습니까?

추월: 없습니다.

모산: 중국 사람들이 여인의 모습을 그린 것을 보면 발이 매우 얇고 조그맣습니다. 흡사 발등과 발꿈치가 없는 것처럼 보이는데 어린아이 때부터 동여매어 그렇게 만든 것입니까?

추월: 이는 중화의 법이 아니라, 후세의 한나라 여자들의 습속입니다. 듣기에 발을 동여매어 작게 만들고 버선도 작게 신는다고 합니다.

술 빚기·관상

모산: 폐방에는 탁주가 없습니다. 술도가에서는 항상 가을에 술을

---

326 수시역법(授時曆法): 수시력(授時曆). 원나라 세조(世祖) 지원(至元) 13년(1276)에 곽수경(郭守敬)·허형(許衡) 등이 만든 태음태양력이다. 대형 관측 의기를 사용하여 획득한 데이터를 바탕으로 송·원의 새로운 산술을 도입하여 추보 과정을 정밀히 하여, 중국 역대 역법 가운데 가장 뛰어나다는 평가를 받는다. 1281년에 반포되었고 명나라가 멸망한 1644년까지 공식 역법으로 사용되었다. 고려 충렬왕 때 한반도에 전래되었다.

떠서 겨울이 지나도록 통에 저장합니다. 귀국은 그때그때 술을 담그는
데, 이른바 성인(聖人)과 현인(賢人)[327] 두 종류가 있습니까?

용연 : 예전에 금주령이 없었을 때는 술도가가 매우 많아서 수만 말
을 담갔으니 사대부들이 모두 사서 마셨습니다. 술 이름도 매우 다양하
여 헤아릴 수 없습니다. 청주와 탁주 모두 마실 만합니다. 지금은 나라
의 금령이 매우 엄해서 '술[酒]' 한 자도 예법상 감히 입 밖으로 낼 수
없습니다.

모산 : 귀국에서 관상을 볼 때 주로 어떤 책에 의거합니까?

용연 : 폐방 또한 관상 보는 사람이 있는데 『신상편(神相編)』을 사용
합니다.

상(喪)

모산 : 귀방에서는 삼년상을 치르며 여막에 기거하는 사람이 상복을
입고서 요역을 하거나 고용살이를 합니까? 아니면 관에서 곡식을 내려
줍니까? 또한 그 예는 모두 주나라 제도를 따릅니까?

현천 : 비록 상중이라 해도 농사짓는 사람은 농사를 짓고 장사하는
사람은 장사를 합니다. 그러나 그 예를 지키는 것을 예와 같이 할 뿐이
지요. 대개 상례는 천자로부터 서인(庶人)에 이르기까지 공통된 것이므
로, 그 절목 또한 많습니다. 위에서부터 말하면 서인들은 거적으로 자
리를 삼고 흙덩이로 베개를 삼으며 풀을 덮어서 스스로 여막에 살며,
채소를 먹고 색을 멀리하며 스스로 예의를 지키고자 할 따름이니, 나머

---

327 성인(聖人)과 현인(賢人) : 성인은 청주(淸酒), 현인은 탁주(濁酒)를 가리킨다.

지는 미루어 짐작할 수 있겠지요. 관례·혼례·제례 또한 같습니다. 폐방은 임금으로부터 서인에 이르기까지 모두 『주자가례』를 준수할 뿐입니다.

석전(釋奠)[328]

모산 : 귀국의 석전에는 어떤 분들을 배향합니까?

퇴석 : 일흔두 제자와 자사(子思), 맹자(孟子), 주렴계(周濂溪), 정자(程子), 장재(張載), 소옹(邵雍), 주자(朱子) 등의 여러 현인들, 그리고 우리나라의 유현(儒賢)들을 배향하고 있습니다.

묘비제명(題名題名) · 계(桂)

모산 : 묘비의 제명에서 관직이 있는 사람은 모고부군(某考府君)이나 모비유인(某妣孺人)이라 칭하거나 의인(宜人), 숙인(淑人) 등으로 칭하더군요. 관직이 없는 사람의 칭호는 무엇인지 여쭙습니다.

화산 : 부군(府君) 두 자는 관직이 있거나 없거나 관계없이 통틀어 칭하는 것입니다. 부인(婦人), 유인(孺人)이라는 칭호는 관직이 없는 경우의 칭호이고, 의인(宜人), 숙부인(淑夫人), 정부인(貞夫人), 정경부인(貞敬夫人)은 모두 관품의 높고 낮음으로써 분별한 것입니다. 관직이 없는

---

328 석전(釋奠) : 문묘(文廟)에서 공자를 비롯한 4성(四聖), 10철(十哲), 72현(七十二賢)을 제사 지내는 의식으로, 석전제, 석채(釋菜), 상정제(上丁祭), 정제(丁祭)라고도 한다. 음력 2월과 8월의 상정일(上丁日)에 거행하는데, 서울은 성균관 문묘에서, 각 지방은 향교 대성전(大成殿)에서 지냈다. 석전이라는 이름은 '채(菜)를 놓고[釋], 폐(幣)를 올린다[奠]'에서 유래하였다. 처음에는 간략하게 채소만 놓고 지냈으나 뒤에는 고기와 과일 등 풍성한 제물을 마련하여 지냈다.

사람은 학생(學生)이나 처사(處士)로 칭합니다. 어린 사람은 수재(首才)라고 칭하기도 합니다.

모산 : 형제, 자매, 자녀들은 어떻게 칭합니까?

화산 : 평상시의 칭호를 따릅니다. 소년은 수사(秀士)나 수재(秀才)로 칭하고, 부녀(婦女)는 모씨(某氏)나 모낭자(某娘子)라고 칭합니다.

모산 : 성대한 가르침 잘 받들겠습니다.

모산 : 혹자가 말하기를, 중경(仲景) 당시에는 계(桂)와 계지(桂枝)[329]의 구별이 없어서, 계를 계지라 하기도 하였고 계지를 계라 하기도 하였다고 합니다. 그 밖에 여러 계도 섞어 써서 확정되지 않았다고 하는데, 그렇다면 정밀하고 거침의 구별은 있었으되 우열의 구분은 없었던 것입니까? 어떻습니까?

모암 : 중경의 시대에 계의 구별이 없었다면 방서(方書)에 어찌 계지(桂枝)와 육계(肉桂)[330]의 처방이 있었겠습니까? 계는 비록 하나의 사물이지만 그 효험은 각기 다릅니다. 이 때문에 헌기(軒岐)[331]의 지극한 신묘함으로써 이미 상세히 논했던 것이지요. 저 같은 보잘것없는 의원이어찌 그 사이에서 감히 입을 열겠습니까.

산대(産帶)

모산 : 폐방의 부인은 수태(受胎)한 지 다섯 달이 되면 배를 단단하게

---

329 계지(桂枝) : 계수나무의 어린 가지로, 약재로 쓰인다.
330 육계(肉桂) : 계수나무의 일종으로, 껍질은 약재나 향료로 쓴다.
331 헌기(軒岐) : 헌원씨(軒轅氏)와 기백(岐伯)을 가리킨다. 둘 다 전설적인 의술의 시조이다.

동여맵니다. 이 일은 『해낭편방(奚囊便方)』의 「산대기(産帶記)」³³²에 나와 있는데, 그 밖의 다른 곳에서는 본 일이 없습니다. 귀방 또한 이러한 법이 있습니까?

단애(丹崖)【○성은 남(南)이고 이름은 두민(斗旻), 자는 천장(天章)이며 단애는 호이다. 조선국 의원이다.】: 난산(難産)은 모두 부귀하고 봉양을 받아 안일한 데서 연유하는 것입니다. 그러므로 달생산(達生散)³³³이 호양공주(湖陽公主)³³⁴를 위해 만들어진 것이지요. 우리나라에서 아이를 가진 부인들은 몸을 힘들게 하고 근력을 수고롭게 하여 오랫동안 앉아 있지 않고 기혈이 운행하여 막히지 않도록 하므로 쉽게 해산합니다. 태아를 쪼그라들게 하여 자라지 못하게 할 이유가 없으니 이러한 법은 잘 모르겠군요.

건우환(乾牛丸)

모산: 우리나라에서 건우환을 파는 자가 팻말에 "조선에서 전해진 것. 백록(白鹿) 씀[.朝鮮傳來白鹿書]"이라고 써두었습니다. 무슨 병을 치료하는 것이며, 백록은 어느 때의 사람입니까?

상암【○성은 성(成)이고, 이름은 호(灝), 자는 대심(大深)이며 상암(尙菴)은 호이다. 조선국 의원이다.】: 건우환이라는 것은 지금 처음 들었습니다. 백록 또한

---

332 『해낭편방(奚囊便方)』의 「산대기(産帶記)」: 『해낭편방』은 명나라 진조계(陳朝堦)가 편찬한 의서이다. 일본에서는 1676년 이 책에 수록된 보태문(保胎門)을 발췌하여 『부인산대기(婦人産帶記)』라는 제목으로 출판하였는데, 선루가 말한 「산대기(産帶記)」는 이것을 가리키는 듯하다.

333 달생산(達生散): 순산을 돕기 위해 처방했던 약. 귤피, 당귀, 백작약 등의 약재로 만든다.

334 호양공주(湖陽公主): 후한 광무제(光武帝) 때의 공주.

어떤 사람인지 모르겠습니다. 분명 폐방에서 제조한 것이 아닐 것입니다.

이전 사행의 네 분

모산: 무진년에 사신이 왔을 때 저는 아직 어린아이였습니다. 기억하자니 딴 세상일 같아서, 겨우 구헌(矩軒), 제암(濟菴), 해고(海皐), 취설(醉雪) 네 분[335]의 이름만이 전합니다. 아직 무고하시며 여전히 사문(斯文)[336]을 즐기고 계십니까?

용연: 네 분 모두 지금 평안하십니다. 수령이 되신 분도 있고 임천(林泉)에 은거하고 계신 분도 있습니다. 문자와의 인연은 연로해지면서 더욱 돈독해지셨지요.

남포(南浦)【성은 승(勝), 이름은 원작(元綽), 자는 이관(以寬), 남포는 호. 섭남(攝南) 고처(古妻) 사람.】

십이경(十二經)·이왕(李王)

남포: 『장자(莊子)』에서 십이경을 펼쳐서 그 뜻을 설명했다[337]고 하였는데, 무슨 책들입니까?

---

335 구헌(矩軒) ······ 분 : 1748년 무진통신사의 제술관 박경행((朴敬行, 호 구헌), 정사 서기 이봉환(李鳳煥, 호 제암), 부사 서기 유후(柳逅, 호 취설), 종사관 서기 이명계(李命啓, 호 해고)를 가리킨다.
336 사문(斯文) : 각주 194번 참조.
337 십이경을 ······ 설명했다 : 『장자』 외편(外編) 「천도(天道)」에 공자가 노담(老聃)을 만나 "육경을 펼쳐놓고 설명했다.[繙六經以說]"는 구절이 있다.

추월 : 십이경에 대한 설은 말하는 자들이 매우 많지만 요약하면 적당한 것은 없습니다. 후세에 믿을 것은 오로지 사서오경(四書五經)[338]뿐이니, 이 외에는 모두 경이 아닙니다.

남포 : 귀방에서는 오직 주(周)·정(程)·장(張)·주(朱)[339]의 가르침을 신봉하여 다른 취향은 없습니다. 그렇지만 문자와 장구를 즐기다 보면 이(李)·하(何)·왕(王)·이(李)[340]의 무리를 배워서 행하는 자가 있습니까?

추월 : 이이(二李)[341]는 문장의 적입니다. 중조와 폐방에서 과거로 출사한 이들은 하나같이 낙민(洛閩)[342]의 바른길에만 의지합니다.

붉은 비[紅雨]·다법(茶法)

남포 : "붉은 비가 어지러이 날려 반짝거리네.[紅雨紛紛化爲渥]"라는 구절이 『황화집』에 나옵니다. '붉은 비[紅雨]'란 무엇을 가리키는 것입니까?

추월 : 붉은 비란 복숭아꽃이 떨어지는 것입니다.

남포 : 폐방은 다례(茶禮)를 세워서 사가(師家)의 법을 지키는 것이 매

---

338 사서오경(四書五經) : 사서(四書)는 『논어(論語)』, 『맹자(孟子)』, 『대학(大學)』, 『중용(中庸)』을, 오경(五經)은 『시경(詩經)』, 『서경(書經)』, 『주역(周易)』, 『예기(禮記)』, 『춘추(春秋)』를 가리킨다. 『악기(樂記)』를 포함하여 육경(六經)이라고 하는데, 『악기』는 현재 남아 있지 않다.

339 주(周)·정(程)·장(張)·주(朱) : 성리학의 초석을 다진 송대 유학자 주렴계(周濂溪), 정호(程顥)와 정이(程頤), 장재(張載), 주희(朱熹)를 가리킨다.

340 이(李)·하(何)·왕(王)·이(李) : 이몽양(李夢陽), 하경명(何景明), 왕세정(王世貞), 이반룡(李攀龍)을 가리킨다. 각주 35번 참조.

341 이이(二李) : 이몽양과 이반룡을 가리킨다.

342 낙민(洛閩) : 각주 213번 참조.

우 치밀합니다. 노(盧)·육(陸)[343]의 취향으로 본다면 대개 속된 취미라
할 터인데, 어떠합니까?

추월 : 다법(茶法)은 육우의 경전만큼 오래된 것은 아니지요. 폐방의
차 또한 갑자기 생겨난 것이라 법도에 맞지 않습니다.

담뱃대·배고픔

남포 : 그대들의 담뱃대의 길이는 특히 길군요.

용연 : 귀한 사람은 긴 담뱃대를 쥐고, 천한 사람은 짧은 담뱃대를
사용합니다.

남포 : 저희들은 오전부터 시 모임에 나와서 필어와 창수로 실로 침
식을 잊고 있었는데 밤이 벌써 또 끝나려고 하니 점차 배가 고파지는군
요. 속히 아름다운 화답시를 내려주시기 바랍니다.

용연 : 아름다운 자태가 사랑스러워 이 밤 내내 함께 머물고 싶군
요. 그리고 제 배가 부르니 어찌 남의 배고픔을 돌아볼 수 있겠습니
까. 하하!

남포 : 선생의 배가 부른 것은 곧 오경(五經)이 들어있기 때문이겠지
요. 저희들의 시장(詩腸)은 점점 굶주리고 있습니다.

용연 : 배부른 것은 스스로 배부른 것이요, 배고픈 것도 스스로 배고
픈 것이지요. 실은 저도 배가 고픕니다.

---

343 노(盧)·육(陸) : 당나라의 문인 노동(盧仝, 790~835)과 육우(陸羽, 733~804)를 가리
킨다. 둘 다 차를 매우 즐겼다. 노동은 〈다가(茶歌)〉 시로 유명하다. 육우는 차에 대한
정보를 집대성하여 『다경(茶經)』 3편을 지었으며, 다성(茶聖) 혹은 다신(茶神)으로 추앙
받았다.

문학

현천 : 이 나라의 문학은 누가 가장 성대합니까?

남포 : 강호(江戶)에 조래(徂來)와 춘대(春臺)의 무리가 있었고 서경에는 이등(伊藤) 부자가 있었는데, 지금은 없습니다. 부끄럽게도 근래에는 도가 쇠미해져 인재가 부족합니다. 귀방의 문학은 누구를 꼽을 수 있습니까?

현천 : 높은 자리에 있는 사대부에서 여항의 서인들에 이르기까지 모두 늙도록 전문(專門)으로 하는 학문이 있습니다. 그대가 인재를 알고 싶다면 이 자리에 추월과 용연이 있군요. 모두 문과에서 크게 이름을 떨친 이들입니다. 귀방에 들어온 후로 총명한 문사들을 많이 보았는데, 그대와 같은 뛰어난 영재는 쉽게 얻을 수 없었습니다. 후일 학업이 이루어질 것을 날을 세어가며 기다릴 따름입니다. 안타까운 것은 귀방에 과거로 선비를 뽑는 법이 없다는 것입니다.

화전(花牋)·안경

남포 : 지난번에 화답시를 주실 때에는 모두 귀국의 두꺼운 종이를 사용하셨는데, 근자에는 폐방의 종이에 써주시는 일이 많습니다. 어째서 이전과 달라진 것입니까?

퇴석 : 집을 떠나온 지 아홉 달이 되었습니다. 가지고 온 화전지(花箋紙)를 이미 수천 장 썼는데 시를 구하는 사람이 더욱 많아져서 부득이 귀국의 종이에 써서 드린 것입니다.

남포 : 애체(靉靆)는 어느 곳에서 만들어진 것입니까?

장호(長灝)[344] 【○성은 오(吳), 이름은 대령(大齡), 자는 대년(大年)이며 장호(長灝)

는 호이다. 조선국의 한학첨정(漢學僉正)이다.】: 이것은 안경(眼鏡)인데 귀국에
서 만든 것입니다. 그대는 어찌 모르십니까?

남포 : 안경은 속칭인데, 따로 고아한 이름이 있습니까?

장호 : 그대의 답변이 진실로 좋습니다. 저는 70살 먹은 사람으로 만
리 바닷길을 건너오느라 장독(瘴毒)에 몸을 상하였습니다. 눈이 특히
침침하여 이야기를 주고받을 수 없으니, 그대는 허물하지 마십시오.

남포 : 성대한 가르침에 깊이 감사드립니다.

『양호여화』 부록 마침

344 장호(長澔) : 오대령(吳大齡). 1701~? 본관은 해주(海州), 자는 대년(大年), 호는 장호
(長澔)이다. 이름난 역관 가문 출신으로 17세에 역과에 합격하여 10여 차례 연행사로 중국
에 다녀왔다. 1763~64년 계미통신사에 한학상통사(漢學上通事)로 수행하였으며, 사행
록『명사록(溟槎錄)』을 남겼다.

명화(明和) 기원(紀元)[345] 상월(霜月)[346] 발행

서림(書林)

    낙양(洛陽)[347] 전옥 선병위(錢屋善兵衛: 제니야 젠베)

    대판(大阪) 본옥 우병위(本屋又兵衛: 혼야 마타베)

    동상(同上) 서전 리병위(西田理兵衛: 니시다 리헤)

갑신한사(甲申韓使) 『관풍호영(觀風互詠)』[348]

  여러 군자들의 창화집

  전부 2책 이어서 발행

---

345 명화(明和) 기원(紀元): 메이와(明和) 1년, 즉 1764년을 가리킨다. 메이와는 1764~
    1771년의 연호이다.

346 상월(霜月): 동짓달(음력 11월).

347 낙양(洛陽): 교토를 가리킨다.

348 『관풍호영(觀風互詠)』: 계미통신사 필담창화집으로, 목판본 2권 2책이다. 가자모토
    우라(風本浦)와 오사카 등지에서 야마구치 세이슈(山口西周), 하야시 세이케이(林青桂),
    도리야마 스가쿠(鳥山崧岳), 마에다 겐이치(前田元一) 등이 통신사와 나눈 시문과 필담
    을 엮은 책이다. 오쿠다 모토쓰구가 서문을 썼다. "甲申明和紀元閏十二月發行"이라는
    간기가 있다. 즉, 1764년 윤12월에 출판된 것이다.

兩好餘話

兩好餘話序

自古韓使之東也, 四方人士持論游藝者, 苟求見知, 而警其裳衣, 端其容止, 相競邀見焉. 是稽古之力, 可不勉哉. 然其自高一等者, 矜亢不以欲見焉; 其自卑一等者, 畏縮不敢進焉, 蓋兩不爲得也. 其可取乎而取, 豈無益耶? 其弗可取乎而弗取, 豈害耶? 何矜亢畏縮之有. 甲申之聘, 亦競而進焉者, 項背相望, 各裹飾士菲, 以代脩贄, 亦唯以貨爲郎耳. 惟吾仙樓田先生與南、成諸公, 定交一面, 人以爲舊識. 南、成諸公亦深器重之. 於是乎正論雜話, 如河漢無窮極, 卒膽錄成冊子. 向小子輩亦姑援三寸弱翰, 與殊域異言之士, 交語目成者, 皆不是先生學誨波及乎. 蒼蠅之飛, 欲復附驥尾. 乃與以寬相圖, 以句以乙, 遂授之剞劂, 命曰《兩好餘話》. 奚翅兩君之好哉. 不亦永觀國之光乎. 嗚呼! 先生之於儒, 渾淪該貫, 無所不集而成矣. 如此冊實其土苴也夫, 豈足以敷于寶區哉. 雖然此舉也, 深識先生於三千里外者, 孰得無意也乎?

寶歷甲申夏五月

門人衢貞謙謹識 松方好欽書

兩好餘話目錄

此集元撓劇所就, 固非應立篇目者. 然酬對之繁, 有後先互出問同答異者, 間亦有先時人已討之而未覈今初叩竭焉者. 故每其更端, 輒截取一二字, 姑立目次. 雖則立目次, 而語勢旁及多事者, 不可悉擧也, 覽者其慮諸. 余竊謂凡韓人音容固近華矣. 吾輩可特羨者, 則冠服雅馴, 直讀朗吟自通文義, 唯此二事爲然. 又實褻器於几案間, 而溺及唾涕共放, 恒使侍童執之. 或嬾於旦夕浴灌, 或用足推授人物等, 吁是何哉! 若夫文學之品, 則先生卷末一言, 獨推秋月、龍淵, 固不可復贅焉. 然亦至彼土音, 自然上下貫通, 則雖或筆不速語不工, 而壹是皆有與吾舊習本自別者矣.

門人勝元綽識.

兩好餘話目錄畢

《兩好餘話》卷上

僊樓先生著

門人茅山衢貞謙士鳴、南浦勝元綽以寬同校

名刺

僕姓奧田, 名元繼, 字志季, 號仙樓, 浪華人. 謹奉書朝鮮國製[1]述官秋月南公、書記室三公各案下. 恭惟貴邦距吾邦海洋夐絶, 豈翅參商秦胡哉. 風馬牛不相及. 諸公恭承大君鈞命, 要結百年舊盟, 固善隣之義也. 纜檣龍鷁泛千里海瀛, 風伯衛護、雨師清道. 歷歲寒之久而值春吾邦, 遂涉此津, 祝賀祝賀. 誠是雖昇平治化之所致, 亦賴及吾儕小人, 蹇劣如余者, 仰二三君子高誼, 叨陪左右, 叩盆拊瓴. 唯恐冒嚴聽, 倘不嫌僕鄙陋, 枉賜憐遇, 辱咳唾之音幸甚. 因賦巴調二律, 敢呈左右, 伏乞削正.

昨夜聚星輝海東, 玆隨几杖謁諸公. 禮監三代歌盛美, 詩本二南觀國風. 專對才名誰敢間, 連持使節不曾空. 依依青眼相看好, 應是聖朝書軌同.

御李幾時思未休, 相逢白璧賜難酬. 西溟路絶三千里, 東海天開六十州. 星動詩才迎劍氣, 經成道德跨青牛. 君裁太史文章事, 自有名山慰遠遊.

秋月 【姓南, 名玉, 字時韞, 秋月其號. 朝鮮國製述官大學士.】

舟中已聞君之名與德, 想是宿儒老翁也, 相見壯齡俊髦. 萍會何論. 且所賜詩章, 各應和奉耳.

---

1 製 : 저본에는 '制'로 되어 있으나 '製'의 오기로 보아 수정하였다.

學風 仙樓

吾邦文學之熾, 雖閭巷寒鄉, 時聞吾伊占畢之聲, 是治敎百世自使然. 五六十年前, 京師之儒伊藤維楨字原佐號仁齋, 其子長胤字原藏號東崖, 相俱懷俊發之才, 研究文義, 更作四書、《周易》解. 其他《童子問》、《語孟字義》、《經學文衡》等, 皆以排宋學爲務, 而風靡當時晚進, 是好奇馳異之流弊也. 厥後東都之儒荻生茂卿號徂徠者, 始讀二李、王、何四子之文, 佶屈强穿後人難得而句乙者. 高自竪標幟開塾社, 稱古文辭, 著《學則》、《辨道》、《辨名》、《論語徵》等書, 炫耀世眼. 至其敎人, 輒曰"文則先秦, 詩則開元, 必莫讀唐以後書," 口唱不輟. 其門人服元喬號南郭、滕煥圖號東野、平玄中號金華, 前唱後和, 時名轟于都下, 遂布海內. 然顧其爲文, 此句《典謨》、此字《荀莊》、此語《左氏公穀》, 篇章字句悉片斷寸斬古文中最奇異僻怪者, 以爲活套之法. 譬之如有人得良材者, 傭大匠使理治之, 斤斧無痕, 楹是竪梁是橫, 舟車之力相積而後, 及其爲室屋, 則曰"我能辨曲面識方勢, 必姑從我而專爲政也", 終齟齬枘鑿, 繩墨之微悉不合者. 雖結搆考, 未觀妙與神兼至, 何工之爲. 彼徒有太宰純者, 最後善識徂徠之見偏, 著《詩文論》斥其非, 幷闢李王二家剽竊爲工, 固可謂卓識也. 彼所謂《童子問》、二《辨》、《論語徵》等, 旣有傳貴邦議定其道可否邪. 嗚呼! 禮樂之事, 四書、六經、左・國・班・馬, 詩文之業, 韓柳、歐蘇、選騷、唐明, 卽不朽定論, 棄此何適. 如不佞元繼, 亦生千載之下, 浴王風之化, 得與如公等縉紳先生, 假兎毫交語一堂之上. 咸禮樂餘慶, 文章所被何忽諸. 然吾非必謂忌古言好宋儒所爲也. 唯惜乎徂徠之徒課書生, 口必唱先秦, 而其所自爲則不出嘉隆四家, 果是一代風尚, 豈足深歸也. 彼三王周孔政治之迹, 尙猶非載在方策乎. 斯古之遺美也, 遡洄以從之, 庶幾乎不謬所學也. 公按此意, 別副盛序珍重. (仙樓) 盛序議論正大, 門戶極平穩. 不料蔥嶺口氣中, 有此融通正門路, 何幸何幸. 藤荻二氏之論, 能刺其病耳, 可謂能辭焉. 諸著

則前使已齎去, 一觸鄙眼, 可惡可惡. (秋月)

龍淵【姓成, 名大中, 字士執, 龍淵其號. 朝鮮國書記室.】

能言距楊墨者, 聖人之徒也. 徂徠直一文士耳, 伊藤氏眞貴邦之楊墨也. 君能辭而闢之善哉! 亦足以張吾道也. 僕才拙識淺, 不足以闡發輝光, 所求序文, 儘非所堪如何. (龍淵)

公等是行▨▨, 何謙德如此. (仙樓)

今日已曛, 客且撓甚, 宥慮宥慮. (秋月)

高麗紙

"高麗紙, 以綿繭造成, 色白如綾, 堅靭如帛", 我邦所見貴邦之紙, 薄脆易破斷. 作編冊簡葉猶可也, 若施楇障雨傘之用, 數爲風雨被破裂. 未見所謂堅靭如帛者東來, 抑別有佳紙乎? (仙樓) 弊邦之紙今專用楮造. 厚者稱壯紙, 薄者稱白紙, 乃總稱也. 壯宜屛障之用, 白宜書牘之用. 且有多品, 或有挽之不裂者, 或有易壞者. 賢見其脆品耳. (秋月)

南京路程 仙樓

貴邦只通路北京, 而與南京相距邈絶, 其間果幾日程. 歷都邑關山幾許.

玄川【姓元, 名重擧, 字子才, 玄川其號. 朝鮮國書記室.】

鴨綠江, 弊邦西界也. 自此渡遼東野, 入山海關. 經燕京, 渡河水、濟水、淮水, 渡江水而爲金陵. 僕旣未經歷, 若以《禹貢》驗之, 則當知經冀、靑、兗、徐而爲楊州矣. 自餘非短紙可悉.

副啓通刺法

凡尺牘柬帖, 雖後世省候帖, 猶書副啓二字. 又通刺用紅紙, 書爵里姓名, 其寸法如何? (仙樓) 副啓之例, 古則有之, 今無矣. 夫通刺或大或

小, 別無定式. 無紅紙書爵里姓名之規耳. (龍淵) 不必用紅紙, 亦無妨乎? (仙樓) 是. (龍淵)

漿 衣冠

享宴有漿,《禮》之所記可見, 而未詳其製. 是古畧其易知已. 弊邦莫設漿之禮, 其製如何? (仙樓) 漿者水也, 豈玄酒邪. (龍淵) 漿單稱水也, 僕未會得. (仙樓) 感敎僕亦不會得. (龍淵) 衣冠皆古雅, 多是周制乎? (仙樓) 周制則已古矣, 不知其必如此, 而中朝盛唐時華制, 則分明也. (龍淵)

食品

弊邦無戶飼鷄、豚、猪、鹿等而自備食料. 且四方瀕海, 故多用魚蔬爲羹. 雖有嘉賓上客而供盛饋, 亦無他品. 牛羊最不噉. 貴邦隨卿大夫士庶有食禁邪? (仙樓) 弊邦陸食六畜. 水啖海錯, 而牛羊最嗜. 貴邦不喜食牛羊, 鄙等脾敗, 甚思牛炙. 弊邦六畜無禁, 惟牛以耕有屠禁. (秋月)

禁酒 茶

飲酒之禮自古有之, 貴邦一何禁諸. (仙樓) 以醉亂失禮義, 且多鬪鬨相害者, 故禁之. 犯之者死. (龍淵) 竟日夕未見尊等喫茶. 弊邦多嗜茶, 乃至其待賓則別立禮法. 其器用皆喜有古賞. 守法甚嚴, 有一乖違, 輒爲大失敬. 其徒所用茶盌名熊川者, 皆爲希世珍玩, 不愛數金購給焉. 傳道古制於朝鮮熊川, 故得名耳, 如何? (仙樓) 弊邦産茶甚少, 且人不多嗜也. 熊川今無制茶盌之所耳, 其禮亦未聞. (龍淵)

《類苑叢寶》

近視淸風金伯厚所輯《類苑叢寶》四十本, 用朝鮮紙印行. 想是伯厚亦貴邦人也. (仙樓) 金伯厚, 弊邦百年前賢相也. 爲科擧子叢華成此書.
足下何從見之. 大坂書肆, 欲得見奇書異種. 且丁卯槎行時兩邦酬唱卷,
亦欲見之. 請賢方便方便. (秋月) 儒士就書林探覓奇異之書, 固有理, 而
唯恨門禁甚嚴, 無再念. 丁卯酬唱卷則領盛意, 明日以爲期. (仙樓) 然
則貴邦名雖禮之, 實則防之. (秋月) 非防. 只懼貴邦雜生出門放行, 旁岐
亡羊不識路之所由, 遂失其人耳. 且僕非與館伴者, 無深疑. (仙樓) 遁
辭, 知其所窮. (秋月)

不其字格

公等讀書與華同, 徹上直讀義自通, 音有楚夏, 固可羨焉. 弊邦人校
文閱書, 多自下反于上, 又自上超于下, 而后意始會. 故綴語之間, 謬字
之所置者, 雖老生夙工巨必免. 余所師友交井狩雪溪者, 自壯齡用意于
玆, 今已過古稀, 砥礪益堅. 近據伊藤氏所著《用字格》, 作《辨正》三卷,
大有振也. 嘗謂"杜預《左傳序》, '先儒所傳, 皆不其然', 《左傳》宣四年,
'若敖氏之鬼不其餒而'之類, 皆反語易曉耳. 唯《尙書·召誥》, '我不敢
知, 曰不其延, 惟不敬厥德', 又《洛誥》, '厥攸灼, 敍弗其絶', 《左傳》僖十
五年, '以德爲怨, 秦不其然', 此三條不其二字, 不可做反語." 看用字之
法, 與上之不其無別何邪? (仙樓) 貴邦人似當有此患, 唯不顯告耳. 可
謂君能論人所不論及也. 雖然, 如古文則非對討其冊子, 難一一言定.
據《詩書》則《詩書》, 模《左公穀》則《左公穀》, 其別自明而已. (秋月) 然
則貴邦決無上下錯置之患乎否? (仙樓) 不可謂必無也, 而不如貴邦之音
與侏㑉鴃舌一般也. (秋月) 豈然. 對州南百里有長崎浦, 吾邦西方一都
會也. 華舶往返, 日夜相續, 貿易交給. 每輒有舟客華僧, 善彼土音閒好
經義者, 而遲留亘旬或經年. 故土人諷誦, 舌譯皆習其風, 廣及中州, 公
之言誤矣. (仙樓)

畫軸　前行唱酬卷

姑蘇臺畫幅弇老題辭, 幸假公之識鑒, 以爲後來之證. (仙樓) 暗窓瞥
觀, 未辨其必爲元美, 而終是稀有之寶. 是誰家藏邪? 願借看一兩日.
(秋月) 門人千庫路卿所藏, 後至在席末, 故託僕耳. 留觀何妨. (仙樓) 兩
邦唱酬卷昨所約也. 而和債如此多多, 且發軔日迫, 恐不暇覽了. (仙樓)
若許携往, 則乘間詳閲. (秋月) 東歸之後完璧何妨. (仙樓) 前人之行此
邦, 士多贈和韓卷, 以爲歸見之資. 足下則借者而已乎. (秋月) 是亦路
卿家書也, 僕不可專. 然短冊小卷, 不敢惜也. (仙樓) 領意. 仙樓之愛我
至矣. (秋月)

器名　和字

公等所置座右鍮器名. (仙樓) 溺缸. (龍淵) 所制金何? (仙樓) 鍮鐵.
(龍淵) 所敷何物? (仙樓) 狗皮. (龍淵) 昨歳壬午夏, 朝鮮李聖欽者所來
馬島, 書和歌五首, 僕頃覽之. 李氏本有書名乎? (仙樓) 此人則譯官, 故
能寫和字. 亦在一行中, 未論其筆善否. (龍淵) 君雋永數取《世說》作語.
敢問“輒翣如生毋狗馨,” 又“吳江溪中釣碣”等, 有明解乎? (仙樓) 此書多
佳話, 遙解難詳. 得少間, 則當就冊子穩討耳. (龍淵)

長門文學　風馬牛

弊邦雖文學熾, 一時名世之士, 多叢中州, 餘國乏其人才. 獨長門侯
起學官, 遍延書生以修禮文. 公已過長門, 有俊髦之士容謁者. (仙樓)
【○秋月看此文, 斥侯字竄途, 未詳其由. 斥侯字, 不翅此語也.】長門有草安世、瀧長
愷、山泰德輩, 爲自中之翹楚, 與僕多唱酬. (秋月) “風馬牛不相及”, 杜
注“牛馬風逸, 末界微事”, 君有所發明乎? (仙樓) 杜是. (秋月) 杜是固然,
微事何義? (仙樓) 無所發. 風逸之馬牛, 彼此疆界之人相爭, 如爭桑之
事. (秋月)

乞和

前呈鄙律. 雖和債積堆, 公溫雅之士, 酬之何難. (仙樓) 繼暑之功, 成
語之濃莫若君也. 僕鈍拙在平人之下, 且兩國相對, 豈敢以浮辭剩語翻
翻誇邪. 然繼之以夜, 當盡奉酬, 幸勿致鬱鬱. (玄川)

和韻以次

君知人之在不在, 令我以次和之如何. (秋月) 多人肩摩膝接, 豈敢盡
有半面之識邪. 和將成先取其詩而示, 僕則辨其人在席間否耳. (仙樓)
坂城三日, 詩如此多, 豈有可觀. 良亦苦哉! (秋月) 尊等繡虎七步何苦.
謙甚謙甚. (仙樓) 非謙也. 詩道大傷. (秋月) 君能解事. 觀此忙擾可嘆.
(龍淵) 惠而好我, 携手同行. (仙樓) 谷鸎有遷喬之志, 海鶴無拏雲之勢.
(秋月)

楓　食以手

吾國稱楓樹者, 與《本草》所記大異. 大抵生山野者, 七八月之間染葉
深丹. 介市塵聚落之間而受風霜不嚴者否也. 昨歲深丹之秋, 收得四五
葉. 願敎其眞. (仙樓) 弊邦楓葉全同. 市塵間不宜, 宜山巓水涯. 未識其
眞. (秋月) 弊邦人多食, 諸賢得無笑否. (秋月) 多食猶可, 此邦食必用
筯, 尊等以手何邪? (仙樓) "飯黍毋以箸", 《禮》不云乎. (秋月)

畫軸

畫軸在何處? 擾宂中恐失亡. (仙樓) 畫則奉示三使相. 此詩託君乎?
(秋月) 諾. (仙樓)【○秋月和路卿詩附余.】

芸

在昔吾天和中, 有就貴邦醫官鄭東里而問芸草之形者. 答曰: "芸卽石

菖蒲, 其葉圓形, 似楓葉, 而大如小兒掌." 弊邦稱石菖蒲者, 與東里所言
大異, 似無所謂芸草. 古云芸能避蠹魚, 敢問其眞. (仙樓) 芸與菖相去
霄壤. 鄭東里果有此說邪? 芸葉如麻而稍大, 莖比麻稍短. 一名蘼蕪. 然
人亦食字蟲, 何必禁蠹魚. (秋月)

佛法
此土俗尙佛, 常襯施寺觀, 人死必就其所宗功德院, 請僧使念經, 爲化
者祈冥福. 其流數派. 貴邦僧徒, 想當有晉宋間風, 弊邦所謂禪宗也. 如
何? (仙樓) 非晉非宋, 又非宋元. 有一流之僧, 而近世甚衰. 只無葷腥之
僧. 其敎義, 儒士豈可曉邪? 人死委之僧徒者, 畏幽冥忤聖意. 君勿復向
僕輩問矣. (秋月)

文人
聞君正使相之姪, 固貴族也. 僕以懶生布衣, 齒交一堂之上, 如此良
緣何. (仙樓)
花山【姓趙, 名聖賓, 花山齋其號, 正使之姪.】
何如是謙辭也. 余亦無用無官, 主客相敵也. (花山) 尊之姓名. (仙樓)
姓趙, 名聖賓, 自號花山齋, 小中華人. 未識足下姓名. (花山) 僕姓奧
田, 名元繼, 號仙樓, 卽浪華人. 已與南、成二子, 情好相得, 幸亦賜靑
盼. (仙樓) 貴邦近時, 稱文章主盟翹楚, 某某姓名如何? (仙樓) 近世則
無韓柳、李杜之文章, 何足向外國浮夸也. (花山)

科第
貴國科文取士之法, 與華同歟? (仙樓) 弊邦科擧有製述、講經二法.
製述者, 作文以明聖賢之言者也; 講經者, 熟讀四書五經而誦講者也. 古
法如此, 近世則世道已降、士習亦卑, 製述只尙詞章、講經不究深意, 只

有其名而已. 登科者萬不及古之人, 羞向異邦人答說也. (花山)

走

弊邦有漏水槽. 杓水頻頻漑下, 滌百食器. 置之廚隅, 名走, 蓋走水之謂也. 與中華所謂洗異. 未聞貴邦有漏槽水新事便者. (仙樓) 此法吾國民家無之, 山寺則多有之. 貴邦淸潔奇妙. 不但食物也, 凡諸器用雜物皆極妙. (花山)

疊 華本翻刻

本藺草, 製于席之後, 更名疊. 貴邦亦有此製乎? (仙樓)【○余指示席.】亦有之. 乃織席. (花山) 貴邦書冊必用薄紙, 動易破, 且不便卷舒. (仙樓) 弊國白紙, 或有稍厚者, 或有甚薄者. 書冊則以其斤重難運爲慮, 故多薄者耳. (花山) 金伯厚何許人? (仙樓) 大明人也. (花山) 然其所著《類苑叢寶》, 用貴邦紙印行. (仙樓) 中朝之冊, 雖因朝聘使貿來, 而不過一二本, 不能廣布. 故不但此也, 他冊亦多翻刻他板而印布矣. (花山)

戲言 冠名

公有愛室愛玉乎? (仙樓) 雖言之空言無益, 蓋戲語也. (花山) 雖戲言也, 詠于風、入于雅. 旅德睡起, 豈無戀戀之情哉. (仙樓) 此是數年前浪遊時事也. (花山) 公所着冠名. (仙樓) 俗名高士冠, 八卦雲氣之象云. (花山)

虎豹

弊邦往往見虎豹之皮, 首尾爪牙幷剝者. 其文如錢而中空比比相次者爲豹, 如淡雲漠漠而有亂文者爲虎, 皆海舶所傳也. 多裁制造障泥、搭後又坐褥等, 柔軟可倚. 聞其負嵎倚嶮, 則如非人之可得而捕矣, 如何?

(仙樓) 虎豹之別, 君之言悉矣. 吾國西北兩道, 有飛砲手累萬名, 捉虎如捕鼠. 故我國虎豹之皮甚賤, 以此故也. 負嵎者徒搏則難, 而飛砲火丸最易制, 貴國亦豈無鳥銃妙手乎? (花山) 猛忿踰于他獸, 術妙至于此乎. (仙樓) 然是不過武士軍卒之一技, 何足稱論. 吾邦舊無鳥銃. 聞自貴國傳旣百餘年云. (花山) 三線本自琉球國來, 或云阮咸遺制也. 近世弊邦人設種種指徽, 以助淫樂, 一聞其聲, 使人生多少放心, 流蕩忘歸. 貴邦或傳此器, 又有類此邪? (仙樓) 此琵琶變調, 吾俗亦弄之. 其制少異君所圖. (花山) 夜談已及燭跋. 公無疲倦色, 勉力可想也. 僕輩懶態, 如睡魔何. (仙樓) 君之博洽溫雅, 令人甚愛, 久坐唱酬而不煩不厭. 但恐夜闌可飢, 因不强留. (花山)

別情

僕輩無由臨河畔爲會別, 唯爲憾. 然則離情鍾今夕. 賢等東還之日, 幸認鄙顔賜蘭契珍重. (仙樓) 巧拙一時雜進, 然語濃情熱, 獨得君足矣. 雖名面相錯, 豈不識高明於數月之間哉. (秋月) 先生欺我哉. 多人念君跼蹐. (仙樓)

諸生爭先

多少鯫生奉詩乞和章者, 迫促爭先, 如蒼蠅群美味. 君等學術廣涵, 能容衆逐篇和附. 設以弊邦稱儒宗者變置二君之任, 則眩惑畏悕, 不能一席坐耳. (仙樓) 僕輩才思短拙, 何足以當足下之言邪. 慙愧慙愧. 所幸得與貴邦諸君子, 周旋於翰墨之間耳. (龍淵)

簡其數而清對

貴邦人雜然前進, 雖曰慕文華可貴, 混淆叫聒, 難辨眞士. 僕輩歸時, 簡其數而清對, 則自當有好言語佳詩句. 賢能圖之否? (秋月) 善哉君言!

若倚淸齋敞窓穩求得意之句, 自當與館中信筆而寫出一等好. 而後入梨
棗, 則不亦永見兩邦好會乎. 其辨眞士則僕何敢. (仙樓) 僕等詩亦不過
爲咳唾之咳唾, 而輒入繡梓, 令人羞死. 此雜進之弊也. 寢食不穩, 神氣
不泰, 沒趣之詩, 寧有佳作. 使之一日出數三詩, 亦豈全無可觀. 惜哉!
(秋月) 諸章擇其可和而和之, 其不可和則姑置之. 亦何妨. (仙樓) 仙樓
能知我, 而亦爲此謬語矣. 孰先和之, 孰終置之. 高下竝和之, 聊慮一場
之促耳. (秋月)

《一刀萬象》能勝熱

僕欲得《一刀萬象》, 君能方便. (秋月) 此冊本非坊間所發行, 故雖弊
邦亦不易得. 傳海外已幾年. (仙樓) 已久或多置案上者, 僕家未有. (秋
月) 挽近篆刻甚多, 譜冊亦隨出. 而公覓《一刀萬象》, 可謂溫故而已.
(仙樓) 佳譜見惠則幸, 非但《一刀》而已. (秋月) 公等壯齡, 常不免巾帽,
能勝熱氣妙妙. (仙樓) 豈不聞"君子死, 冠不免"之言乎. (秋月)

《左傳評林》

間見凌稚隆所輯《左傳評林》, 與《史》、《漢》一時成者, 襃貶義例, 表
之上層甚盡矣. 貴邦亦傳此書否? (仙樓)《左評》未見. 願得之書肆. 但
貴邦書必作鳥足於字傍, 甚不雅. 若得不如此書更好. (秋月) 君斥言鳥
足, 則吾國字伊呂波, 猶貴邦諺文也. 公欲視之, 卽寫示耳. 附字傍便國
讀, 其意固可惡. 僕等必讀華冊, 未假副墨之助. (仙樓) 不欲識之, 而亦
博物之一事. 盍爲我書示旁以楷字著訓音俾知之也. (秋月) 非譯舌傳
之, 何能俾知其音. (仙樓)

九月十三夜

弊邦九月十三夜賞月猶中秋. 俗稱爲後明月. 聞貴邦亦近時有此, 如

何? (仙樓) 秋夜恒賞月. 然九月中九日之外無佳日, 何以十三夜爲. (龍淵)

石敢當　騎狀　服異

《徐氏筆精》載石敢當事. 一以爲比衛三石氏而所製, 一以爲人姓名. 貴國亦豎此石碑邪? (仙樓) 石敢當二說, 古猶未詳. 弊邦無此事, 僕何敢答. (龍淵) 貴邦人騎狀甚安穩. 是多馬俗習耳. (仙樓) 弊邦調囓蹄馴奔逸如猪犬. 異君等倚鞍磬折垂佩之狀. 一笑一笑. (龍淵) 雖然, 及有大事成敗, 而各極馳逐奔競之力, 則毫無所讓也. 僕豈敢忤盛教邪. 一場戲答耳. (仙樓) 非向吾輩文士前所論, 君大謬矣. (龍淵) 唯羞此服俗名上下. 自諸君衣冠視之, 豈不發笑. (仙樓) 旣知其可笑, 又知其可悅, 盍出谷遷喬. (秋月) 國習於義何害. (仙樓)

靑鶴　浴灌

朝鮮知異山中, 有靑鶴棲息其中, 因名洞. 君等親視之歟? (仙樓) 黃雀未黃, 錦鷄不必錦. 僕夙聞其名, 未涉其境. 君何問烏之雌雄. (龍淵) 每日晨起汲井華靧面嗽口, 夕則浴盤湯或入浴室潔膚污, 俗習也. 貴邦人似不必然, 如何? (仙樓) 弊邦隨意灌嗽, 未必有如此浴規耳. 當彼有祀事, 則不但灌嗽沐浴. 君亦可念其齋戒也. (龍淵)

朱肉

有佳朱, 仙樓亦念之. (秋月)【○于時有人贈秋月朱肉者, 故曰亦.】領意. (仙樓) 又戲見貴邦俗簡帖. (秋月) 是難卽應需. 弊邦聚兒女俗輩使習寫字者數多. 君東還之日覓得, 與朱同奉上耳. (仙樓)

和章傳致

和章託贈否? (秋月) 諾. (仙樓) 岡鼎吉, 白駒族乎? (秋月) 不然. (仙

樓)【○秋月和鼎吉詩託余. 其詩曰:】《次岡鼎吉馮仙樓傳致》○蒹葭明月逐人
來, 報道傍還玉樹開. 君是嗣宗諸子姪, 白駒門下少凡才.【秋月自註曰: "詩
因²木蒹葭來, 平安岡白駒噉名人故云."】白駒之號如何? (秋月) 龍洲. (仙樓) 僕
以鼎吉爲白駒之族, 故詩中有言. (秋月) 何妨. (仙樓) 白駒與淸絢誰優?
(秋月) 俱西播人. 白駒夙富著作, 文名轟轟下, 惜乎今已老矣. 絢則壯
齡儒士, 務學不倦. 皆一時英俊, 如其比方, 夫我則不暇. (仙樓) 並在西
京城中邪? (秋月) 然. (仙樓) 然則可得見否? (秋月) 君索其知友而召之
必至. (仙樓)

貢俸 米價

貴邦貢俸, 俱用脫粟米邪? (仙樓) 隨年之豊凶, 有米粟之別. 倘仕臣
有慶賞, 則必賜粟耳. (玄川) 貴邦米價, 大抵幾許? (仙樓) 是何仕士所
識邪? (玄川) 爾能識米價邪? 一斛幾錢? (仙樓) 大抵二兩三兩. (小童)
【終不識其姓名.】貴邦兩幾錢? (仙樓) 兩, 十錢. (小童)

答論文詩

三日間與君應酬, 無輟時只恨. 所索長文難卒成. 少俟優閑搆思耳.
各賦短律謝高意如何? (龍淵) 四方求詩賦者頂背相接, 君等容膝猶不
穩, 奚暇下筆邪. 然四君各賜和什, 寵顧之異. 深覺形穢. (仙樓)

《和奧田仙樓瓊韻兼答論文》秋月

藤荻詞章映日東, 乃將私見認爲公. 絲毛雄辨排邪說, 鉤棘文心觀國
風. 繡出金針相度與, 印來潭月本成空. 百年冥擿君能覺, 暮雨鷄鳴此

---

2 因 : 저본에는 '困'로 되어 있으나 문맥을 살펴 수정하였다.

意同.

萬里舟輿此蹔留, 一堂缶瑟不停酬. 交懽冷結芝蘭室, 鄉夢春迷橘柚州. 仙侶期遲驂絳鶴, 客程愁似下黃牛. 江山未放詩人去, 古寺疏鐘管夜留.

龍淵

幾許狂瀾漲日東, 障川何處得韓公. 永從異域英雄會, 早識偏邦正士風. 董劉文脈孤心駭, 王陸波淫隻眼空. 願比尼門童子列, 平生論說與誰同.

詩家正脈李王休, 白雪新聲漫唱酬. 更見餘波流外國, 已知靈氣染中州. 浮花浪蘂空招蝶, 疊袟重囊狂汗牛. 喜爾文辭能闢路, 一書珍重爲相留.

玄川

錦驪迢迢出日東, 千年往事問徐公. 扁舟可載殷周禮, 滄海還傳蘇歐風. 山岳十洲遙泛泛, 龍雲六藝豈空空. 此來始識文明啓, 水樹家家諷詠同.

揮筆才談君不休, 賓筵非獨唱兼酬. 滄溟鬱鬱迷三島, 華舶紛紛問九州. 却愧文辭弔楚客, 適憐習俗帶齊牛.《詩書》學早道成立, 心得躬行歲月留.

退石【姓金, 名仁謙, 字士安, 退石其號. 朝鮮國書記室.】

詩棚已去雨森東, 日下文章獨有公. 惟喜冷冷瓊月佩, 何論落落馬牛風. 情談縱得三朋穩, 佳會還愁牛榻空. 莫道衣裳殊二國, 元來四海一胞同.

浪華城外客行休, 書劍東來宿債酬. 萬里雲烟鐘碧島, 一春梅柳攝津

州. 鵬程渺渺窮滄海, 槎節迢迢犯斗牛. 借問江都何處在, 思君怊悵暫
遲留.

彤管

彤管是美人之貽也. (龍淵) 假君翩翩之手, 忽爲靑雲之器. 不知君之
書力自何人得之乎? (仙樓)

靡法不取, 靡帖不學. 唐宋間其撰最多, 僕未能. (龍淵) 貴邦以書畫
鳴者爲誰? (仙樓) 君那問之. 書則有寫字官, 畫則有畫員. 僕非其人.
(龍淵) 君是人之模範. 何假書畫之名, 增損聲價? (仙樓)

獻車

宋元豐年間, 自貴邦獻日本國車於中朝, 令見日本工拙事, 出《文昌
雜錄》. 凡物或有工者精緻之好, 或有拙者苦窳之作, 何以一車試闔國工
拙邪. (仙樓) 弊邦或水或山, 未可悉推陸車, 多通輿馬者. 獻車之事, 旣
閱數世, 僕適未聞知之. (龍淵) 小梅, 貴邦妓女之稱邪? (仙樓) 古妓之
名也. (龍淵)

無外慕

一宵佳話愈讀十年異書, 況連夜情談, 實荷雅誨不寡. 君等有所私欲,
必告於我. 竭蚊力致之, 無敢諱也. (仙樓) 自旣違國鵬程萬里, 只有暮
雨風露灑詩思文腸, 無復外慕也. 仙樓念我之言, 至感至感. (龍淵)

再會

與魯堂相見否? (秋月) 未. (仙樓) 與魯堂千里往來, 每語及君戀戀.
今日見君壯狀, 喜可知也. (秋月) 與弊兄魯堂同行同宿, 歡好亦可知也.
自離索來, 未嘗一日忘于心, 延頸望天末, 今日得再晤之緣, 雀躍雀躍.

尊等旣彌六旬, 富山琶湖風風雨雨間, 當有盛什堆囊. 請示之. (仙樓)
途間爲多人所困. 猶在浪華、西京之日, 君所能識也. 一無得意之作, 或
不無若干篇, 而困憊匆撓, 無以寫示可歎. (秋月) 此間靑衿之士最夥矣,
修刺俟文旆東還之日者數多. 明早麕至, 左挽右牽, 君可豫念耳. (仙樓)
【○秋月看此語, 塗竄麕至二字, 換以蚊群二字.】每每如此, 故見可語之士而不得
語, 見有情之人而未敍情. 只擾擾相見而罷, 畢竟成一鬧場, 可爲歎恨.
亦可自笑. (秋月)

踪字 三米

踪與蹤通用, 諸字書收蹤不收踪何邪? (仙樓) 踪與蹤通用, 後世之事
耳. (秋月) 公等雖歡話篤, 而不得討糾經義, 只憾耳. (仙樓) 時時語及經
義, 而終未一場穩討耳. (秋月) 貴邦祿俸有糙米、中米、田米三種, 其
別如何? (仙樓) 精之至爲糙, 末至爲中. 未脫粟爲田米. (秋月)

蔫 斯文

蔫, 烟草也. 見《江湖夜話》及《行廚集》, 諸字書無載. 貴邦或稱蔫邪?
(仙樓) 烟草下世所出, 非可入於字書者. 蔫字弊邦不用, 未知何字. (秋
月) 稱人以斯文, 猶詞兄詞伯, 尊輩或用之無妨乎? (仙樓) 吾邦文士互
稱無妨耳. (秋月)

畫贊 官沿革 封建

王子猷《愛竹圖》, 願題一辭. 使僕認公之手澤, 永懷溫洽博雅. (仙樓)
館次擾擾如是, 明日乘間可題贈耳. 自入貴邦, 題畫上不過數三. 然以
君能有強力可愛之情也. (秋月) 吐辭. (仙樓)【此語未書畢, 秋月書曰: "令伯未
作如是謔言迫促, 君何異邪. 汗椒汗椒."】朝暮見反東西之路, 交倒胸懷之情, 無
餘蘊也. 僕之與尊輩前後會見, 未充十日, 窮晝夜之力, 豈不亦遺憾多

乎. 是所以異弊兄也. 高明諒察. (仙樓) 前言戲之耳. (秋月) 貴邦官制,
《東國官要》、《經國大典》等所載, 差與中朝. 累後世無甚沿革乎? (仙
樓) 官莫有甚沿革. 一襲古制. 此等冊子已傳. 流閲公之間, 貴邦文籍之
富可念也. (秋月) 貴邦有封建之制歟? (仙樓) 無封建之制. 州郡太守,
三年若六年, 各移鎮換職耳. (秋月)

自句讀 葬

凡贈人書牘送序或視詞藻雜著等, 自加句讀者, 非禮也抑不妨歟? (仙
樓) 師之於弟子, 習句讀者也. 尺牘束帖其他文辭, 豈可自副句讀邪. 不
是不是. (秋月) 人死則僧俗共燒化, 所謂火葬也, 間有土葬者而已. 夫
鳥葬則棄之中野, 水葬則沒之江流者, 絶亡矣. 雖貴邦亦然, 或有水鳥二
葬邪? (仙樓) 此法豈中華所有. 弊邦小中華, 復沒此事耳. 所謂土葬火
葬也. (秋月)

時氣 侯國 武林

吾國氣侯, 雖隨歲之早晩而有少不齊, 大抵無變焉. 中州最宜人, 唯
南國比于此間差加炎. 窮北之地, 冬雪丈餘, 寒霜墜指. 雖挾纊熾炭, 或
難勝. 公等經年之役, 旣彌三時土氣, 如何? (仙樓) 莫敢與弊邦異. 南土
較炎, 三月麥黃, 已是夏天, 又聞鳴蟬, 忽已秋聲. (龍淵) 弊邦諸侯以百
數. 所治國都, 皆有民人焉、有社稷焉, 陪臣雲多. 貴邦亦如此邪? (仙
樓) 弊邦之地闊于貴邦, 分爲三百餘州, 州置太守, 令治下邑屬里. 其臣
亦多. (龍淵) 吾元錄中, 赤穗家臣四十七人有爲君復讎之事, 其中武林
忠七者, 其先出貴邦. 公聞此一事邪? (仙樓) 未聞. 君能識之, 乘夜間詳
始末. (龍淵) 非短楮所談了. 有先儒所著《義人錄》, 明日覓給耳. (仙樓)

果下馬 諺文 海東青

聞朝鮮之地出果下馬, 裁高三尺以下. 嚮視貴邦之馬, 雖比弊邦之馬
差小, 未可言三尺以下. 別産果下馬邪? (仙樓) 弊邦多馬, 高八尺者多,
三尺以下者少. 故果下馬反貴. (龍淵) 諺文是何人所製? (仙樓) 申叔
舟、鄭麟趾等奉旨制作. 大益韻音, 此又治敎一體耳. (龍淵) 貴邦生海
東靑,《輟耕錄》曰"燕燕能制之". 僕謂生屬互相忌辟, 如玆類不可擧問
答, 然語次及之. 如何? (仙樓) 宜矣足下之言. 目所未覩, 不得質言. 而
龍獅猶有受制處, 海東鷹亦獨不然邪. (龍淵)

印譜序 向字 桃葉 兩不厭

僕近讀公所爲備前岡山中子梅者著《印譜序》竝尺牘, 雄深雅健, 不
愧古人. 至其曰"人可以寓志于物, 不可以役志于物", 則足爲後人模範.
(仙樓) 中子梅印譜僕序之, 然何足以當君之稱道. 愧不能盡意耳. (秋
月)《唐詩類裁》"恨不移封向酒泉"、"猶向山中禮六時"等, 竝向作於. 凡
後世詩人用向字多, 與小說中向義同邪? (仙樓) 此等向、於, 意義相同,
然不必改作於亦通. (秋月) 王元美《大閩[3]》詩"桃葉初明珠勒馬", 君有異
見邪? (仙樓) 無異義. 珠元白光, 與靑相映尤生奇色. (秋月) 李白《敬亭
山》詩"相看兩不厭", 世人以山與白爲兩, 或指鳥與雲, 孰優? (仙樓) 吾
從衆. 君宜視相字. (秋月)

書目 寺院 稱號 錢文

《慵齋[4]叢話》、《三韓逸史》、《懲毖錄》、《芝峯類說》, 竝貴邦人所撰,
而不識其姓名. (仙樓) 慵齋[5], 成俔號, 芝峯, 李睟光號,《懲毖錄》柳成龍

3　閩 : 저본에는 '閱'로 되어 있으나, 閩의 오기로 보아 수정하였다.
4　齋 : 저본에는 '齊'로 되어 있으나, 齋의 오기로 보아 수정하였다.

所著.《三韓逸史》則古今不傳撰人名. (龍淵) 旣聞南公之言, 貴邦僧徒
非晉非宋, 別有一流. 敢問專爲其法祖者爲誰? 又有大寺福地著于世邪?
(仙樓) 弊邦自正士俗徒, 皆習儒敎. 雖間有道院寺觀如淸虛、空水、芙
蓉、雪山者, 必置之陰僻空闊之地, 自不顯于世耳. 其祖亦莫足答說者
也. (龍淵) 弊邦不喜單稱號, 以爲華人未曾爲之. 雖或爲之, 然贈人呈
人者否. (仙樓) 好稱號, 實近世弊套也. 兩漢人士, 固勿論韓昌黎、柳柳
州, 何嘗有號邪. 僕亦不能免俗, 聊復爾耳. (龍淵) 貴邦通行錢文如何?
(仙樓) 常平通寶. (龍淵)

《論語》皇疏

　皇侃義疏《論語》, 通篇用也、矣、焉等字, 多於朱子之本. 其他文字
較異, 如"貧而樂"作"貧而樂道"、"久而敬之"作"久而人敬之"之類. 又公
冶長解鳥語詳皇疏, 然朱子以爲"長之爲人無所考". 如朱子博覽, 亦不
見皇本然. (仙樓) 朱子, 孔子之後一人聖脉, 豈有所不識乎. 如四書則
道貫天地之大、理極山海之深, 僕輩焉得奉議. 公之言妄矣. (玄川) 然
則君所欲可知而已.《寄園寄所寄》云: "詆毀濂洛關閩諸子者, 是儒之賊
也, 搜其家藏書, 悉焚于市." 盛意如何? (仙樓) 仙樓不諒之言, 忽失一知
己可歎. (玄川) 君旣許我以"成語之濃莫若君", 何忽有違言邪. (仙樓)
其人與文字則好, 恨不知老夫者也. (玄川)

《兩好餘話》 卷上終

5　齋 : 위와 동일.

《兩好餘話》卷下

傊樓先生著

門人茅山衢貞謙士鳴、南浦勝元綽以寬同校

先容

外堂有客, 出當待接. 有司譯主簿李雲我者, 此人久在中朝, 說經解史, 且能譜故事. 君宜往訪, 必有新話耳. (秋月) 無緣通介, 何得御李君. (仙樓) 卽使龍澤趨導, 姑爲先容耳. 僕等復歸下處, 則從容夜話. (秋月)

北京道中詩

聞君能通經史, 且譜中朝故事. (仙樓) 有名無實. (雲我) 【〇姓李, 名彦瑱, 字虞裳, 號蠹實, 雲我其別號. 朝鮮國漢學主簿.】貴邦與北京相距幾許? 嚮也吾見玄川聞其略, 未識里程之詳. (仙樓) 四千餘里, 而山河莽然徑無人之境. (雲我) 聞自鴨綠江西數里遼, 未聞涉無人曠野. 君言可訝. (仙樓) 余嘗有詩曰“千里茫茫無聚落, 材髄亂叫野雕飛”, 蓋實錄也. (雲我) 詩裁二句, 然能寫絕漠之廢蕪, 使聞者忽催寒戰. 幸示其全章. (仙樓) 管中窺豹, 時見一班而已. 何足以示其全乎. (雲我)

里數

吾國凡以六尺爲一間, 以六十間爲一町, 以三十六町爲一里, 或以五十町爲一里間有之. 貴邦稱一里者, 中弊邦幾町乎? (仙樓) 貴國自壹岐至馬島, 非四十八里乎. 是乃弊邦四百八十里也. 貴邦里數, 天下所未有也. 自燕京而東華西州, 未之有聞. (雲我) 領敎. 然以里程之無法爲夷俗乎? (仙樓) 不然. 千里不同俗, 百里不同風, 何陋之有? (雲我)

雲我

公何許人? (雲我) 因南製述先容, 通鄙名于足下, 故不別修刺, 敢謝
不敬. 僕姓奧田, 名元繼, 字志季, 號仙樓, 卽浪華人. 與時韞、士埶二
士, 相得歡甚. 敢問君姓名. (仙樓) 朝鮮國之司譯院漢學主簿, 姓李, 名
彦瑱, 字虞裳, 蓋小吏賤胥也. 小吏豈有號, 妄稱之曰雲我, 其義取夫子
"不義富且貴, 於我如浮雲"之意. (雲我) 貴邦之俗相稱號, 而小吏豈有
號, 惡是何言邪? (仙樓) 天道福謙而害盈, 故君子由之. (雲我)

蓄書

公知獨嘯菴者乎? (雲我) 徒聞其名, 無面識. (仙樓) 知木世肅乎? (雲
我) 知之. (仙樓) 博物之士乎? (雲我) 此人富商之子, 而稍喜儒雅, 多延
知名之士, 優遇賓待自樂. 且蓄汗充之書, 或假給寒學生. 其博物則我
不知也. (仙樓) 世肅有書累千萬. 吾謂浪華之墟, 享程卓之富者此一人,
此他猶有乎否? 夫黃金累屋, 火齊堆盤, 而目無一丁者, 皆卑院寒乞兒
也. (雲我) 大坂, 海岳雄鎭, 爲西州喉舌. 賈舶通漕四方, 人給家瞻, 優
於千金萬緡者, 比甍雜居. 豈但世肅名家富書多哉. 公實窺一班而已.
人而不識字者, 華兒乞丐猶未矣, 不亦猩猩鸚鵡之屬乎. (仙樓) 積書楹
棟不勤誦習者, 譬之枕糧袋而餓死者也. 又無用. 要之積書欲其讀, 讀
書欲其行道. (雲我) 糧袋一段寫得佳甚, 可謂能近取譬也. 小子雖韋布
嫺生, 亦勤學不惰. 恒恨匱買書錢. 公念之. (仙樓) 同歎同歎. (雲我)

華本 州郡太守 《皇華集》

《淵鑑類函》、《佩文韻府》、十三經、二十一史等, 需于書肆. 必得貴
邦亦多傳之否? (仙樓) 自中朝貿來, 家藏而戶蓄之. (雲我) 此數者, 非
給數金則難得. 然家藏戶蓄, 使人呲呲. 亦恐耀言耳. (仙樓) 弊邦學士
大夫, 以蓄書多寡爲雅俗. 不滿萬卷者, 縉紳不齒. 故燕市之來者, 歲十

百駝. 豈妄言耀人哉? (雲我) 使相三君, 皆太守而領州郡乎? (仙樓) 大
夫豈無封邑乎. 牧使、府使、郡守、縣令、縣監等, 皆隨采地大小異名
耳. 三相是州守也. (雲我) 近視朱之藩所著《皇華集》, 貴邦諸賢之詩最
多. (仙樓) 天朝使每來弊邦, 必有一部《皇華集》. 然皆冗率無取, 非可
傳異邦者也. (雲我)

學士書記品藻

除南、成二公初見君. 不數年必執文章甲科耳. (仙樓) 瓦鳴奚傾師曠
之耳. 公見學士書記, 何人最良? 方人雖聖門所戒, 勿諱之. (雲我) 秋高
月輝, 龍躍淵靈. 各有所長, 唯月能照經義, 淵猶藏妙言奇語. 夷考之,
果在南子耳. (仙樓) 可謂善品藻二人功德矣. 然南固善詞賦, 成亦通經
傳, 皆佳士. 天下萬古, 博學通經、懷文抱質、識涵王伯、道躋聖賢者,
皆在草莽丘園. 《易》不云乎"賁于丘園", 卽是之謂也. 貴邦如是者有幾?
亦在下流市井間, 循名獵高官享厚錄者, 其中空空也. (雲我) 弊邦多以
軍術、國策、治道兼備進顯矣. 間有文雅之士, 學廣涵德精密, 可以護
社稷之才, 則王公貴權家必延以爲客, 立以爲師, 訪諸國事. 然近世俗弊
風薄, 藏器待時者, 竟"不事王侯, 高尚其事", 誠乏"束帛戔戔", 唯爲恨耳.
(仙樓) 文武之道, 判然爲二途. 非君孰能覈貴邦有此仕進之法. (雲我)

鯛 鶯

是《閩書》所謂棘鬣魚也. 貴邦又用何字乎? (仙樓) 【○于時雲我膳貳有鯛.】
此魚, 弊邦俗名道味, 貴邦卽鯛也. 春夏之交最可食. (雲我) 所圖示卽
弊邦呼做鶯. 其羽黃灰色, 三四月候[6]有好音, 清滑可愛, 無他禽可比. 雖

6　候 : 저본에는 '侯'로 되어 있으나 문맥을 살펴 수정하였다.

不視眞生, 能察之. 如何? (仙樓) 弊邦鶩亦如是. 聞古則無之, 近世多見之, 唯與《詩》之所詠, 分明是別種也. (雲我)

詩懶 用錢 鷄鶩 再嫁 吉祥符 王仁

吾試賦短詩, 能賜和章否? (仙樓) 入貴邦, 非迫於情人, 則不下閑漫一句, 詩乃懶故也. (雲我) 詩元靡國不有. 三王周孔多所與聞也. 而叔世俗移風衰, 畢竟爲緇素隱流之玩. 君懶于詩, 則高一等. (仙樓) 高一等人不作詩, 下一等人不解詩. (雲我) 阿堵是貴邦物乎? (仙樓)【○于時雲我筭錢.】是. (雲我) 貴邦奴隷多用寬永通寶, 是亦雜行乎? (仙樓) 賤胥下官得之此地, 用之此地. 過海卽無用. 此他何雜行. (雲我)【○所筭錢文卽常平通寶.】下處隣庖, 鷄呼鶩鳴, 不忍聞也. (仙樓) 日殺充饍. 君非儒士乎. 何出此言. 以佛家好生之說觀之可傷. (雲我) 凡女子再嫁或鑽摟私淫者, 則士婦不齒, 其所生之子, 亦不列平人之數, 是朝鮮邦俗也. 如何? (仙樓) 古邦俗果如是. 近世人與時移, 良家婦女旣或再嫁奔妾奸私者, 亦不寡矣. 只聞遼陽一郡稍存此遺耳. (雲我) 貴邦客船各貼立春吉祥符何爲? (仙樓) 此俗習也. 去國之人思土不已, 書貼此紙, 以像故土光景也. (雲我) 古百濟王仁來于弊邦, 口授文字, 詳國史. 猶有雲仍孫子乎? (仙樓) 此事吾國只有耳聞而不史載. 其裔子有亡, 何以識之. 可歎. (雲我)

雨傘茶盌 小兒念書

仙樓猶在, 可以永今夕. 所約雨傘、茶盌旣至. 輒使龍澤致儷能達否? 二物皆精, 兼領君用意之好耳. (秋月) 旣奉受. 君緩浮沈之患. (仙樓) 貴邦小兒念書, 自何等始? 以《千文》、《蒙求》等乎? (仙樓) 自四書始, 漸向六經去爲是. (秋月) 又寫習《上大人》乎? (仙樓) 古有此事. 然不過二十餘字, 何敎誨之爲. (秋月)

贈龍淵成書記序

古昔夫子純取殷周之詩, 刪定三百餘篇. 雖歷秦焚而竟不滅者, 以其諷誦, 不獨在竹帛故也. 其爲言, 大抵平穩, 指事立義, 譬喻連類. 未嘗見一言有難澀矯飾奇詭華縟眩惑于人耳目者, 而不待彼諷誦朗詠, 而道之顯晦、世之隆污、善否淑慝, 瞭然易感慨者, 咸溫柔敦厚, 聖人爲天下後世慮之所由成也. 余夙就閭師, 講讀古今詩, 亦竊自作詩. 及稍長, 乃謂凡詩之成, 不以遲爲病, 在於雖遲而必工, 不以屢易爲難, 在於易之而後加工也. 未有能窺詩家閫奧也, 蓋砥礪利刀鈹, 方諸陽燧取水火也. 物之與物, 原有神合良遇焉. 昔宋景公, 使弓人爲弓, 九年乃成, 曰極精. 公射之, 矢踰孟霜之山, 集彭城之東, 餘力逸勁, 猶飮羽于石梁. 有窮氏使羿射雀, 其志穀誤中, 羿抑首而愧焉. 功不及弓人, 則器不良焉, 巧不及羿, 則射弗神焉. 是皆在遇之至以否也. 今年視朝鮮書記室龍淵成公所爲, 採摭旣富, 好話應酬, 信筆而成, 淵洽灑液. 有自然遭遇焉, 或時而漢魏, 時而六朝, 時而四傑, 時而李杜、歐蘇, 其於材亡不構, 於體亡不包. 嗟乎! 不讀成公詩若文而飆曲其風槩, 安知夫鐘靈毓粹儲粹鳩奇, 眞有以增山川之輝者, 在斯人乎! 其綴藻逸翰, 人競相誦獲片言隻字者, 不翅中郎帳中祕, 必幾己之名售聲價十陪也. 於是乎知古之聖人朵詩用意, 皆出於自然風尙、時運升降, 而後世論遲速工拙之未足可與言詩而已. 公等來東海, 居亡何卽幡然而去, 望塵不及. 抑吾聞之,《詩》曰"菁菁者莪, 在彼中沚, 旣見君子, 我心則喜", 又曰"皎皎白駒, 在彼空谷, 生芻一束, 其人如玉". 賢者不留于此, 於戱繫于世情也哉! 余常醜鶆冠袨服醒齷苟祿以自得而不知愧者, 良有以也. 然此寧足以謂盡先生幾無遺哉! 固應忠孝大節別有, 與日月爭明, 竪儒末師, 多其不知量也. (仙樓)

襃賞

好文字數言, 一一高尙, 諷刺最切中. 大斷世弊, 無遺焉. 固陽明所謂

"遊功名之域, 而猶有餘裕"者也. 復何異論之有. 只恨吾輩無其實耳. (龍淵) 幸賜答序否. (仙樓) 姑未定. 少得優閑, 則應構出. 君能爲慮. (龍淵)

詩話 講《世說》

詩話傳于貴邦而繡梓者, 有數目乎? (秋月) 鍾嶸、嚴儀卿以還, 明王氏兄弟及昌穀、元瑞等所論著, 不翅繡梓, 布人之耳目. 其他詩話詩式亡慮十數家, 靡不悉入于梓者, 僕姑不諿記也. (仙樓) 近世文儒, 多講《世說》者, 故有《世說考》及《觿》等之書出, 而非互無得失. 貴邦亦有闡發此書者乎? (仙樓) 弊邦人士專攻經術. 如此書多有舊說, 不復喜鑿求, 故無發註者. (秋月)

書法 異姓 次韻

贈答詩若文, 先書其詩文而後, 書右送某人別某公者, 則非法乎? (仙樓) 無妨. (秋月) 君何與魯堂異姓? (秋月) 弊邦之俗, 無嗣男者, 乞養人之子而爲後. 僕亦出續異姓耳. 貴邦若無嗣子者如何? (仙樓) 求于同姓, 旁及外姻, 而若不得, 則延他姓之子爲後嗣, 必有官聽耳. 不待官聽者, 雖恩養全同父母, 而成長知事之後, 不得出仕也. (秋月) 詩有次韻, 自元白、皮陸始, 至明王李, 大惡次韻, 唯以答原詩爲務. 貴邦平生答酬, 亦必次韻乎? (仙樓) 惑次韻, 或不必次韻. 只以詞調渾厚爲得. (秋月) 君所爲必次韻, 非本所好乎. (仙樓) 是. (秋月)

官政 《訓蒙字會》 蜑樓

年號用乾隆, 服其官政, 則貴國大王或自朝大淸乎? (仙樓) 服官政旣久矣. 然無自朝之事. 唯南至之時, 互通使者耳. (龍淵) 諺文一名辭吐, 徒有音讀而無義訓乎? (仙樓) 略有義訓, 然只是方音. (龍淵) 《訓蒙字會》詳其義, 未見其書. 不知何人所撰. (仙樓) 果是弊邦人所著, 而適忘其名, 不能奉答可歎. 書肆必當有之. (龍淵) 海市蜃樓亦勝槩一體也.
古人遊志歷歷述之. 貴邦或見之乎? (仙樓) 我邦西海最多見, 東南海亦
有之. (龍淵)

柑科 印石 富士金剛 詩以首數

甘橘取士之法, 請問其詳. (仙樓) 我國濟州多柑, 故每年十一月進貢,
則設黃柑科, 而盛柑於盤, 頒賜儒生. (秋月) 此印材, 弊邦俗呼蠟石, 以
色似得名耳. 貴邦別有好名邪? (仙樓) 無別名, 或班石北京石. 日本圖
書石, 皆用他産. (秋月) 富士峻秀雄麗, 爲日本第一, 頂雪經春燠夏熱不
消. 貴邦何物敵此? (仙樓) 富岳、金剛論, 前行已盡之, 奚更有佳話乎.
富岳特立多雪, 金剛一萬二千峰生楓樹, 亦各天地間奇賞. 君子莫强論.
(秋月) 詩以首數, 其義奚取? (仙樓) 似別無意義. 以首尾之首言之, 猶
數魚果以頭. (秋月)

燈油 天正年使

貴邦書燈, 用何油乎? (仙樓) 海郡用魚油, 山郡用麻油. 貧者用松明,
富家用蠟燭. (玄川) 弊邦乃搾取菁蕪子及草綿實之油, 而海郡山郡貧富
共具燈用. 貴邦無此製邪? (仙樓) 麻荏之外, 無取草油之法. (玄川) 邑
之南有地名堺津. 貴邦聘節, 古則駐于此, 今不然. 僕近聞之父老, 天正
年間, 上使黃允吉、副使金誠一、書狀[7]官許筬三使, 相見吾國書曰方
物曰來朝, 卽謂是中朝待諸蕃之詞, 不可敢受焉. 淹維舟不行, 可謂能解
事也. 貴邦猶藏此事于盟府乎? (仙樓) 大抵交相敬、交相信、交相憂
樂, 隣國之禮也. 貴邦或多類此事, 在使臣則固當爭之, 在貴邦可撿字義

---

7 狀 : 저본에는 수(收)로 되어 있으나 용례에 따라 수정하였다.

之致也. (玄川)

栢子

自貴邦傳來稱栢子者, 是海松子也.《群芳譜》, 新羅使者多携松子來, 有玉角子、有龍牙子. 君等亦齎之歟? (仙樓) 行中多齎來. 一苞挾數枚, 是乃海松子也. (龍淵)【○命小童龍澤, 贈余栢子數枚.】松子, 何稱栢子乎? (仙樓) 俗名也. (龍淵) 然則眞栢子, 別有名乎? (仙樓) 吾國莫見眞栢子耳. (龍淵)

英雄欺人 以諺通情 小人號

李攀龍曰"英雄欺人", 有據乎? (仙樓) 未知據何書. 果是生語. 李氏固欺人多矣. (秋月)

不識一丁者, 但用諺文, 通千里戀戀邪? (仙樓) 女子與小人以諺通情. 其他皆用古字古語耳. (秋月) 女子、小人亦有號乎? (仙樓) 無號, 或稱姓字耳. (秋月)

樂目

本鎭之南有荒陵山, 爲日本樂戶第一. 在昔傳盛唐雅樂, 而今尙一不失古. 又有高麗樂, 不知古何人所傳. 其名義有不可得而解者卽寫示, 幸敎其義. (仙樓)

《垣破》ハニツリ《都鬱志與呂岐》ツウツシヨロキ《納曾利》ナソリ《蘇志摩》ソシマ《進走禿》シンソウトク《退走禿》タイソウトク《新鳥蘇》シントリソ《古鳥蘇》コトリソ

不可最識者, 大略如此. (仙樓)

貴國之樂, 爲固近古矣. 弊邦有古樂俗樂之別. 古樂則奏廟堂廳庭, 途間所奏, 斯乃俗樂也. 不知高麗樂何時來此邪? 果使有此, 不過一時俗

音. 且未聞有此孟浪之樂目, 不敢應耳. (龍淵)

寸鐵 靑丘小中華

僕等手無寸鐵, 行過萬里, 永無毫髮之虞. 君等雙劍, 眞是俗夫拙態可笑. (龍淵) 古云"男子出行, 不離劍佩, 遠行不離弓矢". 吾國雖僻陋, 如武官出行, 必以弓矢鎧甲及鳥銃隨焉. 其他不分文武, 出行必帶刀鈹. 君等大丈夫, 何不學古男子邪? 亦可笑. (仙樓) 貴邦一名靑丘, 或稱小中華、東華、小華, 斯對中朝夏華而言之歟? (仙樓) 我國以好禮義稱, 故中華人目之以小中華或東華耳. 靑丘則《禹貢》所謂靑州也. 適且作家書, 諸君左右屛而待之. (龍淵)

舟行 屠兒

諸君數歎恨燕京極遠. 舟行亦有瞿塘灩澦之難乎? (仙樓) 不但多風濤漂流之患. 或有經數月而至, 又有過朞年而不至. 却不如駝馬有行數也. (秋月) 弊邦斥屠兒爲非類, 名曰穢多. 故其等輩, 皆置城市之外, 而禁與白民細人同齒或通婚之事. (仙樓) 弊邦之律, 禁卑院、娼家. 如此屠兒, 多雜居民戶之中, 不甚惡耳. (秋月)

翫具

公當有令兒. 幸齎裝中, 以爲謦欬之玩具. (仙樓) 【〇余贈以木寓人形.】兒子當教以義方, 豈可以戲翫之資遺之. 辭. (龍淵) 一個細物, 過海則爲殊方之珍. 君不聞"雖車馬, 非祭肉不拜"之言乎? (仙樓) 謹謝厚懷. (龍淵)

富山難形

足下東路往返, 應有富山佳什. 請見之. (仙樓) 富山作僅二首, 淸見寺作殆過三十餘首. (退石)

艶美神秀, 優於淸見遠矣, 篇什何富於淸見, 乏於富山乎? (仙樓) 淸見
十景羅列, 詩料頗多, 富山特立雄秀, 誠難形容. (退石) 幸視富山二首.
(仙樓) 僕宿病, 自數日前, 更添別病. 姑錄一首, 餘俟差間寫示耳. (退石)
《林祭酒求富山詩潦草贈之》

屹作東南衆峀宗, 靈湫其頂有潛龍. 五更先見金烏出, 六月猶寒白雪
封. 折木津邊撑砥柱, 神鰲背上揷芙蓉. 天公爲我塵氛掃, 快覿晴空特
立容. (退石)

有如此高山而後, 有如此淸唱. 平生養氣, 詩可以徵也. (仙樓) 評亦
高, 字自佳. (退石)

富山一絶

金剛、富岳之論, 君旣有卓識之言, 切領教. 只恨得無一二佳作乎. 幸
自寫賜之. (仙樓) 無暇. 探覓詩稿而寫去. (秋月) 僅尋得一絶, 此餘不
猶有乎? (仙樓) 非無之, 猶未脫稿. 幸宥恕. (秋月) 命題. (仙樓)【○秋月
取詩稿, 自記題.】
《淸見望富岳》

淸見霞橫連碧灣, 珍觀一幅畫圖間. 乘雲適有神龍起, 此是日東特秀
山. (秋月)

寫出此一大畫者, 虎頭邪、龍眼邪. 果是秋月也. (仙樓) 去江戶來酬
唱數卷, 半旣收裝中. 此其後錄也. (秋月)

國習 日食

文章構思, 比貴邦人較加勞. 是吾國弊也. (仙樓) 人各不同趣, 三年
作一賦, 或七步成一詩, 至極其妙一也. 君何謙乎. (龍淵) 非謙. 士音俗
習固然. (仙樓) 旣聞或有此嘆可惜. (龍淵) 昨歲癸未十月朔日食之殆旣,
弊邦堪輿家不豫識之, 國人異之. 貴邦亦見之邪? (仙樓) 日光隨分野, 或

食或不食. 弊邦則預知其當食, 而設救食之制. 此食亦不見也. (龍淵)

墨 題辭

君所懇求古梅園制墨, 貿得致之. 此其中品也. 然非磨, 難辨其精麤.
要之必當賴製墨家之言較有信而果非衒賣之徒也. (仙樓) 墨之佳惡, 誠
如教示. 而是名家之製, 何容疑乎. 價銀幾許? (龍淵) 三笏合不盈一兩.
不必給價, 亦無妨耳. (仙樓) 豈然豈然. (龍淵) 子猷畫題辭, 旣成乎否?
(仙樓) 已成, 姑未淨寫. 俟夜間書傳耳. (秋月)

通書

凡及堂之士, 欲見取君子, 人之同心也. 僕輩不敢顧忙撓, 日夜逼膝
下, 然篤賜交誼. 中心藏之, 何日忘之. 唯憾君等西歸之後, 無由通書問.
(仙樓) 人臣無外交. 僕輩之於尊等前後會合, 實萬萬意外事, 此後固難
通書札. 而況馬州距我邦南邊, 猶爲近千里, 南邊之距漢京, 亦爲千餘
里. 雖或寄書, 豈無浮沈之患. 惟願益懋學業以成漁兔, 則雖千里萬里
之外, 若會面之日. 否則雖居在比隣一日三見, 何益之有. (龍淵) 一語
銘肝膈. 珍重珍重. (仙樓)

醫者 解毒 醫流

弊邦醫者, 日待病家之招, 東趨西訪, 乘板轎或竹兜. 至粗工庸手, 則
步懷藥籠, 共苦撓雜矣. 貴邦醫者, 亦如此應多方之招乎? (仙樓) 夫醫
者行身各自異焉. 不必問之, 蓋意欲宏診欲精, 趨多招則事涉妄謬, 故不
必索繁矣. 弊邦地闊, 涉水踰山, 因多乘輿馬者. (慕菴)【○姓李, 名佐國,
字聖甫, 慕菴其號. 朝鮮國良醫官.】或云黃牛糞解痘瘡毒, 如何? (仙樓) 此乃
清熱之意, 亦不無所見. (慕菴) 貴邦一時醫流, 專依何等之書? (仙樓)
一服仲景之高致. (慕菴)

湯泉 豊山香墨

貴邦有湯泉治疣疾者乎? (慕菴) 湯泉數十處, 匪短楮所錄畢. 其尤傑然著者, 攝之有馬、但之城崎、紀之熊野. 此等接壤中州, 趣浴者追逐蹦蹠. (仙樓) 何症能愈? (慕菴) 僕非醫, 何敢奉答. 貴邦湯泉有幾處乎? (仙樓) 東西兩道名山, 産石硫黃者, 必有溫泉涌出. 景山、勝嶺、金川其他十數處, 亦不暇錄示. 皆治風寒、濕痺等之症. (慕菴) 君屢賞豊山香墨, 敢獻二笏, 幸可留. 猶分一笏, 贈默齋公. (仙樓) 尊是故人之弟. 忽辱恩惠. 嚮賜詩章而未奉酬. 只恨君不喜醫事. (慕菴) 事親者, 豈不喜醫事乎. 誠不能也. (仙樓) 寔感盛敎. (慕菴)

二子尺牘

雖門隔一限, 意謂伊人在天一方. 昨日始得見雄弘生. 聞君徒家居, 得非有不得已事邪. 人言必難更來, 我謂必更來. 豈有不再見而遂成各天之理哉! 事變姑無端緒, 而天網孔嚴, 庶不全漏, 必有與君團圓之日, 幸揭回而來, 俟隙而進如何. 墨價辨置以相見傳之耳. 岡鶴雲答簡及諸弟和作, 能方便送之否. 每苦筆硯無暇, 近日便成筌蹄. 此亦有乘除而然歟. 餘俟重握, ▨桂不多及.
四月望 時韞拜

諸同學亦已去. 不來數日, 想必復來而戀不能忘. 駒山揮淚而分, 令人黯然. 幸同照此紙, 竝圖再見也.

士執白僊樓. 其終不見吾輩而別邪? 門禁雖嚴, 必有弛時, 每託知己之人致意. 少時在一水之陰. 待事定後一從頌, 則永世之別, 猶足以少慰. 而今乃拂衣遽睽離, 豈兀傲之骨不肯久與人踟躕邪. 只自恨之. 幸須重來, 乘隙圖程以了未了之緣, 如何? 諸答簡果卽傳致否? 所會意者,秋月盡之不具.

　仙樓靜案奉寄　東華歸客秋月

　余詳察朝鮮人作爲文章, 固不爲韓柳、歐蘇, 又不爲李王. 實有方土
俗習, 而一守其師承, 不復少變矣. 固陋之甚, 閲古今筆話可知也. 今茲
甲申聘使同行四百八十有餘人, 其中筆翰如流語言立成, 間有奇妙可評
者, 唯秋月一學士而已. 龍淵猶可謂具品也. 其他則元、金二書記、良
醫、醫員之屬, 雖稍構短辭作筆語, 然遲澀鈍拙, 爲秋月、龍淵之下遠
矣. 又雲我者, 雜言數條, 伊人逸才英發, 學士之言固不罔矣. 余與夫徒
所討論方俗同異或文變詩話, 隨得輯錄, 尙唱酬之詩若于首, 悉具別集.
然要之共無用, 亦無足觀者. 唯以異國異音而同文之妙, 無意不通爲奇
會, 則此冊亦幸不可棄矣.

　寶曆十四年甲申夏五月　奧田元繼自識

《兩好餘話》卷下終

《兩好餘話》 附錄

茅山【姓瞿, 名貞謙, 字士鳴, 茅山其號. 浪華人.】

春秋災異

《董仲舒傳》"治國以春秋災異之變"云云, 然則"流血漂杵"或"無有孑遺"等, 實有此事歟? (茅山) 董子《春秋》之論, 大體則是, 事事傳諸災祥, 終是漢儒傅會之見. (秋月)

諱

避唐太祖諱, 昬作昏. 按古諱律, 不偏諱、不諱嫌名, 而矧傍從者乎? 終至毀賀擧進士, 是何固陋哉. (茅山) 所論極是. 唐諱法尤可笑, 至今承謬. (秋月)

投壺 四禮

貴邦傳投壺禮? 又冠婚喪祭, 皆遵周制邪? (茅山) 有投壺. 四禮皆因周禮, 而全用《文公家禮》. (秋月)

朔旦 仙 刖

公等迎新正於藍島. 月正朔旦, 兩邦相適否? (茅山) 他或相舛, 而今歲首適相値. (秋月) 神仙事迹, 歷歷有古傳, 何妄誕乎? (茅山) 僕願學聖人者也. 詩句用仙字, 尙覺不穩. (秋月) 弊邦無刖刑, 或謂斷足跟, 又斷脚筋或大指, 無定說. 如何? (茅山) 刖刑, 漢文除肉刑後無之, 本斷趾之辟. (秋月)

天行 曆

星曆家說天左旋七曜右行, 往往譬以蟻磨. 且宋儒所謂日月後于天者, 理則是矣, 術則乖矣. 公有明辨乎? (茅山) 僕於天文如聾瞽, 不敢妄論. (秋月) 貴國曆法如何? (茅山) 用授時法. (秋月)

櫻 畫女婦

所圖示, 弊邦櫻也. 人以爲中華海棠. (茅山) 非櫻, 亦非海棠. 僕未曉何花. (秋月) 別有稱櫻者乎? (茅山) 櫻桃. (秋月) 有單稱櫻乎? (茅山) 無. (秋月) 華人畫婦女之貌, 足首甚薄小, 似殆無跗跟者. 是自嬰孩束縛以使然歟? (茅山) 此非華法, 乃後世漢女之習. 聞縛足而小之, 又小其鞵. (秋月)

釀酒 相人

弊邦無濁酒. 釀家常自抄秋經冬桶貯之. 貴邦臨時釀之, 有所謂聖賢二種歟? (茅山) 向來無禁時, 釀酒家極多, 多至數萬斗, 士大夫皆沽飲之. 酒名極多, 不可數. 清濁皆可飲之. 今則國禁極嚴, 酒之一字, 禮不敢出諸言. (龍淵) 貴邦相人, 專依何等書? (茅山) 弊邦亦有相人者, 用《神相編》. (龍淵)

喪

貴邦三年喪居倚廬者, 著喪服爲力役傭作也, 否則官賜粟乎? 又其禮皆襲周制乎? (茅山) 雖喪中, 農者爲農、商者爲商. 但其持禮如禮耳. 大凡喪禮, 是自天子達於庶人者, 故其節目亦多. 從上而言, 其庶人苫塊草覆, 自爲倚閭, 食素斷色, 自爲持禮耳. 餘可類推. 冠昏祭亦同. 弊邦, 自君上至庶人, 皆遵《家禮》而已. (玄川)

釋奠

貴邦釋奠, 以何人配食? (茅山) 以七十二弟子、子思、孟子、周·
程·張·邵·朱諸賢及我國儒賢配食. (退石)

墓碑題名 桂

墓碑之題名, 有官者, 稱某考府君、某妣孺人, 或宜人、淑人等足矣.
敢問無官者之稱. (茅山) 府君二字, 有官無官通稱. 婦人、孺人之稱, 無
官之稱. 宜人、淑夫人、貞夫人、貞敬夫人, 皆以官品高下分別. 無官者
稱以學生、處士. 少者或稱秀才. (花山) 兄弟、姉妹、子女輩如何? (茅
山) 亦隨常時稱號. 少年稱秀士或秀才, 婦女某氏或某娘子. (花山) 謹
領盛敎. (茅山) 或曰仲景之時未有桂與桂枝之別, 或桂亦桂枝, 桂枝亦
桂, 其他諸桂, 互用不定. 然則有精粗而無優劣乎? 如何? (茅山) 仲景之
時無桂[8]別, 則方書豈有桂[9]枝、肉桂[10]之方乎? 桂[11]雖一物, 而其功各異.
故以軒岐至神之妙, 亦已詳論. 吾以劣醫, 何敢開口於其間哉. (慕菴)

産帶

弊邦婦人受胎五月, 以布纏束其腹甚堅. 此事出《奚囊便方·産帶
記》, 其他不經見. 貴邦亦有此法歟? (茅山) 難産皆由於富貴奉養安逸
者. 故達生散爲湖陽公主設也. 我國婦人養胎者, 勞身苦筋, 無久坐, 運
氣不使碍滯, 故易産也. 未有縮胎不長之理, 此則未知也. (丹崖) 【○姓南,
名斗旻, 字天章, 丹崖其號. 朝鮮國醫員.】

8　桂 : 저본에는 '圭'로 되어 있다. 용례에 따라 수정하였다.
9　桂 : 위와 동일.
10　桂 : 위와 동일.
11　桂 : 위와 동일.

乾牛丸

吾邦鬻乾牛丸者, 招牌題曰"朝鮮傳來白鹿書". 不知醫何病, 白鹿何時人? (茅山) 乾牛丸今初聞. 白鹿亦不知何人. 必非弊邦之製. (尙菴)

【○姓成, 名灝, 字大深, 尙菴其號. 朝鮮國醫員.】

前使四子

戊辰聘使之時, 僕猶了童. 憶是如隔世之事, 纔傳矩軒、濟菴、海皐、醉雪四君之名. 今猶無恙, 耽斯文否? (茅山) 四賢今皆平安. 或爲守宰, 或臥林泉. 文字之緣, 老而彌篤. (龍淵)

南浦 【姓勝, 名元綽, 字以寬, 南浦其號. 攝南古妻人.】

十二經 李王

《莊子》繙十二經以說, 十二經指何等書? (南浦) 十二經之說, 言者甚多, 而要無的當. 後世之信, 惟是四書五經而已. 外此則皆非經也. (秋月) 貴邦固奉周程張朱之敎而無雜趣. 然及耽文字章句, 則有學李何王李之徒所爲者乎? (南浦) 二李是文章之賊也. 中朝又弊邦科文出進者, 一賴洛閩正路. (秋月)

紅雨 茶法

"紅雨紛紛化爲泥", 出《皇華集》. 紅雨何謂邪? (南浦) 紅雨, 桃花雨也. (秋月) 弊邦立茶禮, 守師家之法甚密. 自盧陸之趣視之, 蓋俗致也. 如何? (南浦) 茶法是非陸經之舊. 弊邦茶亦倉卒不中法. (秋月)

煙管 飢

君等烟竹脩長特甚矣. (南浦) 貴者執長管, 賤者用短管. (龍淵) 僕等

自午前就於騷壇, 筆語唱酬, 實忘寢食, 然夜已更闌漸覺飢. 幸速賜高
報. (南浦) 丰姿可愛, 故留共此永夜. 且我腹飽矣, 何恤人之飢也? 呵呵!
(龍淵) 先生之腹滿者, 卽是五經之笥也. 僕輩詩腸漸飢耳. (南浦) 飽者
自飽, 飢者自飢. 實雖僕亦飢耳. (龍淵)

文學

此國文學, 誰最盛乎? (玄川) 江戶有徂來、春臺輩, 西京有伊藤父子,
今也則亡矣. 唯羞近世道微, 乏其人耳. 貴邦文學亦有誰? (南浦) 自搢
紳太夫至閭巷匹庶, 皆有白首專門之學. 君欲知其人, 座間有秋月、龍
淵. 是皆文科大闡者也. 自入貴邦多見聰明之士, 而如尊逸氣英才, 正
不易得. 異日成業, 可筭日而俟耳. 惜貴邦無科文取士之法. (玄川)

花牋 眼鏡

嚮日賜和皆用貴邦厚紙, 近多寫於弊邦紙, 何前後之異乎? (南浦) 離
家九月, 所持來花牋已用數千張, 求詩者益多, 故不得已以貴國紙書呈
耳. (退石) 曖曃産何地者爲是? (南浦) 此則眼鏡, 貴國所産. 君何不知
邪? (長澻)【○姓吳, 名大齡, 字大年, 長澻其號. 朝鮮國漢學僉正.】眼鏡是俗稱,
別有雅名乎? (南浦) 君之答言良是耳. 我以七十之人, 萬里越海, 傷於
瘴毒. 眼昏特甚, 不能酬酢, 君勿咎. (長澻) 深感盛敎. (南浦)

《兩好餘話》附錄終

明和紀元霜月發行
書林
洛陽 錢屋 善兵衛
大阪 本屋 又兵衛

同上 <u>西田 理兵衛</u>

甲申韓使《觀風互詠》
諸君子唱和集 全部二冊嗣出

兩好餘話

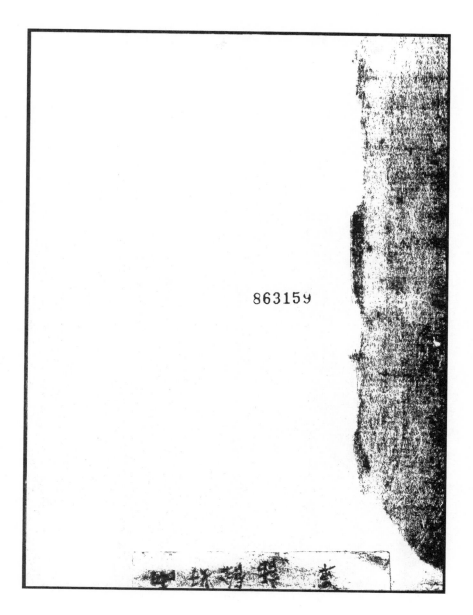

863159

兩好餘話序

自古辭使之東也、罗万人士持論游藝

春苟求見者而舉其堂夫福言宕止、

於競過見善是難吾之力可不勉歟

無其自高一筆志聲元不以敢見善者

自甲一筆者畏憚不敢進矣、蓋亦不為

得也、其可取子而取望愛養耶、其弟有

孙子兩弟取學害孤亦有聲元畏端

有今茲甲申之　聽而競而遠者春
崔珏金各薦師士兼以代聘贄亦
惟以贄爲所執惟吾　仙樓田盖
窗集諸公言更二画人以為舊識
與南戚諸公言更二画人以為舊識
轍話如何津事家極多騷操筆
毋子向小子輩亦此援三寸豹孫文孫
博異言之士吏傷目盡者皆不是

先生学海汪洋承受質懷之恋歎復
玟孃庵乃子以實相圖以自以乙遂授
之劉劾余曰両子餘派實翔　両兄之
奴瑗乐六亦觀国之先生嗚呼　先生
之於儒浡淪流貫参所承集而至
気如此毋實言土茸や玉呈廷以毂于
寰區東餘爲氏學也儒浡　先生
在三子星外春靸得無意や承

寶曆甲申夏五月

門人

衢夌謙薩淒

宋方姬頓書

中華 舟行 屠兒 翫具 冨山難形 冨山一絶

國習 日食 墨 題辭 通書 翳者 解毒 鱉流

湯泉 豊山香墨 二子尺牘以上下卷

春秋災異 譁 投壺 四禮 朔旦 仙刖 天行

曆 櫻画 女婦 釀酒 相人 喪 釋奠 墓碑題

名 桂 産帶 乾牛丸 前使四子 十二經 李王

紅雨 茶法 烟管 飢 文學 花牋 眼鏡錄以上附

此集元撰剝所就、固非應立篇目者然酬對之繁者後

先互出問同答異者、間亦有先時人已討之而未覈今

初叩竭焉者故毎其更端輒截取一二字姑立目次雖

則立目次、而語勢旁及多事者、不可悉舉也、覽者其諒

諸、余竊謂凡韓人音容固近華矣、吾輩可特羨者、則冠

服雅馴直讀朗吟自通文義、唯此二事爲然、又實褻器

於几案間、而溺及唾洟洿共放、恒使侍童執之、或嬾捈且

夕浴灌、或用足推授人物等、吁是何哉、若夫文學之品

則　先生卷末一言、擭推秋月龍淵、固不可復贅焉、然

亦至彼土音自然上下貫通則雖或筆不逮語不工、而

壹是皆有與吾舊習本自別者矣、

門人　勝元緯識

兩
好
餘
話
目
録
畢

兩好餘話卷上

儗樓先生著

門人 茅山衢貞謙士鳴
南浦勝元緯以寬 仝校

名剌

僕姓奧田名元繼字志季號仙樓浪華人謹奉書朝鮮國制述官秋月南公書記室三公各案下恭惟貴邦距吾邦海洋夐絶豈趣參商秦胡哉風馬牛不相及諸公恭承大君鈞命要結百年舊盟固善隣之義也纜橋龍鶂泛千里海瀛風伯衛護兩師清道歷歲寒之久而值春吾邦遂涉此津祝賀祝賀誠是雖昇平治化之所致亦賴及吾儕小

— 11 —

人寰豈如余者仰二三君子高誼、叨陪左右、叩盆拊缶、唯

恐冒嚴聽、倘不嫌僕鄙陋、枉賜憐過、厚咳唾之音、幸甚因

賦巴調二律、敢呈左右、伏乞削正、

昨夜聚星輝海東、兹隨儿杖謁諸公、禮監三代歌盛美詩

本二南觀國風、專對才名誰敢間、連持使節不曾空、依々

青眼相看好應是、聖朝書軌同

御李幾時思未休、相逢白璧賜難酬、西滨路絶三千里東

海天開六十州、星動詩才迎劍氣、經成道德跨青牛君裁

太史文章事自有、名山慰遠遊

舟中已聞君之名與德，想是宿儒老翁也，相見壯齡俊髮

秋月　姓南名玉字時韞秋月其號朝鮮國製述官大學士

萍會何論，且所賜詩章各應和奉耳

學風　　　　　仙樓

吾邦文學之熾，雖間卷寒鄉，時聞吾伊占畢之聲，是治教

百世自使然，五六十年前京師之儒伊藤維槙字原佐號

仁齋，其子長槙字原藏號東崖相俱懷俊發之才，研究文

義更作四書周易解，其他童子問語孟字義經學文衡等

皆以排宋學為務，而風靡當時，晚進是好奇妲異之流弊

也厥後東都之儒我生㷀卿號祖株者始讀之李丑付四

子之文佶屈强穿後人難得而句乙者高自竪標幟開塾

社稱古文辭著學則辨道辨名論語徵等書炫耀世眼至

其教人輒曰文則先秦詩則開元必莫讀唐以後書口唱

不輟其門人服元喬號南郭勝煥圖號東野平玄中號金

華前唱後和時名轟于都下遂布海內然顧其為文此句

典謨此字首莊此語左氏公穀篇章守句悉片斷寸斷古

文中最奇異僻怪者以為活套之法譬之如有人得良材

者備大匠使理治之女芥無痕檷是竪梁是橫舟車之力

相積而後及其爲室屋則曰我能辨曲面識方勢必姑從

我而事爲政也終齟齬枘鑿繩墨之微悉不合者雖結構

考未觀妙與神兼至何工之爲彼徒有太宰純者最後善

識徂徠之見偏著詩文論存其非并闘李王二家剽竊爲

工固可謂卓識也彼所謂童子開二辨論語徵等既有傳

貴邦議定其道可否郭鳴呼禮樂之事四書六經左國班

馬詩文之業韓柳歐蘇選騷唐明即不朽定論棄此何適

如不佞元繼亦生千載之下浴王風之化得與如公等緒

紳先生徼兔冀交語一堂之上咸禮樂餘慶文章所被何

忽諸然吾非必謂忌古喜好宋儒所爲也唯惜乎祖徠之

徒課書生口必唱先秦而其所自爲則不出嘉隆四家果

是一代風尚豈足深歸郤彼三王周孔政治之迹尚猶非

載在方策乎斯古之遺美也遡洄以從之廢幾乎不謬所

學也公按此意別副盛序珍重仙樓盛序議論正大門戶

極平穩不料慈嶺口氣中有此融通正門路何幸何幸藤

莪二氏之論能刺其病耳可謂能辭焉諸著則前使已齋

去一觸鄙眼可惡可惡　秋月

龍淵　姓成名大中字士執龍
淵鼎其號朝鮮國書記室

能言距楊墨者亦聖人之徒也祖徠直一文士耳伊藤氏真
貴邦之楊墨也君能辭而闢之善哉亦足以張吾道也僕
才拙識淺不足以闚後輝光所求序文儘非所堪如何道
刪公等是行矣豈何謙德如此仙樓今日已曠客且撓甚

　宥慮々々　秋月

　高麗紙

高麗紙以綿繭造成色白如綾堅靭如鼻柢邦所見貴邦
之紙薄脆易破斷作編冊蘭葉猶可也若施褙障雨傘之
用數爲風雨被破裂未見所謂堅靭如帛者東來掷別有

佳紙乎　仙樓　弊邦之紙今專用楮造厚者稱壯紙薄者稱

白紙乃總稱也壯宜屏障之用白宜書牘之用且有多品

或有挽之不裂者或有易壞者賢見其脆品耳　秋月

南京路程　　　　　　　　　仙樓

貴邦只通路北京而與南京相距邈絶其間果幾日程歷

都邑關山幾許ッ

　　　　　玄川　姓元名重擧字子玄
　　　　　川其號朝鮮國書記室

鴨綠江弊邦西界也自此渡遼東野入山海關經燕京渡

河水濟水淮水渡汗水而爲金陵僕旣未經歷若以禹貢

驗之則當知經其青冤徐而為揚州矣自餘非短紙可悉

副啓通刺法

凡尺牘柬帖雖後世省侯帖猶書副啓二字又通刺用紅

紙書爵里姓名其寸法如何仙樓副啓之例古則有之今

無矣夫通刺或大或小別無定式無紅紙書爵里姓名之

規耳龍淵　不必用紅紙亦無妨乎仙樓是龍淵

漿　衣冠

享宴右漿禮之所記可見而未詳其製是古畧其易知已

弊邦莫設漿之禮其製如何仙樓漿者水也豈玄酒邪龍

淵漿單稱水也僕未曾得仙樓感敎僕亦不會得龍淵衣

冠皆古雅多是周制乎仙樓周制則已古矣不知其必如

此而中朝盛唐時華制則分明也龍淵

食品

弊邦無戶飼雞豚猪鹿等而自備食料且四方瀕海故多

用魚蔬爲美雖有嘉賓上客而供饋亦無他品牛羊最

不噉貴邦隨鄉太夫士庶有食禁郭仙樓弊邦陸食六畜

水噉海錯而牛羊最嗜貴邦不喜食牛羊鄙等腥敗甚思

牛炙弊邦六畜無禁惟牛以耕有屠禁秋月

禁酒　茶

飲酒之禮自レ古有レ之貴邦一何ニ禁二諸仙樓一以レ醉亂失二禮義一

且多ク開關相害者故禁二之犯一之者死ス龍淵竟ニ日ノ夕ヲ未レ見レ尊ヲ

等喫レ茶弊邦多ク嗜ム茶乃至二其待二賓則別立二禮法一其ノ器用ル皆

喜二有二古賞守レ法甚タ嚴有二二亦連輙爲二大失一敬二其徒所一用二茶

盌名二熊川一者皆謂二希世ノ珍玩不レ愛二數金一購給爲二傳レ道古制ニ

於二朝鮮一熊川ニ故得二名耳如何ニ仙樓弊邦產二茶甚タ少ナ且人不レ

多ク嗜ミ也熊川今無レ制二茶盌之所一耳其ノ禮亦未レ聞二龍淵

近視清風金伯厚所輯韓死叢費四十本用朝鮮紙印行
想是伯厚亦貴邦人也　仙樓　金伯厚弊邦百年前賢相也
爲科舉子叢筆成此書足下何從見之大坂書肆欲得
奇書異種且丁卯槎行時兩邦酬唱卷亦欲見之請賢方
便々々秋月　儒士就書林探覓奇異之書固有理而唯恨
門禁甚嚴無再念丁卯酬唱卷則領盛意明日以爲期　仙
樓　然則貴邦名雖檯之實則防之秋月　非防只懼貴邦檯
生出門放行旁岐亡羊不識路之所由遂失其入耳且僕
非與館伴者無遴疑　仙樓　道辭知其所窮秋月

不其字格

公等讀書與華同徹上直讀義自過音有楚夏固可義焉

弊邦人校文關書多自下反于上又自上起于下而后意

始會故經語之間諺字之所置者雖老生鳳工巨必免余

所師友交井拊雪溪者自杜齡用意于豈今已過古稀磝

硯益堅迎摸伊藤氏所著用字格作辨正三卷大有振也

嘗謂杜預左傳序先儒所傳皆不其然左傳宣四年著敘

氏之冤不其懼而之類皆不語易曉耳尚書召誥我不

敬知曰不其延懼不數疚德文泠誥厥我灼叙帝其絶本

— 23 —

傳僞十五章以德爲怨素不其然此三條不其二字不可

做反語者用字之法與上之不其無別何耶 仙樓 貴邦人

似 當有此患唯不顧告耳可謂君能論人所不論及也雖

然如古文則非對討其冊子難一々言定擾詩書則詩書

模左公穀則左公穀其別自明而已 秋月 然則貴邦決無

上下錯置之患乎否 仙樓 不可謂必無也而不如是

音與侏僑鴂舌一般也 秋月 豐然對州南百里有長崎浦

吾邦西方一都會也華舶往返日夜相續貿易交給毎輒

有舟容華僧善彼土音聞好釋義者而遲留其句或經年

故土人諷誦舌譯皆習其風廣及中州公之言誤矣仙樓

畫軸　前行唱酬卷

姑蕉蔓畫幅拿老題辭葦假公之識鑒以爲後來之證仙

樓暗窓嘗觀未辨其必爲元美而終是稀有之寶是誰家

藏邪顧借看一兩日秋月門人千庫路卿所藏後至在席

末故託懷耳留覩何妨仙樓兩邦唱酬卷昨所約也而和

債如此多〻且發軔日迫恐不暇覽了仙樓若許藁往則

乗閒詳閲秋月東歸之後完璧何妨仙樓前人之行此邦

士多賜和輯卷以爲歸見之資足下則借著而已乎秋月

是亦路卿家書也僕不可傳然短冊小卷不敢惜也 仙樓

領意仙樓之愛我至矣 秋月

器名 和字

公等所置庫右鈴器名 仙樓

鐵 龍淵 所畜何物 仙樓 澗缸龍淵 所制金何 仙樓 鈴

狗皮 龍淵 昨歲壬午 复朝鮮李聖

欽者所求馬嶋書和歌五首僕頃覽之李氏本有書名乎

仙樓 此人則譯官故能寫和字 亦在一行中 未論其筆善

否 龍淵 君篤求數取世說作語敢問報翠如生毋狗馨又

吳江溪中鈞碼等有明解乎 仙樓 此書多佳話 遙解難詳

得少間，則當就冊子穩討耳。　龍洲

長門文學　風馬牛

敝邦雖文學熾二時名世之士多叢中州，餘國乏其人才。

獨長門侯起學宮，遍延書生以修禮文，公已過長門，有後

髦之士容詢者，仙樓○秋月看此文，於侯字寶塗　長門有

草安世瀧長愷山泰德輩爲自中之翹楚與僕多唱酬秋

月風馬牛不相及杜注牛馬風逸末界微事君有所發明，

乎仙樓　杜是秋月　杜是固然微事何義仙樓無所發風逸

之馬牛彼此疆界之人相事如爭桑之事　秋月

乞和

前呈鄙律雖和債積推公溫雅之士酬之何難　仙槎　繼君
之功成語之濃莫若君也僕鈍拙在乎人之下且兩國相
對豈敢以浮辭剩語關々誇邪然繼之以夜當盡奉酬幸
勿致鬱々　玄川

和韻以次

君知人之在不在令我以次和之如何　秋月　多人肩摩膝
接豈敢盡有半面之識邪和將成先取其詩而示僕則辨
其人在席間否耳　仙槎　坂城三日詩如此多豈有可觀良

亦苦哉、秋月、算等編虎七步何苦諸茂々、仙楼非謙也

詩道大傷、秋月、君能能事、観此、忙投可責、頼開恵而好我、

妻子同行、仙楼、谷号茄挙書之志、無其宝之勢、秋月

楓　食以手

吾園植楓樹者奥本州所記大其太抵生山野者七八月

之間溌葉濺舟介市郡須臾之間而芙風霜不厳着否也

昨歳源舟之秋収得四五葉級教其真、仙楼蓋其楓葉金

同市鄰間不宜宜山巌永運未識其真、秋月蓋邪入多食

諸賢倶鮒満矣奇、秋月、多食他々地界食遊風物可筆以手

何ゃ仙樓飲素手次金樽不覺手怡月

画軸

画軸 在何處擾定中恐失亡仙樓逼則軍東三使携此詩

託君乎秋月 諧仙樓〇秋月 路郵幾廝余

芸

在昔吾天和中有就貫邪聲官鄭東里而問芸算之形者

答曰芸即石菖蒲其葉圓形似楓葉而大如小兒掌弊邪

稱石菖蒲者與東里所言大異似焉所謂芸草古云芸能

避蠹魚敢問其真仙樓芸與書桐去賣壞鄭東里果有此

說祁芸葉如麻而稍大董比麻稍短一名蘼蕪然人亦食

字虫何必禁壽歟秋月

佛法

此土俗尚佛常視施寺觀人死必就其所宗功德院請僧

使念經爲化者祈冥福其流數汰貴邦僧徒想當有晉宋

聞風樊邦所謂禪宗也如何仙樵非晉非宋又非宋元有

一流之僧而近世甚裏只無董腥之僧其教義儒士豈了

鏡祁人死委之僧徒者畏幽冥忤靈意君勿被向僕輩問

矣秋月

丈人

聞君正使相之姪固貴族也僕以懶生布衣處交一堂之

上如此良緣何

花山　姓趙名聖賓花山齋其號正使之姪

何如是謙辭也余亦無用無官主客相敵也　花山　算之姓

名仙樓　姓趙名聖賓自號花山齋小中華人未識足下姓

名花山　僕姓奥田名元繼號仙樓即浪華人已與南成二

子情好相得幸亦賜青眄　仙樓　貴邦近時稱文章主盟題

楚某々姓名如何　仙樓　近世則無韓柳李杜之文章何足

仙樓

向外國浮蕩也 花山

科芽

貴國科文取士之法與弊邦同歟 仙樓
弊邦科舉有制述講
經二法制述者作文以明聖賢之言者也講經者熟讀四
書五經而諷讀者也古法如此近世則世道巳降士習亦
卑制述只尚詞章講經不究深意只有其名而巳登科者
萬不及古之人蓋向異邦人誇說也 花山

走

弊邦有漏水槽杓水頻々澆下滌百食器置之厨隅名走
ト

蓋走水之謂也與中華所謂洗異未聞貴邦有漏槽水新

事便者 仙樓 此法吾國民家無之山寺則多有之貴邦清

潔奇妙不但食物也凡諸器用雜物皆極妙花山

疊 葦本翻刻

本蘭草製于席之後更名曰畳貴邦亦有此製乎指示席 仙樓 〇余

亦有之乃織席花山 貴邦書冊必用薄紙動易破且不便

卷舒仙樓 弊國白紙或有稍厚者或有甚薄者書冊則以

其介童難運爲慮故多薄者耳 花山 金伯厚何許人仙樓

大明人也花山 然其所著類苑叢最實用貴邦紙印行仙樓

中朝之册雖因朝聘使賀來而不過二二本不能廣布故
不但此也他册亦多翻刻他板而印布矣花山
戲言　冠名
公有愛室愛玉乎仙樓　雖言之空言無益盖戲語也花山
雖戲言也謀于風入于雅旅德睡起豈無戀々之情哉仙
樓此是數年前浪遊時事也花山　公所著冠名仙樓俗名
高士冠八卦靈氣之象云花山
虎豹
鄰邦往々見虎豹之虔首尾爪牙并剝希其文組綫而中

空比々　相次者ハ豹　如泰雲漠々而有亂文者ハ為虎皆海

舶所傳也多ク裁制造鄣泥搭後又坐褥等柔軟可倚聞其

員嶋倚嶮則如非人之可得而捕矣如何仙樓　虎豹之別

君之言悉矣吾國西北兩道有飛砲手累萬名捉虎如捕

鼠故我國席豹之皮甚賤以此故也員嶋者徒搏則難而

飛砲火ノ尤最易制貴國亦豈無鳥銃妙手乎花山猛悠踰

于他戰術妙至于此乎　仙樓　然是不過武士軍卒之一技

何足稱論吾邦舊無鳥銃聞自貴國傳既百餘年云　花山

三線本自琉球國來或云阮咸遺制也近世獘邦人設種

種指徽以助浮樂一聞其聲使人生多少放心流蕩忘歸

貴邦或傳此器又有類此邪仙樓　此琵琶變調吾俗亦尒

之其制少異君所圖花山　夜談已及燭跋公無疲倦色勉

力可想也僕輩懶態如睡魔何仙樓　君之愽洽温雅令人

甚愛不坐唱酬而不煩不厭但恐夜闌可飢因不强留山花

別情

僕輩無曲臨河畔為會別唯爲憾然則離情鍾今夕賢等

東遠之日幸認鄙顏賜蘭契珍重仙樓　巧抽一時雜進然

語濃情熟擭得君足矣難名面相錯豈不識高明於皎月

之間哉 秋月 先生歟我哉多人念君踟蹰 仙樓

諸生爭先

多少輙生奉詩乞和章者追從爭先如蒼蠅群美味君等
學術廣遠能容衆逐篇和附設以弊邦稱儒宗者變置二
君之任則眩惑畏怖不能一席坐耳 仙樓 僕輩才思短拙
何足以當足下之言耶慙愧々々所幸得與貴邦諸君子
周旋於翰墨之間耳 龍淵

簡其數而清對

貴邦人雜然前進雖曰慕文華可貴混淆吽聒難辨真士

僕輩歸時簡其數而清對則自當有好寺語佳詩句賢能

圖之否 秋月 義說君言若倚清齋敬意種求得意之句自

當與館中倩筆而寫出一等好而後入梨棗則不亦永見

兩邦好會乎其孰真士則僕何敢仙樓 僕寺詩亦不過爲

咳唾之咳唾而販入稿梓 念 羞死此雜進之弊也寢食

不穩神氣不泰沒趣之詩寧有佳作使之 一日出數三詩

亦豈金無可視情報 秋月 諸葦擇其高和而和之其不可

和則姑置之亦何妨仙樓 仙樓能知我而求為此謝謝矣

執筆知之執於真士事半費數文備覽方復耳 秋月

一刀萬象　能事畢

僕欲裡一刀萬象君能方便　秋月　此冊本非坊間所發行

故雖弊邦亦不易得便落外已幾年仙樓　已久或多置案

上者僕家兼者　秋月　挑迸棗剞甚多諸解亦隨出而公覚

一刀萬象可謂過故而已　仙樓　佳話見象則畫非但一刀

而已　秋月　公華壯齡常不免巾帽能勝㴾氣妙々　仙樓豈

不聞君子死冠不免之言乎　秋月

左傳評林

間見凌稚隆所輯左傳評林與史漢一時成書復贅義例

表之上層甚盡矣貴邦亦傳此書否仙樓左詳未見願得

之書肆但貴邦書必作為定於字傍甚不雅若得不如此

書更好　秋月　君於喜為足則吾國字伊呂波擬貴邦諺文

也公欲視之即寫示耶附字傍復國讀其意固可恐儔等

必讀華冊未假副墨之助仙樓　不欲識之而亦博物之一

事遍為我書其旁以補字訓并禪知之也　秋月　誹譯古

傳之何能倶知其音仙樓

九月十三夜

癸邦九月十三夜貴月爲中夾俗稱為後明月開貴邦耶

近時有此俗如何仙樓（笑曰）（下畧）

無佳日何以十三夜為龍淵

石敢當　將狀　服具

徐氏筆精載石敢當事二以為此術三石氏而所製一以

為人姓名貴國亦豎此石碑邪仙樓石敢當二說古猶未

詳弊邦無此事僕何敢答龍淵貴邦人騎狀甚安穩是多

馬俗習耳仙樓弊邦調習蹄則奔逸如猗犬異君等倚鞍

磬折兗佩之狀二俠々々龍淵雖然及有大事成敗而各

極馳逐奔競之力則毫無所藉也僕豈敢恃盛教邪一場

戲答耳仙樓非向吾輩文士前所論君大謬矣龍淵唯羞

此服俗名上下自諸君衣冠視之豈不發笑仙樓既知其

可笑又知其可悦盡出谷遷喬秋月國習於義何寄仙樓

○青鶴　浴灑

朝鮮知輿山中有青鶴樓息其中因名洞君等親視之歟

仙樓黃雀未黃錦雞不必錦懷鳳聞其名未涉其境君何

問烏之雌雄龍淵每日晨起汲井華頮面嗽口夕則浴盤

湯或入浴室潔膚汚俗習也責邦人似不必然如何仙樓

弊邦陸意灌嗽未必有如此務視其脱被有祀事則不但

灌嗽沐浴君亦可念武賽靑巳●難

朱肉

有佳朱仙樓亦念之　秋月○于時有人臈亦領意仙樓又戲

見貴邦俗簡帖　秋月　是難即應需弊鄕記兒女俗輩使習

秋月朱肉者故曰亦領意

寫字者數多君東還之日覓得與朱同奉上耳仙樓

和章傳致

和章託贈否　秋月　諾仙樓　岡嶌吉白駒族乎秋月不然仙

樓○秋月和岡吉　次岡嶌吉碼仙樓傳致○蒹葭明月逐

詩託余其詩曰

入來報道僚遂玉樹開君是嗣宗諸子娃白駒門下少九

才

秋月自詰曰詩因木葉而賦秋

平安岡白駒曉代名人故云　白駒之猶如何　秋月　龍

仙樓　僕以爲吾爲白駒之族故詩中有言　秋月　何妨仙樓　洲

白駒與清絢誰優　秋月　俱西播人白駒夙富著作不名轟

登下惜乎今已老矣絢則壯齡儒士務學不倦皆一時菜

俊如其比方夫我則不暇　仙樓　並在西京城中邪秋月然

仙樓　然則可得見否　秋月　君索其知友而召之必至仙樓

貢倅　米價

貴邦貢倅俱用脱粟米邪仙樓　隨年之豐歉有米粟之別

倘仲臣有麥賣剗粟買麥焉貢倅之事…川貴邦米價大抵幾許仙

相是何仕士所識耶玄川　兩能識未償耶一解義錢仙樓

大抵二兩三兩小童若不識其姓名賣邪兩義錢仙樓兩二十錢小童

答論文詩

三日間與君應酬無暇時只恨所索長文難卒成少候優

閒撗思耳各賦短律謝高意如何龍淵四方求詩賦者頂

甘相接君等容膝猶不穩奚暇下筆耶然四君各賜和什

寵顧之異浹覺形穢仙樓

和奧田仙樓瑤韻兼答論文　　秋月

藤菱詞章眜日東方將私見認為公綵毛雄辨排耶說鈎

棘文心觀國風補出金針相度與印來潭月本成空百年

冥塘君能帶囊莫兩雞鳴此意同

萬里舟輿此聲留一堂主瑟不停酬交催冷結芝蘭室鄉

夢春述橘柚州仙侶期遲驟絲鶴容程愁似下黃牛江山

未放詩人去古寺踈鐘管夜留

龍淵

發許狂瀾瀨曰東隴川何處得韓公永從異域英雄會早

識偏邦正士風葦剗夫脈孤心賤主陸波淫隻眼空顧此

尼門童子列平生論說奚難同

詩家正脈李主休、白雪新聲復唱酬更見餘波流外國、己

知靈氣深中州、浮花浪蕊空拈蝶疊秩重囊挫汗牛喜飯、

文辭能開路一書珍重爲相留

玄川

錦颿迢々出日東千年往事問徐公扁舟可載殷周禮滄

海逕得藉歐風山岳十洲邈泛々龍雲六藝豈空々此來

始識文明啓木樹家々諷詠同

輝筆才談君不休實建非獨唱兼酬滄溟聲々迷三島華

舶紛々問九州却愧文辭弄荊客適憐習俗帶齊牛詩書

學早道成立　心得躬行歲月留

退石

姓金名仁謙字士安退
石其號朝鮮國書記室

詩棚已去雨森東　日下文章獨有公　惟喜冷冷瓊月佩何

論落落馬牛風情談縱得三朋懷佳會還愁半榻空莫道

衣裳殊二國元來四海一胞同

浪華城外客行休書劍東來宿債酬萬里雲烟鐘碧嶋一

春楊柳攝津州鵬程渺渺窮滄海樓節近把斗牛借問

江都何處在恩君怡悵鱠遲回

彤管

彫管是美人之貽也 龍淵

假君僻之手忽爲青蠹之器

不知君之書力自何人得之乎 仙樓 龐法不取龐帖不學

唐宋間其撰最多僕未能龍淵貴邦以書畫鳴者爲誰 仙

樓君邪問之書則有寫字官畫則有畫員僕非其人 龍淵

君是人之模範也何假書畫之名增損聲價 仙樓

獻車

宋元豊年間自貴邦獻日本國車於中朝令見日本工拙

事出文昌雜錄凡物或有工者精緻之好或有拙者苦窳

之作何以一車試閣國工拙郛仙樓弊邦或水或山未可

悉推陸車多通輿馬者獻車之事既閲數世僕適未聞知
之龍淵　小梅賣邦妓女之種邪　仙樓古妓之名也　龍淵

無外慕

一宵佳話愈讀十年異書況連夜情談實荷雜誼不寡君
等有所私欲必告於我竭奮力致之無敢諱也　仙樓自既
違國鵬程萬里只有暮南風露灑詩思文腸無復外慕也
仙樓念我之言至感々々　龍淵

再會

與魯堂相見否秋月　未仙樓與魯堂千里接來豪語及君

－ 51 －

戀々今日見君壯狀喜可知也　秋月　與弊兄曾堂同行同

宿歡好幸可知也自離索來未嘗一日忘于心延頸望天

末今日得再晤之緣雀躍々々曾子等既彌六旬冨山琵湖

風々雨々聞當有盛什堆纂請示之　仙樓　途間為多人所

困擱在浪華西京之日君所能識也一無得意之作或不

無若干篇而困戀勿撓無以寫示可歎　秋月　此間青衿之

士最繁笑修剗袂文旃東還之日者數多明卓蘑至左挽

右幸君可豫念耳　仙樓　〇秋月看此語筆竄蘑至二字換以數群二字每々如此故

見可語之士而不得語見有情之人而未敘情只擾々相

見而罷畢竟成一開場可為數恨求可一哂矣　秋月

踪字　三米

踪與蹤通用諸字書收蹤不收踪何耶　仙樓　踪與蹤通用

後世之事耳　秋月　公等頗歡話蔫而不得對紿經我只憾

耳　仙樓　時々語及經我而終求一場穗蕎耳　秋月　貴邦禄

俸有糙米中米甲采三種其別如何　仙樓　糙之至為糙米

至為中　朱脫粟蒿甲采　秋月

蔫　斯文

蔫烟茶必凡所謂

焉耶　仙樓　烟卓下世，所出非可以入於字畫有易字學非不

用未知何字，秋月　稱人以斯文擠詞兄朝伯豈豈或用之

無妨乎　仙樓　吾邦文士　互稱無妨耳　秋月

画贊　官沿革　封建

王子猷愛竹圖願題一辭使僕認公之手筆未懷溫洽博

雅，仙樓　館次擾々　如是明日來聞可題贈耳自入責邦題

畫上不過數三然以君能有強刀可愛之情也　秋月吐辭

仙樓此諸未畫畢，秋月書曰令伯未作，朝暮見反東西之

如是諛言迫偶君何異郵汗報々々

路交倒胸懷之情無餘緼也僕之與鼻辈前後會見未先

十日童夜之刀豈不亦遺憾多乎是所以異爋兄也高

明諒察仙樓　新言戲之耳　秋月　貴邦官關東國官要經國

大興等所載盡與中朝果後世無盖沿革乎仙樓官甚都

甚沿革一豈乎削此華冊子已傳流閣公之問貴邦支籍

之富可念也　秋月　貴邦有對是之削歟仙樓　無對是之削

州郡太守三年若六年各張籥挨職聑　秋月

自句讚　枠

凡贈人書牘送序或脈訓誡箴等首加以橫戲賦之也

柳不妨歟仙樓師之余平生橫貴邦之天壻貴邦夫他

大辟盖亦削勾賊邪不是不是……人死則僧俗共燒

化所謂火葬也間有土葬者而已夫火葬則棄之中野水

葬則没之江流者絶已矣難貴邦亦然或有水焉二葬耶

仙樓此法豈中華所有弊邦小中華稷没此事年所謂土

葬火葬也　秋月

時氣　俟國　武林

吾國氣候雖隨歲之早晚而有必不為大抵無變為中州

最宜人唯南國比于此間差加炎窮北之地冬于雪文餘寒

霜雪指雖抉熾炭或難勝公等經年之役既彌三時土

氣如何仙樓　莫敢與弊邦異南土較炎三月麥黃已是夏

天又聞鳴蟬忽已秋啟　龍淵　弊邦諸侯以百數所治國都

皆有民人爲有社稷爲陪臣雲多貴邦未執此邪仙樓弊

邦之地闊于青州分爲三百餘州〳〵置大守令治下邑屬

里其臣亦多　龍淵　晉元譜中香椎家臣四十七人有爲君

僕隸之事共十武林志七者其先世實邦公聞此一事邪

仙樓未聞君能識之兼夜聞詳始末　龍淵　非短楮所談

有先儒所著義人錄明日見贈耳仙樓

果下馬　聘文　池東書

聞朝鮮之地出果下馬載高三尺以下竊視貴邦之馬豈

比弊邦之馬差小未可喜三尺以下別產果下馬邪仙樓

弊邦多馬高八尺者多三尺以下者少故果下馬反貴龍

淵　諺文是何人所製仙樓　中叔舟鄭麟趾等奉旨製作大

益頼音此又治教一體耳龍淵　貴邦生海東者輓耕錄曰

燕石能制之償諳生屬互相恩辟如益類不可舉聞答然

語次及之如何仙樓　宜爽足十之言目所未觀不得披書

而龍獅搶有受制灵海東鷹亦獨不然邪龍淵

印譜序　向字　桃葉　兩不厭

僕近讚公所為備前岡山中子梅者舊印譜序並尺牘雄

深雜健不愧古人至其同人可以寓志于物不可以役志

于物則足為後人模範仙樓中子梅印譜僕序之然何足

以當君之稱道慊不能妄為耳　秋月　客詩類發恨不發封

向酒泉檎向山中禮六時筆並向作於九後世詩人用酒

字多與小說中向義同邪仙樓此等向於意裁相同然不

必改作於亦通　秋月　王元美大閱詩桃葉初明珠勒馬君

有異見邪仙樓無累不栽元自无與青相映无生奇色一秋

月　李白鼓岸山詩相者而不識昔人以山與渭為兩歌揖

烏與雪梅得仙樓　吾從叢書漫閱相考秋月

書目　寺院　禪院　銘文

慵齋叢話　三韓逸史懲毖錄芝峯類說正實邦人所撰而

不識其姓名　仙樓慵齋成俔魏芝峯李晬光　既懲毖錄柳

成龍所著　三韓逸史則古今不傳撰人名　龍淵　既聞南公

之言　貴邦僧徒非晉非宋別有一流　敢問尊爲其法祖者

爲誰　又有大寺福地著于世邦　仙樓　蝉邦自正士俗徒皆

習儒敎雖間有道院寺觀　如淸虛空水芙蓉雪山者必置

之陰僻空濶之地　自不顯于世耳其祖亦莫定答說者也

龍淵　弊邦不喜單稱號以爲華人未曾爲之雖或爲之然

贈人足入者否仙檪好稱號實近世弊套也兩漢人士固

勿論韓昌黎柳々州何嘗有號邪僕亦不能免俗聊復爾

耳龍淵貴邦通行諺文如何仙檪常平通寶龍淵

論語皇疏

皇侃義疏論語通篇用也矣爲等夫多於朱子之本異也

文字較異如貧而樂作貧而樂道久而人敬

之之類又公冶長解爲諛詳盡疏然朱子以爲長之爲人

無所考如朱子詩完未見重奏獻仙檪毫未孔子之後

一人聖脈虚有所不識半如四書則通某家地之大坦極

山海之澳橫費爲得業識公之言美矣 玄川 然則君所欲

可知而已寄園寄所寄云說毀濂洛關閩諸子者是儒之

賊也搜其家藏書悉焚于市威意如何 仙樓 仙樓不諒之

言忽失一知已可歎 玄川 君既許我以成語之濃莫若君

何忽有違言邪 仙樓 其人與文字則好恨不知老夫者也

玄川

兩好餘話卷上終

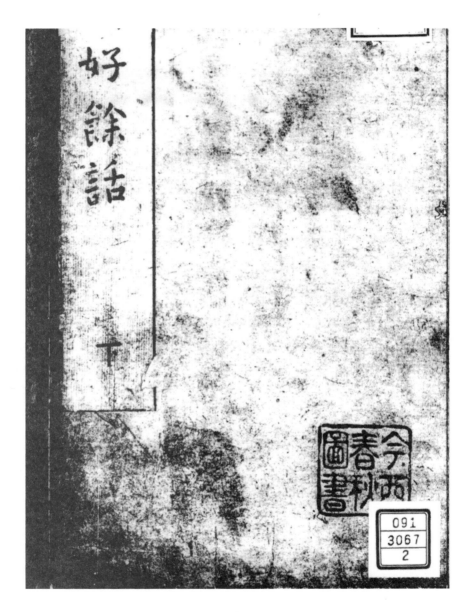

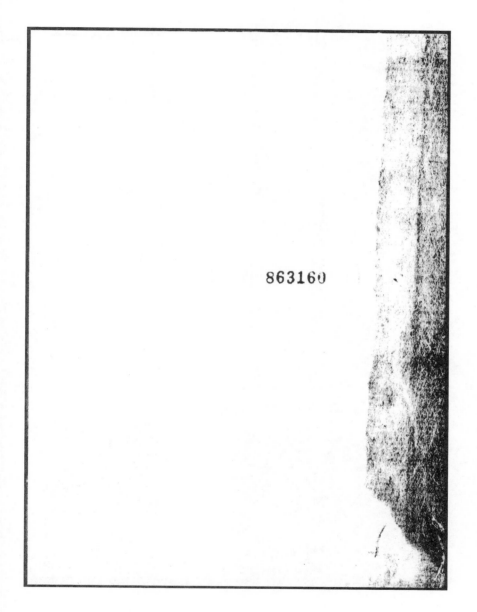

863160

兩好餘話卷下

儔樓先生著　　門人　茅山衢貞謙士
　　　　　　　　　　南浦勝元輝以

先容

外堂有客出當待接有司譯主簿李雲我者此人久在中
朝說經解史且能說故事君宜往訪必有新話耳　秋月　無
緣通介何得御李君仙樓　即使龍潭趙過姑爲先容耳僕
等復歸下處則從容夜話　秋月

北京道中詩

閱君能通經史且語中朝故事仙樓……

— 3 —

字蓁號雲我字我其

別號朝鮮國漢學主簿貴邦與北京相距幾許嚮也吾見

玄川聞其畧未識里程之詳仙樓四千餘里而山河碁然

徑無人之境雲我聞自鴨綠江西數里遠未聞沙無人眼

野君言可詠仙樓余嘗有詩曰千里莊々無聚落林鼯亂

叫野雕飛蓋實錄也雲我詩裁二句然能寫絶漠之廢蕪

使聞者忽催實戰華示其全章仙樓管中窺豹時見一班

而已何足以示其全乎雲我

里數

吾國凡以六尺爲一間以六十間爲一町以三十六町爲

一里或以五十町爲一里間有之貴邦稱二一里者中弊邦

幾町乎　仙樓　貴國自壹岐至馬島非四十八里乎是乃弊

邦四百八十里也貴邦里數天下所未有也自燕京而東

華西州未之有聞　雲我　領敎然以里程之無法爲夷俗乎

仙樓　不然千里不同俗百里不同風何陋之有　雲我

雲我

公何許人　雲我　因南製述先容通鄙名千足下故不別修

剌敢謝不敬僕姓奧田名元繼字志季號仙樓即浪華人

與時韞士執二士相得欽甚敢問君姓名　仙樓　朝鮮國之

司譯院漢學主簿姓書名彥珍寔慶嘗蓋小吏賤者也

更豈有號妄稱之曰雲我其義取夫子不義富且貴於我

如浮雲之意　雲我　貴邦之俗相稱號而小吏豈有號惡是

何言邪　仙樓　天道福謙而害盈故君子曲之　雲我

蕃書

公知獨嘯芳者乎　雲我　徒聞其名無面識仙樓　知木世蕭

平　雲我　知之仙樓博物之士乎　雲我　此人冨商之子而稍

喜儒雅多延知名之士優過賓待自樂且蓄汗充之書或

假給寒學生其博物則我不知也　仙樓　世蕭有書累三千萬

吾謂浪華之壚亨程卓之富者此一人此他猶有乎否夫
黃金累屋火齊堆盤而目無一丁者皆卑院寒乞兒也云
我大坂海岳雄鎮爲西州喉舌賈舶通漕四方人給家贍
優於千金萬縑者比蠆襍居豈但世無名家富書多哉公
實窺一班而已人而不識字者華兒乞丐搔未美不亦捉
々鸚鵡之屬乎仙樓積書盈棟不勤誦習者壁之枕糧袋
而餓死者也又無用要之積書欲其讀讀書欲其行道云
我糧袋一段寫得佳甚可謂能近取譬也小子雖簞布褌
生亦勤學不惜悁恨匱買書錢公念之仙樓同歎々々我

— 7 —

華本 州郡太守 皇華集

淵鑑類函佩文韻府十三經二十一史等需乎書肆必得

貴邦亦多傳之否 仙樓 自中朝貿來家藏而戶蓋之云我

此數者非給數金則難得然家藏戶蓋使人咄咄亦悲耀

言耳 仙樓 弊邦學士太夫以蓄書多寡為雅俗不滿萬卷

者縉紳不齒故燕市之來者歲十百駝豈妄言耀人哉云

我 使相三君皆太守而領州郡乎 仙樓 大夫豈無封邑乎

牧使府使郡守縣令縣監等皆隨采地大小異名耳三相

是州守也 雲我 近視朱之藩所著皇華集貴邦諸賢之詩

最多　仙樓　天朝使每來弊邦必有二部皇華集然皆冗率

無取非可傳異邦者也　云我

學士書記品藻

陳商成二公初見君不數年必執文章甲科耳　仙樓瓦鳴

矣僕師曠之耳公見學士書記何人最良方人雖聖門所

戒勿譚之　云我　秋高月輝龍躍淵靈各有所長唯月能照

經義淵搐藏妙言奇語庚荞之果在南子耳仙樓　可謂善

品藻二人功德矣然南固善詞賦成亦通經傳皆佳士矣天

下萬古博學通經懷文抱質識涵王佰道蹟聖賢者皆在

草莽丘園豈不云乎貴于五園即是之謂也貴邦如是者

有幾亦在下流市井間稍名獵高官享厚錄者其中空々

也雲我弊邦多以軍術國棄治道兼備進顯矣間有文雅

之士學廣涵德精密可以護社稷之才則王公貴權家必

延以為客立以為師訪諮國事然近世俗弊風薄藏器待

時者竟不事王矣高尚其事誠乏東帛委々唯為恨耳 仙

樓末武之道判然為二途非君孰能甦貴邦有此仕進之

法雲我

鯛鶯

是閣書所謂棘鬣魚也賈邦又用何字乎仙樓○于時雲

我膳貳有鯛

此魚弊邦俗名道味賈邦即鯛也春夏之交最可食雲我

所圖示即弊邦呼做鶯其羽黄灰色三四月候有好音清

滑可愛無他禽可比雖不視真生能察之如何仙樓弊邦

駑亦如是聞古則鶯之近世多見之唯與詩之所詠分明

是別種也雲我

詩慵用錢　駒驎　再嫁　吉祥笋　王仁

吾試賦短詩能賜和章否仙樓入賈邦非迫於情人則不

下閣漫了句詩乃慵敢為雲我　詩元靡圉不者三王周孔

多ク所ニ與ニ聞ク也而叔世俗移リ風衰レ罡其爲ニ繼素隱流之玩君

懶リ于詩則高下等　仙樓高一等ノ人不作詩下一等ノ人不解

詩雲我　阿塔是貴邦物子　仙樓〇于時　是我貴邦奴隷多ク

用寬永通寶是亦雜行乎　仙樓　賤昏下官得之此地用之

此地過海即無用此他何雜行モ丈即常平通寶下處隣庵

雞呼鳥鳴不忍聞也　仙樓日殺充饌君非儒士乎何出此

言以佛家好生之說觀之可傷　雲我　几女子再嫁或鑽樓

私淫者則士婦不齒其所生之子亦不列平人之數是朝

鮮邦俗也如何　仙樓　古邦俗果如是近世人與時移良家

240　兩好餘話

婦女既或再嫁奔妾奸私者亦不家矣只聞遼陽一郡稍
存此遺耳　雲我　貴邦客舩各貼立春吉祥等何爲仙樓此
俗習也去國之人思土不已書貼此紙以像故土光景也
雲我　古百濟王仁來于鄰邦口授文字詳國史猶有雲仍
孫子乎　仙樓　此事吾國只有耳聞而不史載其裔子有亡
何以識之可歎　雲我

兩傘茶盌　小兒念書

仙樓櫂在可以求今夕所約兩傘茶盌既重飯使龍澤致
匝能達否二物皆精絜領君用意之好耳秋月既奉受君

綬浮沈之愚仙樓　青衿小兒念書目何事始以平文業

等平仙樓自四書始漸尚六種去爲是秋月又寫習上大

人乎仙樓古有此事然不過二十餘字何敎誨之爲秋月

贈龍淵成書記序

古昔夫子純取殷周之詩刪定三百餘篇雖歷秦焚而竟

不滅者以其諷誦不獨在竹帛故也其爲言大抵平穩指

事立義譬喻連類未嘗見一言有難澁矯飾奇詭華縟眩

惑于人耳目者而不待彼諷誦朗詠而道之顯晦世之隆

沛善否淑慝瞭然易感慨者咸溫柔敦厚聖人爲天下後

世慮之所由成也余夙就閒師講讀古今詩亦竊自作詩

及稍長乃謂凡詩之成不以遲為病在於雖遲而必工不

以屢易為難在於易之而後加工也未有能窺詩家閫奥

也蓋砥礪利刀鈹方諸陽燧取水火也物之與物原有神

合良遇焉昔宋景公使弓人為弓九羊乃成曰極精公射

之矢踰孟霜之山集彭城之東餘力逸勁猶飲羽于石梁

有窮氏使羿射雀其志毂誤中箅柳首而愧焉功不及弓

人則器不良焉巧不及羿則射弗神焉是皆在遇之至以

否也今年視朝鮮書記室龍淵成公所為採摭既富好話

應酬信筆而成淵洽瀝液有自然遭遇焉或時而漢魏時
而六朝時而四傑時而李杜歐蘇其於材也不構於體也
不色嘆乎不讀成公詩者文而歌曲其風騷安知夫鐘靈
毓粹儲精鳩奇真有以增山川之輝者在斯人乎其緝藻
逸翰人競相誦獲片言隻字者不翅中即帳中祕必幾己
之名隹聲價十陪也於是乎知古之聖人采詩用意皆出
於自然風尚時運升降而後世論遲速工拙之未足可與
言詩而已 公等來東海居乎何即幡然而去望塵不及抑
吾聞之詩曰菁菁者莪在彼中沚既見君子我心則喜又

曰皎々白駒在彼空谷生芻一束其人如玉賢者不留于

此於戲繁于世情也哉余常醜鶴冠兹眠醒欸荀褓以自

得而不知愧者良有以也然此竊足以謂盡先生幾無遺

哉固應忠孝大節別有與日月爭明豎儒末師多其不知

量也　仙樓

褒賞

好文字數言千々萬高諷刺最切中大斷世弊無遺焉固

陽明所謂進功名之域而猶有餘裕者也復何異論之有

六恨奉童蒙其實耳龍淵幸賜答序者仙樓姑來定駒神

優閑則應構出君能爲慮龍淵

詩話　講世說

詩話傳于貴邦而繡梓者有數目乎　秋月

還明王氏兄弟及昌穀元瑞等所論著不翅繡梓布人之

耳目其他詩話詩式亡慮十數家靡不悉入于梓者僕姑

不譜記也　仙樓　近世文儒多講世說者故有世說考及觿

等之書出而非互無得失貴邦亦有聞發此書者乎仙樓

弊邦人士專攻經術如此書多有舊說不復喜鑿求故無

發註者　秋月

書法　異姓　次韻

贈答詩若文先書其詩文而後書右送其人別其公者則

非法乎　仙樓　無妨秋月　君何與魯堂異姓秋月弊邦之俗

無嗣男者乞養人之子而爲後僕亦出續異姓耳貴邦若

無嗣子者如何　仙樓　求于同姓旁及外姻而若不得則延

他姓之子爲後嗣必有官聽耳不待官聽者雖恩養全同

父母而成長知事之後不得出仕也　秋月　詩有次韻自元

白皮陸始至明王李大惡次韻唯以答原詩爲務貴邦平

生答酬亦必次韻乎　仙樓　或次韻或不必次韻只以詞調

渾厚ヲ爲シ得タリ秋月　君ノ所爲ハ必ズ次韻シテ本ノ所好ニ非ズ乎仙樓　是レ秋月

官政　訓蒙字會　蜃樓

年號ハ乾隆ヲ用ユ服其官政則チ貴國大王或ハ自ラ朝大清ニ乎仙樓

服官政既ニ久シ矣然レドモ無シ自ラ朝之事唯南至之時互ニ通使スル者耳

龍淵　諺文一名辭吐徒ニ有リ音讀而無シ義訓乎仙樓昊有リ義

訓然トシテ只是レ方音　龍淵　訓蒙字會詳其義未ダ見其書ヲ不知何

人ノ所撰ゾ仙樓　果是樊邦人ノ所著而適忘其名不能奉答可

歎書肆必當ニ有之龍淵　海市蜃樓亦勝縣一體也古人遊

志歷々ト述之貴邦或ハ見之乎仙樓　我邦西海最モ多シ見東南

海亦有之　龍淵

柑科　印石　富士金剛　詩以首數

廿橘取士之法諸問其詳　仙樓　我國濟州多耕故每年十

一月進貢則設黃柑科而盛耕於盤頒賜仫生　秋月　此印

材槃邻俗呼蠟石以色似得名耳貴邻別有好名邪　仙樓

無別名或班石北京石日本圖書石皆用他產　秋月　富士

峻秀雄麗為日本第一頂雪經春燠夏熱不消貴邻何物

敵此　仙樓　富岳金剛論前行已盡之奚更有佳第千富岳

特立　多雪金剛一萬二千峯生楓樹亦各天地間奇賞君

于莫彊齢　秋月　詩少首數共義美取仙樓　似別無意義以

首尾之首言之猶數魚果以頭秋月

燈油　天正年使

貴邦書燈用何油乎仙樓海郡用魚油山郡用麻油貧者

用松明富家用蠟燭　玄川斃邦乃榨取菁蕪子及草綿實

之油而海郡山郡貧富共具燈用貴邦無比製郡仙樓麻

荏之外無取草油之法　玄川邑之南有地名堺津貴邦聘

節古則駐于此今不然僕近聞之父老天正年間上使黄

允吉副使金誠一書收官許筬三使相見吾國書曰方物

旦來朝即謂是中朝待諸蕃之詞不可敢受焉淹維舟不

行可謂能解事也貴邦猶藏此事于盟府乎　仙樓　大抵交

相敬交相信交相愛樂隣國之禮也貴邦或多類此事在

使臣則固當爭之在貴邦可捼字義之致也　玄川

　栢子

自貴邦傳來稱栢子者是海松子也群芳譜新羅使者多

攜松子來有玉角子有龍牙子君等亦齎之歟　仙樓　行中

多齎來一苞挾數牧是乃海松子也　龍淵○命小童龍松

澤贈余栢子數牧

子何稱栢子乎仙樓　俗名也　龍淵　然則眞栢子別有名乎

仙樓　吾國莫見真栢子耳　龍淵

英雄欺人　以諺通情　小人號

李攀龍曰英雄欺人有據乎仙樓　未知據何書果是生語

李氏固欺人多矣秋月　不識一丁者但用諺文通千里戀

々祁仙樓　女子與小人以諺通情其他皆用古字古語耳

秋月　女子小人亦有號乎仙樓　無號或稱姓字耳　秋月

樂目

本鎮之南有荒陵山為日本樂戶第一在音傳盛唐雅樂

而今尚一不失古又有高麗樂不知古何人所傳其名義

有不可得而解者即寫示章敎其義仙樓

垣破　都鬱志與呂岐　納曾利　籟志摩　進走禿

退走禿　新鳥蘇　古鳥蘇　不可最識者太暑如此仙

樓貴國之樂爲固近古矣縈邦有古樂俗樂之別古樂則

奏廟堂廳庭途聞所奏斯乃俗樂也不知高麗樂何時來

此祁果使有此不過一時俗音且未聞有此孟浪之樂目

不敢應耳龍淵

　寸鉄　青丘　小中華

僕等手無寸鉄行過萬里歎無忠營之虞君等雙劒真是

－ 25 －

俗夫拙態可笑，龍淵　古云，男子出行不離劍佩，遠行不離

弓矢吾國雖僻陋，如武官出行必以弓矢鎗甲及鳥銃隨

焉其他不分文武，出行必帶刀鈹君等大丈夫何不學古

男子，祁亦可笑　仙樓　貴邦一名青丘或稱小中華東華小

華斯對中朝夏華而言之歟　仙樓　我國以好禮義稱故中

華人目之，以小中華或東華耳青丘則禹貢所謂青州也

適且作家書，諸君左右屛而待之　龍淵

　　舟行　屠兒

諸君數歎恨燕京極遠，舟行亦有瞿塘灩澦之難乎　仙樓

不俱多風濤漂流之患或有經數月而至又有過春年而
不至却不如駝馬有行數也　秋月　獎邦在屠兒為非類名
曰穢多故其等輩皆置城市之外而禁與自民紳人同齒
或遍婚之事　仙樓　獎邦之律禁卑院娼家如此屠兒多雜
居民戶之中不甚惡耳　秋月

翫具

公當有令兒幸齋裝中以為警欸之玩具　仙樓　○余贈兒
子當教以義方豈可以戲翫之資遺之辭　龍淵　一個細物
過海則為殊方之珍君不聞雖車馬非祭肉不拜之言乎

仙樓　謹謝厚懷龍淵

冨山難形

足下東路往返應有冨山佳什請見之仙樓冨山作僅二
首清見寺作殆過三十餘首退石艷美神秀優於清見遠
矣篇什何冨於清見乏於冨山乎仙樓清見十景羅列詩
料頗多冨山特立雄秀誠難形容退石華睞冨山二首仙
樓僕宿病自數日前更添別病姑録一首餘後差閒寫示
耳退石

林祭酒求冨山詩漆草贈之

屹作東南衆出宗靈湫其頂有潜龍五更先見金烏出、六

月撐寒白雪封析木津邊撑祇柱神鰲背上捧芙蓉天公

為萩塵氛掃快覩晴空特立容　退石

審如此高山而後有如此清唱平生志氣時可以徵也　仙

樓　評术高字自佳　退石

冨山一絶

金剛冨岳之論君既有卓識之言切領教只恨得無二二

佳作乎寧自寫賜之仙樓無暇探覓詩稿而寫去　秋月僅

毋得一些此徐不拙有乎仙樓非無之拙未脱稿寧宥想

秋月 命題仙樓○秋月取

　清見望富岳　　　　　　詩稿自記題

清見霞橫連碧灣珍觀一幅畫圖間來靈遍有神龍起此

是日東特秀山　秋月

寫出此一大畫者虎頭耶龍眠耶果是秋月也　仙樓

戶來酬唱數卷半旣收裝中此其後錄也　秋月

　國習　日食

文章構思比貴邦人較加勞是吾國弊也　仙樓人各不同

趣三年作一賦或七步成一詩至極其妙一也君何謙乎

龍淵

昨歳癸未十月朔日食之殆幾邦堪與家不豫識之國
人興之貴邦亦見之邪仙樓日光隨分野或食或不食幾
邦則預知其當食而設救食之制此食亦不見也　龍淵

非謀士音俗習固然仙樓既聞或有此嘆可惜　龍淵

墨　題辞

君所懇求古梅園制墨貿得致之此其中品也然非磨難
辨其精麁要之必當賴製墨家之言較有信而果非衒賣
之徒也仙樓　墨之佳惡識如教示而是名家之製何容疑
手價銀幾許龍淵　三笏合不盈一兩不必給價亦無妨耳

仙樓豈然ンタゝ龍淵　子猷畫題辭既成乎否仙樓已成姑

未淨寫後夜間書傳耳　秋月

通書

凡及堂之士欲見取君子人之同心也僕輩不敢顧忙撓

日夜逼膝下然篤賜交誼中心藏之何日忘之唯憾君等

西歸之後無曲通書問仙樓人臣無外交僕輩之於尊等

前後會合實萬ゝ意外事此後固難通書札而況馬州距

我邦南邊猶爲近千里南邊之距漢京亦爲千餘里雖或

寄書豈無浮沈之患惟願益懋學業以成源兒則雖千里

萬里之外若會面之日否則雖居在比隣一日三見何益

之有龍淵　一語銘肝膈珍重々々　仙樓

醫者　解毒　醫流

幣邦醫者曰待病家之招東趨西訪乘板轎或竹梯至粗

工庸手則步懷樂籠共苦撓雜美貴邦醫者亦如此應多

方之招乎　仙樓　夫醫者行身各自異焉不必問之蓋意欲

宏診欲精趨多招則事涉妄謬故不必索繁矣幣邦地濶

涉水踰山因多乘輿馬者　墓菴○姓李名佐國字聖甫或

纂卷其號朝鮮國良醫官

云黃牛黃解瘡毒如何　仙樓　此乃清熱之意亦不無所

見 貴邦一時醫流、尊依何等之書二仙樓 一、服仲景之

高致

湯泉　豐山香墨

貴邦有湯泉治疣疾者平 湯泉數十處匪短楮所録

畢其尤傑然著者撮之有馬但之城崎紀之熊野此等接

壞中州趨浴者追逐蹭蹬 仙樓 何症能愈 僕非醫何

敢奉答貴邦湯泉有幾處乎 仙樓 東西兩道名山産石硫

黄者必有温泉涌出景山膝嶺金川其他十數處亦不暇

録示皆治風寒濕痺等之症 君屢賞豐山香墨敢獻

二荔幸叱留猶分一荔贈黙齋公仙樵算是故人之爭忽

辱恩惠辱賜詩書而未奉酬只恨君不喜醫事養卷車親

者豈不喜醫事事誠不能也仙樵實感盛敎養卷

二　子尺牘

雖門隔一限意謂伊人在天一方昨日始得見雄弘生聞

君徙家居得非有不得已事耶人高必難更乘找謂必更

來豈者不再見而遽成客共之理哉事變姑無端緒而天

綑孔歎庶不全漏必有與君圖團之日幸竭回而來後隙

而進如何量費辨真以所儿德之其圖書室籍簡及諸書

和作能方便遣之處耒着書重術無暇計十一便感筆蹄此事

者寒除而然蚊餘撲重攝溫様不岌四月望時疆拜

諸同學亦已去不未數日想必後来帳懐不能忘駒山

揮涙而分令人顧然筆同然此紙筆圖再見也

士執自儼様其於不見昔筆而別邪門繁醴嚴必有弛時

每託知已之人致意少時在二水之陰待事定後一從頌

則永世之別猶足以少慰前今乃拂衣遠聹離豈元傲之

嘗不肯久與人蹰躙邪只自恨之事須重来来隙圖程以

了末了之緣如何諸甚蘭菓即傳致否所會意者秋月畫

仙樓靜宨奉寄

東華歸客秋月

余詳察朝鮮人ノ作為ス文章固ヨリ不屬韓柳歐蘇又不為李

王實有方土俗習而一守其師承不複少變矣固陋

甚閱古今筆話可知也今茲甲申聘使同行四百八十

有餘人其中筆翰如流語言立成間有奇妙可評者唯

秋月一學士而已龍淵猶可謂具品也其他則元金二

書記良醫々員之屬雖稱橫短辭作筆話然遲遲鈍拙

之不具

爲秋月龍淵之下遠矣又雲我者雜音數條伴人逸才

英發學士之言圓不回矣余與夫從所討論方俗同異

或文變詩話隨得輯録尚唱酬之詩若于首悉具別集

然要之共無用亦無足觀者唯以異國異音而同文之

妙無意不通爲奇會則此冊亦幸不可棄矣

寶曆十四年甲申夏五月　　　奧田元繼自識

兩好餘話卷下終

両好餘話附錄

茅山　姓衡名貞謙字士鳴
茅山　茅山其號浪華人

春秋災異

董仲舒傳治國以春秋災異之變云々然則流血漂杵或
無有子遺等實有此事歟　茅山　董子春秋之論大體則是
事々傳諸災祥終是漢儒傳會之見　秋月

譯

避唐太祖諱昬作昏按古譯律不偏諱不謹嫌名而翹傍
從者乎終至毀賀擧進士是何固陋哉茅山　所論極是唐

譯法尤可笑至今承謬秋月

投壺　四礼

貴邦傳投壺礼又冠昏喪祭皆遵周制邦茅山有投壺四

禮皆因周禮而全用文公家禮　秋月

朔旦　仙　刖

公等迎新正於藍嶋月正朔旦兩邦相適否茅山他或相

牛而今歲首適相値　秋月　神仙事迹歷々有古傳何妄誕

平　茅山　僕願學聖人者也詩句用仙字尚覺不穩秋月嘆

邦無刖刑或謂斷足跟又斷脚筋或大指無定說如何茅

山
删刑、漢文除肉刑後無之、本断此之辟　秋月

天行　曆

星曆家説天左旋、七曜右行往々礕以蟻磨且宋儒所謂

日月後于天者理則是矣術則非矣公有明辨乎　茅山　僕

於天文如龍聾不敢妄論　秋月　貴國曆法如何　茅山用授

時法、秋月

櫻　畫女婦

所圖示數邦櫻也人以爲中華海棠　茅山　非櫻亦非海棠

僕未曉何扗秋月　別有補櫻者乎　茅山　櫻桃　秋月　有單稱

櫻子 茅山 無 秋月 華人畫婦女之貌足首甚薄小似殆無

蹴跟者是自嬰孩束縛以使然也 茅山 此非華法乃後世

漢女之習聞縛足而小之又小其靴 秋月

釀酒　相人

樊邦無濁酒釀家常自抄秋經冬桶貯之貴邦臨時釀之

有所謂聖賢二種歟 茅山 向來無紮時釀酒家極多々至

數萬斗士太夫皆沽飲之酒名極多不可數清濁皆可飲

之今則國禁極嚴酒之一字禮不敢出諸言 龍淵 貴邦相ス

人專依何等書 茅山 樊邦亦有相人者用神相編 龍淵

喪

貴邦三年ノ喪居倚廬者著喪服ヲ為ス力役傭作也否則官賜

粟ヲ平文其ノ禮皆襲周制乎茅山　雖喪中農者ハ為農商者ハ為

商但其持禮如禮耳大凡喪禮ハ自テ天子達於庶人ハ者故

其節目亦多從上而言其庶人苫塊草覆自為倚閭食素

斷色自為持禮耳餘可類推冠皆紗亦同樊邦自君上至

庶人皆遵家禮而已　玄川

釋奠

貴邦釋奠以何人配食茅山　以七十二弟子子思孟子周

程張邵朱諸賢及我國儒賢配食退石

墓碑題名　桂

墓碑之題名有官者稱某考府君某姓孺人或宜人淑人

等足矣敢問無官者之稱　茅山

府君二字有官無官通稱

婦人孺人之稱無官之稱宜人淑夫人貞夫人貞敬夫人

皆以官品高下分別無官者稱以學生處士少者或稱秀

才　花山兄弟姊妹子女輩如何　茅山亦隨常時稱號少年

稱秀士或秀才婦女某氏或某娘子　花山謹領盛教　茅山

或曰仲景之時未有桂與桂枝之別或桂亦桂枝々々亦

桂其ノ他諸桂 互用不定然則有精粗而無優劣乎如何茅

山 仲景之時無圭別則方書豈有圭枝肉圭之方乎圭雖

一物而其功各異故以軒岐至神之妙亦已詳論吾以劣

醫ヲ何ゾ敢開ヲヤ於其間哉基巻

　　産帯

獘邦婦人受胎五月以布纏束其腰甚堅此事出ヅ姜褱便

方産帯記其他不經見貴邦亦有此法歟 茅山 難産皆由

於冨貴奉養安逸者故達生散爲湖陽公主設也我國婦

人養胎者斃身苦筋ヲ無久坐運氣不使碍滯故易産也未

有縮胎不長之理此則未知也

乾牛丸

吾邦謂乾牛丸者招牌題曰朝鮮傳來白鹿書不知醫何
病白鹿何時人茅山○乾牛丸今初聞白鹿亦不知何人必
非弊邦之製尚菴○姓成名瀨字太深
　　　　　　　　　尚菴其號朝鮮國醫員

前使四子

戌辰聘使之時僕猶了童憶是如隔世之事緫傳矩軒濟
菴海皐醉雪四君之名今撿無恙耽斯文否茅山四賢今
皆平安或爲宇宰或啟林泉文字之緣老而彌篤龍淵

丹崖○姓南名斗旻字天
章丹崖其號朝鮮國醫員

十二經　李王

南浦　姓勝名元綸字以寬南
浦其號攝南古妻人

莊子繙十二經以說十二經指何等書南浦十二經之説

言者甚多而要無的當後世之信惟是四書五經而已外

此則皆非經也　秋月　貴邦固奉周程張朱之教而無雜趣

然及恥文字章句則有學李何王李之徒所為者平　南浦

二李是文章之賊也中朝又藥邦科文出進者一賴洛閩

正路秋月

紅雨　茶法

兩好餘話附録

紅雨紛々化爲泥出皇華集紅雨何謂邪　南浦　紅雨桃花

雨也　秋月　敝邦立茶禮守師家之法甚密自盧陸之趣視

之蓋俗致也如何　南浦　茶法是非陸經之舊敝邦茶亦會

卒不中法　秋月

煙管　飢

君等烟竹俗長特甚矣　南浦　貴者執長管賤者用短管　龍

淵　僕等自午前就於騷壇筆語唱酬實忘寢食然夜已更

闌漸覺飢辛速賜高報　南浦　羊姿可愛故留共此永夜且

我腹飽矣何恤人之飢也　呵々　龍淵　先生之腹滿者即是

五經之笥也僕輩詩腸漸飢耳　南浦

賓雖僕不飢耳　龍淵　　　飽者自飽飢者自飢

　　文學

此國文學誰最盛乎　玄川　江戶有徂徠春臺輩西京有伊

藤父子今也則亡矣唯蓋近世道微乏其人耳貴邦文學

亦有誰　南浦　自搢紳太夫至閭巷匹庶皆有自首專門之

學君欲知其人座間有秋月龍淵是皆文科大闡者也自

入貴邦多見聰明之士而如尊逸氣英才正不易得異日

成業可箕日而後耳惜貴邦無稱文取士之法　玄川

花牋　眼鏡

嚮日賜和皆用貴邦厚紙近多寫於弊邦紙何前後之具

平南浦　離家九月所持來花牋己用數千張求詩者益多　南

故不得已以貴國紙書呈耳退石聰聰産何地者為是　南

浦　此則眼鏡貴國所産君何不知邦宗太年長湍其號朝

鮮國漢眼鏡是俗稱別有雅名乎　南浦　君之答言良是耳

　長湍　○姓吳名太齡　長湍其號朝

學僉正眼鏡是俗稱別有雅名乎

我以七十之人萬里越海傷於瘴毒眼昏特甚不能酬酢

君勿答　長湍　深感盛教南浦

兩好餘話附錄終

今西文庫

今西春秋

甲申韓使　観風互詠　全部二冊嗣出

観風互詠　諸君學唱咮集

書林

洛陽　錢屋　善兵衛

大阪　本屋　又兵衛

同上　西田　理兵衛

朙咮紀元霜月發行

兩好餘話

조선후기 통신사 필담창화집
번역총서를 간행하면서

　20세기 초까지 한자(漢字)는 동아시아 사회의 공동문자였다. 국경의 벽이 높아서 사신 외에는 국제적인 교류가 불가능했지만, 문자를 통한 교류는 활발했다. 중국에서 간행된 한문 전적이 이천년 동안 계속 한국과 일본을 비롯한 주변 나라에 전파되었으며, 사신의 수행원들은 상대방 나라의 말을 못해도 상대방 문인들에게 한시(漢詩)를 창화(唱和)하여 감정을 전달하거나 필담(筆談)을 하며 의사를 소통했다.

　동아시아 삼국이 얽혀 싸웠던 임진왜란이 7년 만에 끝난 뒤, 조선에 군대를 파견하였던 중국과 일본은 각기 왕조와 정권이 바뀌었다. 중국에는 이민족인 청나라가 건국되고 일본에는 도쿠가와 막부가 세워졌다. 조선과 일본은 강화회담이 결실을 맺어 포로도 쇄환하고 장군이 계승할 때마다 통신사를 파견하여 외교를 회복했지만, 청나라와 에도막부는 끝내 외교를 회복하지 못하고 단절상태가 계속되었다. 일본은 조선을 통해서 대륙문화를 받아들일 수밖에 없었고, 그 방법 중 하나가 바로 통신사를 초청할 때 시인, 화가, 의원 등의 각 분야 전문가를 초청하는 것이었다.

오백 명 규모의 문화사절단 통신사

연암 박지원은 천재시인 이언진(李彦瑱, 1740~1766)이 11차 통신사 수행원으로 일본에 다녀온 지 2년 만에 세상을 뜨자, 이를 애석히 여겨 「우상전」을 지었다. 그 첫머리에 일본이 조선에 다양한 전문가들로 구성된 문화사절단을 파견해 달라고 요청한 사연이 실려 있다.

  일본의 관백(關白)이 새로 정권을 잡자, 그는 저축을 늘리고 건물을 수리했으며, 선박을 손질하고 속국의 각 섬들에서 기재(奇才)·검객(劍客)·궤기(詭技)·음교(淫巧)·서화(書畫)·여러 분야의 인물들을 샅샅이 긁어내어, 서울로 모아들여 훈련시키고 계획을 갖추었다. 그런 지 몇 달 뒤에야 우리나라에 사신을 파견해 달라고 요청하였는데, 마치 상국(上國)의 조명(詔命)을 기다리는 것처럼 공손하였다.
  그러자 우리 조정에서는 문신 가운데 3품 이하를 골라 뽑아서 삼사(三使)를 갖추어 보냈다. 이들을 수행하는 사람들도 모두 말 잘하고 많이 아는 자들이었다. 천문·지리·산수·점술·의술·관상·무력으로부터 퉁소 잘 부는 사람, 술 잘 마시는 사람, 장기나 바둑 잘 두는 사람, 말을 잘 타거나 활을 잘 쏘는 사람에 이르기까지, 한 가지 기술로 나라 안에서 이름난 사람들은 모두 함께 따라가게 되었다. 그런데 이들 가운데서도 문장과 서화를 가장 중요하게 여기지 않을 수가 없었다. 왜냐하면 그들은 조선 사람의 작품 가운데 한 글자만 얻어도 양식을 싸지 않고 천리 길을 갈 수 있기 때문이었다.

도쿠가와 이에하루(德川家治)가 쇼군을 계승하자 일본 각 분야의 대표적인 인물들을 에도로 불러들여 조선 사절단 맞을 준비를 시킨 뒤, "마치 상국의 조서를 기다리는 것처럼 공손하게" 조선에 통신사를 요청하였다. 중국과 공식적인 외교가 단절되었으므로, 대륙문화를 받아들이기 위해 조선을 상국같이 모신 것이다. 사무라이 국가 일본에는 과거제도가 없기 때문에 한문학을 직업삼아 평생 파고든 지식인들이 적어서, 일본인들은 조선 문인의 문장과 서화를 보물같이 여겼다.

조선에서도 국위를 선양하기 위해 여러 분야의 문화 전문가들을 선발하여 파견했는데, 『계림창화집(鷄林唱和集)』이 출판된 8차 통신사(1711년) 때에는 500명을 파견했다. 당시 쓰시마에서 에도까지 왕복하는 동안 일본인들이 숙소마다 찾아와 필담을 나누거나 한시를 주고받았는데, 필담집이나 창화집은 곧바로 출판되어 널리 읽혔다. 필담 창화에 참여한 일본 지식인은 대륙의 새로운 지식을 얻었을 뿐만 아니라, 일본 사회에서 전문가로서의 위상도 획득하였다.

8차 통신사 때에 출판된 필담 창화집은 현재 9종이 확인되었으며, 필담 창화에 참여한 일본 문인은 250여 명이나 된다. 이는 7차까지 출판된 필담 창화집을 모두 합한 것보다 훨씬 많은 수인데, 통신사 파견이 100년 가까이 되자 일본에서도 한문학 지식인 계층이 두터워졌음을 알 수 있다. 8차 통신사에 참여한 일행 가운데 2명은 기행문을 남겼는데, 부사 임수간(任守幹)이 기록한 『동사록(東槎錄)』이나 역관 김현문(金顯門)이 기록한 또 하나의 『동사록』이 조선에 돌아와 남에게 보여주기 위해 일방적으로 쓴 글이라면, 필담 창화집은 일본에서 조선과 일본의 지식인들이 마주앉아 함께 기록한 글이다. 그러기에 타인의 눈을 통해 자신의 모습을 객관적으로 볼 수 있다.

16권 16책의 방대한 분량으로 다양한 주제를 정리한 『계림창화집』

에도막부 초기의 일본 지식인은 주로 승려였기에, 당연히 승려들이 통신사를 접대하고, 필담에 참여하였다. 그 다음으로 유자(儒者)들이 있었는데, 로널드 토비는 이들을 조선의 유학자와 비교해 "일본의 유학자는 국가에 이용가치를 인정받은 일종의 전문 지식인에 지나지 않았다"고 규정하였다. 그 가운데 상당수는 의원이었으므로 흔히 유의(儒醫)라고 하는데, 한문으로 된 의서를 읽다보니 유학에도 관심을 가지게 된 것이다. 이노 작스이(稻生若水)가 물고기 한 마리를 가지고 제술관 이현과 서기 홍순연 일행을 찾아가서 필담을 나눈 기록이 『계림창화집』 권5에 실려 있다.

> 이　현 : 이 물고기는 우리나라의 송어입니다. 조령의 동남 지방에 많이 있어, 아주 귀하지는 않습니다.
> 홍순연 : 이 물고기는 우리나라의 농어와 매우 닮았습니다. 귀국에도 농어가 있는지 모르겠지만, 이것과 같지 않습니까? 농어가 아니라면 내가 아는 물고기가 아닙니다.
> 남성중 : 이 물고기는 우리나라 송어입니다. 연어와 성질이 같으나 몸집이 작으며, 우리나라 동해에서 납니다. 7~8월 사이에 바다에서 떼를 지어 강으로 올라가는데, 몸이 바위에 갈려 비늘이 다 떨어져 나가 죽기까지 하니 그 성질을 모르겠습니다.

그는 일본산 물고기의 습성을 자세히 설명하고 조선에도 있는지 물었지만, 조선 문인들은 이 방면의 전문가들이 아니어서 이름 정도나

추정했을 뿐이다. 홍순연은 농어라고 엉뚱하게 대답하기까지 하였다. 조선 문인이라면 모든 것을 알 수 있을 것이라고 기대했기에 생긴 결과 인데, 아직 의학필담으로 분화되기 이전의 형태다. 이 필담 말미에 이 노 작스이는 이런 기록을 덧붙여 마무리했다.

『동의보감』을 살펴보니 "송어는 성질이 태평하고 맛이 달며 독이 없다. 맛이 진기하고 살지다. 색은 붉으면서 선명하다. 소나무 마디 같아서 이 름이 송어이다. 동북쪽 바다에서 난다"고 하였다. 지금 남성중의 대답에 『동의보감』의 설명을 참고하니, '鮏'은 송어와 같은 것이다. 그러나 '송어' 라는 이름은 조선의 방언이지, 중화에서 부르는 이름이 아니다. 『팔민통 지(八閩通志)』(줄임) 『해징현지(海澄縣志)』 등의 책에 모두 송어가 실려 있으나, 모습이 이것과 매우 다르다. 다른 종류인데, 이름이 같을 뿐이다.

기록에서 보듯, 이노 작스이는 다수의 의견에 따라 이 물고기를 '송 어'라고 추정한 후, 비교적 자세한 남성중의 대답과 『동의보감』의 기록 을 비교하여 '송어'로 결론 내렸다. 그런 뒤에 조선의 '송어'가 중국의 송어와 같은 것인지 확인하기 위해 중국의 여러 지방지를 조사한 후, '송어'는 정확한 명칭이 아니라 그저 조선의 방언인 것으로 결론지었 다. 양의(良醫) 기두문(奇斗文)에게는 약초를 가지고 가서 필담을 시도 하였다.

稻生若水 : 이 나뭇잎은 세 개의 뾰족한 끝이 있고 겨울에 시들지 않 으며, 봄에 가느다란 꽃이 핍니다. 열매의 크기는 대두만하고, 모여서 둥 글게 공처럼 되며, 생길 때는 파랗고, 익으면 자흑색이 됩니다. 나무에 진액이 있어 엉기면 향이 나고, 색이 붉습니다. 이름은 선인장 나무입니

　　다. (줄임)
　　　기두문 : 이것이 진짜 백부자(白附子)입니다.

　　제술관이나 서기들이 경험에 의존해 대답한 것과 달리, 기두문은 의
원이었으므로 자신의 지식을 바탕으로 확실하게 대답하였다. 구지현
박사의 연구에 의하면 이노 작스이는 『서물류찬(庶物類纂)』이라는 박물
지를 편찬하기 위해 방대한 자료를 수집·고증하고 있었는데, 문화 선
진국 조선의 문인에게 서문을 부탁하여, 제술관 이현이 써 주었다.
1,054권이나 되는 일본 최대의 백과사전에 조선 문인이 서문을 써주어
권위를 얻게 된 것이다.

출판사 주인이 상업적인 출판을 위해 직접 필담에 참여하다

　　초기의 필담 창화집은 일본의 시인, 유학자, 의원 등 전문 지식인이
번주(藩主)의 명령이나 자신의 정보욕, 명예욕에 따라 필담에 나선 결
과물이지만, 『계림창화집』 16권 16책은 출판사 주인이 직접 전국 각
지역에서 발생한 필담 창화 원고들을 수집하여 출판한 것이다. 따라서
필담 창화 인원도 수십 명에 이르며, 많은 자본을 들여서 출판하였다.
막부(幕府)의 어용 서적을 공급하던 게이분칸(奎文館) 주인 세오겐베이
(瀬尾源兵衛, 1691~1728)가 21세 청년의 몸으로 교토지역 필담에 참여해
『계림창화집』 권6을 편집하고, 다른 지역의 필담 창화 원고까지 모두
수집해 16권 16책을 출판했을 뿐 아니라, 여기에 빠진 원고들까지 수집
해 『칠가창화집(七家唱和集)』 10권 10책을 출판하였다.

『칠가창화집』은『계림창화속집』이라고도 불렸는데, 7차 사행 때의 최대 필담 창화집인『화한창수집(和韓唱酬集)』4권 7책의 갑절 규모에 해당한다. 규모가 이러하니 자본 또한 막대하게 소요되어, 고쇼모노도 코로(御書物所)인 이즈모지 이즈미노조(出雲寺 和泉掾) 쇼하쿠도(松栢堂)와 공동 투자하여 출판하였다. 게이분칸(奎文館)에서는 9차 사행 때에도『상한창화훈지집(桑韓唱和塤篪集)』11권 11책을 출판하여, 세오겐베이(瀬尾源兵衛)는 29세에 이미 대표적인 출판업자로 자리매김하게 되었다. 그러나 안타깝게도 38세에 세상을 떠나, 더 이상의 거질 필담 창화집은 간행되지 못했다.

필담창화집 178책을 수집하여 원문을 입력하고 번역한 결과물

나는 조선시대 한문학 연구가 조선 국경 안의 한문학만이 아니라 국경 너머를 오가며 외국인들과 주고받은 한자 기록물까지 연구해야 한다는 생각으로, 첫 번째 박사논문을 지도하면서 '통신사 필담창화집'을 과제로 주었다. 구지현 선생은 1763년에 파견된 11차 통신사 구성원들이 기록한 사행록 9종과 필담창화집 30종을 수집하여 분석했는데, 박사학위를 받은 뒤에도 필담창화집을 계속 수집하여 2008년 한국학술진흥재단의 토대연구에『조선후기 통신사 필담창수집의 수집, 번역 및 데이터베이스 구축』이라는 과제를 신청하였다. 이 과제를 진행하면서 우리 팀에서 수집한 필담창화집 178책의 목록과, 우리가 예상한 작업진도 및 번역 분량은 다음과 같다.

1) 1차년도(2008. 7.~2009. 6.) : 1607년(1차 사행)에서 1711년(8차 사행)까지

연번	필담창화집 책 제목	면 수	1면 당 행수	1행 당 글자 수	예상되는 원문 글자 수
001	朝鮮筆談集	44	8	15	5,280
002	朝鮮三官使酬和	24	23	9	4,968
003	和韓唱酬集首	74	10	14	10,360
004	和韓唱酬集一	152	10	14	21,280
005	和韓唱酬集二	130	10	14	18,200
006	和韓唱酬集三	90	10	14	12,600
007	和韓唱酬集四	53	10	14	7,420
008	和韓唱酬集(결본)				
009	韓使手口錄	94	10	21	19,740
010	朝鮮人筆談幷贈答詩(國圖本)	24	10	19	4,560
011	朝鮮人筆談幷贈答詩(東京都立本)	78	10	18	14,040
012	任處士筆語	55	10	19	10,450
013	水戶公朝鮮人贈答集	65	9	20	11,700
014	西山遺事附朝鮮使書簡	48	9	16	6,912
015	木下順菴稿	59	7	10	4,130
016	鷄林唱和集1	96	9	18	15,552
017	鷄林唱和集2	102	9	18	16,524
018	鷄林唱和集3	128	9	18	20,736
019	鷄林唱和集4	122	9	18	19,764
020	鷄林唱和集5	110	9	18	17,820
021	鷄林唱和集6	115	9	18	18,630
022	鷄林唱和集7	104	9	18	16,848
023	鷄林唱和集8	129	9	18	20,898
024	觀樂筆談	49	9	16	7,056
025	廣陵問槎錄上	72	7	20	10,080
026	廣陵問槎錄下	64	7	19	8,512
027	問槎二種上	84	7	19	11,172
028	問槎二種中	50	7	19	6,650
029	問槎二種下	73	7	19	9,709
030	尾陽倡和錄	50	8	14	5,600

031	槎客通筒集	140	10	17	23,800
032	桑韓醫談	88	9	18	14,256
033	辛卯唱酬詩	26	7	11	2,002
034	辛卯韓客贈答	118	8	16	15,104
035	辛卯和韓唱酬	70	10	20	14,000
036	兩東唱和錄上	56	10	20	11,200
037	兩東唱和錄下	60	10	20	12,000
038	兩東唱和後錄	42	10	20	8,400
039	正德韓槎諭禮	16	10	18	2,880
040	朝鮮客館詩文稿(내용 중복)	0	0	0	0
041	坐間筆語附江關筆談	44	10	20	8,800
042	七家唱和集-班荊集	74	9	18	11,988
043	七家唱和集-正德和韓集	89	9	18	14,418
044	七家唱和集-支機閒談	74	9	18	11,988
045	七家唱和集-朝鮮客館詩文稿	48	9	18	7,776
046	七家唱和集-桑韓唱酬集	20	9	18	3,240
047	七家唱和集-桑韓唱和集	54	9	18	8,748
048	七家唱和集-賓館縞紵集	83	9	18	13,446
049	韓客贈答別集	222	9	19	37,962
예상 총 글자수					589,839
1차년도 예상 번역 매수 (200자원고지)					약 8,900매

2) 2차년도(2009. 7.~2010. 6.) : 1719년(9차 사행)에서 1748년(10차 사행)까지

연번	필담창화집 책 제목	면수	1면 당 행수	1행 당 글자 수	예상되는 원문 글자 수
050	客館璀璨集	50	9	18	8,100
051	蓬島遺珠	54	9	18	8,748
052	三林韓客唱和集	140	9	19	23,940
053	桑韓星槎餘響	47	9	18	7,614
054	桑韓星槎答響	106	9	18	17,172
055	桑韓唱酬集1권	43	9	20	7,740

056	桑韓唱酬集2권	38	9	20	6,840
057	桑韓唱酬集3권	46	9	20	8,280
058	桑韓唱和塤篪集1권	42	10	20	8,400
059	桑韓唱和塤篪集2권	62	10	20	12,400
060	桑韓唱和塤篪集3권	49	10	20	9,800
061	桑韓唱和塤篪集4권	42	10	20	8,400
062	桑韓唱和塤篪集5권	52	10	20	10,400
063	桑韓唱和塤篪集6권	83	10	20	16,600
064	桑韓唱和塤篪集7권	66	10	20	13,200
065	桑韓唱和塤篪集8권	52	10	20	10,400
066	桑韓唱和塤篪集9권	63	10	20	12,600
067	桑韓唱和塤篪集10권	56	10	20	11,200
068	桑韓唱和塤篪集11권	35	10	20	7,000
069	信陽山人韓館倡和稿	40	9	19	6,840
070	兩關唱和集1권	44	9	20	7,920
071	兩關唱和集2권	56	9	20	10,080
072	朝鮮人對詩集1권	160	8	19	24,320
073	朝鮮人對詩集2권	186	8	19	28,272
074	韓客唱和/浪華唱和合章	86	6	12	6,192
075	和韓唱和	100	9	20	18,000
076	來庭集	77	10	20	15,400
077	對麗筆語	34	10	20	6,800
078	鳴海驛唱和	96	7	18	12,096
079	蓬左賓館集	14	10	18	2,520
080	蓬左賓館唱和	10	10	18	1,800
081	桑韓醫問答	84	9	17	12,852
082	桑韓鏘鏗錄1권	40	10	20	8,000
083	桑韓鏘鏗錄2권	43	10	20	8,600
084	桑韓鏘鏗錄3권	36	10	20	7,200
085	桑韓萍梗錄	30	8	17	4,080
086	善隣風雅1권	80	10	20	16,000
087	善隣風雅2권	74	10	20	14,800
088	善隣風雅後篇1권	80	9	20	14,400
089	善隣風雅後篇2권	74	9	20	13,320
090	星軺餘轟	42	9	16	6,048

091	兩東筆語1권	70	9	20	12,600
092	兩東筆語2권	51	9	20	9,180
093	兩東筆語3권	49	9	20	8,820
094	延享五年韓人唱和集1권	10	10	18	1,800
095	延享五年韓人唱和集2권	10	10	18	1,800
096	延享五年韓人唱和集3권	22	10	18	3,960
097	延享韓使唱和	46	8	14	5,152
098	牛窓錄	22	10	21	4,620
099	林家韓館贈答1권	38	10	20	7,600
100	林家韓館贈答2권	32	10	20	6,400
101	長門戊辰問槎상권	50	10	20	10,000
102	長門戊辰問槎중권	51	10	20	10,200
103	長門戊辰問槎하권	20	10	20	4,000
104	丁卯酬和集	50	20	30	30,000
105	朝鮮筆談(元丈)	127	10	18	22,860
106	朝鮮筆談1권(河村春恒)	44	12	20	10,560
107	朝鮮筆談1권(河村春恒)	49	12	20	11,760
108	韓客對話贈答	44	10	16	7,040
109	韓客筆譚	91	8	18	13,104
110	韓人唱和詩	16	14	21	4,704
111	韓人唱和詩集1권	14	7	18	1,764
112	韓人唱和詩集1권	12	7	18	1,512
113	和韓文會	86	9	20	15,480
114	和韓唱和錄1권	68	9	20	12,240
115	和韓唱和錄2권	52	9	20	9,360
116	和韓唱和附錄	80	9	20	14,400
117	和韓筆談薰風編1권	78	9	20	14,040
118	和韓筆談薰風編2권	52	9	20	9,360
119	鴻臚傾蓋集	28	9	20	5,040
예상 총 글자수					723,730
2차년도 예상 번역 매수 (200자원고지)					약 10,850매

3) 3차년도(2010. 7.~ 2011. 6.) : 1763년(11차 사행)에서 1811년(12차 사행)까지

연번	필담창화집 책 제목	면수	1면당 행수	1행당 글자수	예상되는 원문 글자수
120	歌芝照乘	26	10	20	5,200
121	甲申槎客萍水集	210	9	18	34,020
122	甲申接槎錄	56	9	14	7,056
123	甲申韓人唱和歸國1권	72	8	20	11,520
124	甲申韓人唱和歸國2권	47	8	20	7,520
125	客館唱和	58	10	18	10,440
126	鷄壇嚶鳴 간본 부분	62	10	20	12,400
127	鷄壇嚶鳴 필사부분	82	8	16	10,496
128	奇事風聞	12	10	18	2,160
129	南宮先生講餘獨覽	50	9	20	9,000
130	東渡筆談	80	10	20	16,000
131	東槎餘談	104	10	21	21,840
132	東游篇	102	10	20	20,400
133	問槎餘響1권	60	9	20	10,800
134	問槎餘響2권	46	9	20	8,280
135	問佩集	54	9	20	9,720
136	賓館唱和集	42	7	13	3,822
137	三世唱和	23	15	17	5,865
138	桑韓筆語	78	11	22	18,876
139	松菴筆語	50	11	24	13,200
140	殊服同調集	62	10	20	12,400
141	怏怏餘響	136	8	22	23,936
142	兩東鬪語乾	59	10	20	11,800
143	兩東鬪語坤	121	10	20	24,200
144	兩好餘話상권	62	9	22	12,276
145	兩好餘話하권	50	9	22	9,900
146	倭韓醫談(刊本)	96	9	16	13,824
147	倭韓醫談(寫本)	63	12	20	15,120
148	栗齋探勝草1권	48	9	17	7,344
149	栗齋探勝草2권	50	9	17	7,650
150	長門癸甲問槎1권	66	11	22	15,972

151	長門癸甲問槎2권	62	11	22	15,004
152	長門癸甲問槎3권	80	11	22	19,360
153	長門癸甲問槎4권	54	11	22	13,068
154	萍遇錄	68	12	17	13,872
155	品川一燈	41	10	20	8,200
156	表海英華	54	10	20	10,800
157	河梁雅契	38	10	20	7,600
158	和韓醫談	60	10	20	12,000
159	韓客人相筆話	80	10	20	16,000
160	韓館應酬錄	45	10	20	9,000
161	韓館唱和1권	92	8	14	10,304
162	韓館唱和2권	78	8	14	8,736
163	韓館唱和3권	67	8	14	7,504
164	韓館唱和續集1권	180	8	14	20,160
165	韓館唱和續集2권	182	8	14	20,384
166	韓館唱和續集3권	110	8	14	12,320
167	韓館唱和別集	56	8	14	6,272
168	鴻臚摭華	112	10	12	13,440
169	鷄林情盟	63	10	20	12,600
170	對禮餘藻	90	10	20	18,000
171	對禮餘藻(明遠館叢書 57)	123	10	20	24,600
172	對禮餘藻(明遠館叢書 58)	132	10	20	26,400
173	三劉先生詩文	58	10	20	11,600
174	辛未和韓唱酬錄	80	13	19	19,760
175	接鮮瘖語(寫本)1	102	10	20	20,400
176	接鮮瘖語(寫本)2	110	11	21	25,410
177	精里筆談	17	10	20	3,400
178	中興五侯詠	42	9	20	7,560
예상 총 글자수					786,791
3차년도 예상 번역 매수 (200자원고지)					약 11,800매

1차년도에는 하우봉(전북대) 교수와 유경미(일본 나가사키국립대학) 교수를 공동연구원으로 하여 고운기, 구지현, 김형태, 허은주, 김용흠 박

사가 전임연구원으로 번역에 참여하였다. 3년 동안 기태완, 이지양, 진영미, 김유경, 김정신, 강지희 박사가 연구원으로 교체되어, 결국 35,000매나 되는 번역원고를 마무리하였다.

일본식 한문이 중국식 한문과 달라서 특히 인명이나 지명 번역이 힘들었는데, 번역문에서는 독자들이 읽기 쉽도록 한국식 한자음으로 표기하고, 첫 번째 각주에서만 일본식 한자음을 표기하였다. 원문을 표점 입력하는 방법은 고전번역원에서 채택한 방법을 권장했지만, 번역자마다 한문을 교육받고 번역해온 과정이 다르기 때문에 재량을 인정하였다. 원본 상태를 확인하려는 연구자를 위해 영인본을 뒤에 편집하였는데, 모두 국내외 소장처의 사용 승인을 받았다.

원문과 번역문을 합하여 200자원고지 5만 매 분량의『조선후기 통신사 필담창화집 번역총서』를 12,000면의 이미지와 함께 편집하고 4차에 나누어 10책씩 출판하는 과정이 복잡하고 힘들었기에, 연세대학교 정갑영 총장에게 편집비 지원을 신청하였다.『조선후기 통신사 필담창수집 번역본 30권 편집』정책연구비(2012-1-0332)를 지원해주신 정갑영 총장에게 감사드린다.

『조선후기 통신사 필담창화집 번역총서』를 편집하는 과정에 문화재청으로부터『통신사기록 조사 및 번역, 데이터베이스 구축』연구용역을 발주받게 되어, 필담창화집을 비롯한 통신사 관련 기록을 세계기록유산으로 등재하는 작업에 참여하게 된 것도 기쁜 일이다. 통신사 관련 기록들이 모두 데이터베이스로 구축되어 국내외 학자들이 한일문화교류, 나아가서는 동아시아문화교류 연구에 손쉽게 참여하게 된다면『통신사 필담창화집 번역총서』의 사명을 다하는 것이라고 생각한다.

조선후기 통신사가 동아시아 문화교류 연구에 중요한 이유는 임진왜란 이후에 중국(청나라)과 일본의 단절된 외교를 통신사가 간접적으로 이어주었기 때문이다. 통신사 필담창화집 번역총서 60권 출판이 마무리되면 조선후기에 한국(조선)과 중국(청나라) 지식인들이 주고받은 척독집 40여 권도 데이터베이스로 구축하여, 일본에서 조선을 거쳐 청나라로 이어지는 '동아시아 문화교류의 길' 데이터베이스를 국내외 학자들에게 제공하고자 한다.

▌장진엽(張眞燁)

연세대학교 국어국문학과를 졸업하고 동대학원에서 석, 박사 학위를 취득하였다. 현재 연세대 국학연구원 연구교수로 재직 중이다. 저서로 『계미통신사 필담의 동아시아적 의미』(보고사, 2017), 역서로 『동도일사』(보고사, 2017), 『동사만록』(보고사, 2017), 『부상기행』(보고사, 2019), 『문견사건·일본국문견조건』(공역)(보고사, 2020)이 있다.

조선후기 통신사 필담창화집 번역총서 41

兩好餘話

2021년 9월 10일 초판 1쇄 펴냄

역 자 장진엽
발행인 김흥국
발행처 도서출판 보고사

등록 1990년 12월 13일 제6-0429호
주소 경기도 파주시 회동길 337-15 보고사
전화 031-955-9797(대표), 02-922-5120~1(편집), 02-922-2246(영업)
팩스 02-922-6990
메일 kanapub3@naver.com / bogosabooks@naver.com
http://www.bogosabooks.co.kr

ISBN 979-11-6587-212-0 94810
      979-11-5516-055-8 (세트)
ⓒ 장진엽, 2021

정가 26,000원